RETROUVER SARA

Fabienne Brin

Retrouver Sara

Avec la collaboration de
Danièle Georget

ÉDITIONS FRANCE LOISIRS

Édition du Club France Loisirs,
avec l'autorisation des Éditions Michel Lafon

Éditions France Loisirs,
123, boulevard de Grenelle, Paris
www.franceloisirs.com

ISBN 2-7441-6272-8

À Eva, qui m'a donné sa force,
et à Sara, pour son courage.

Sara s'est figée, cuillère en l'air. Je lui ai pourtant apporté son gâteau préféré. Mais elle semble redouter quelque chose, quelque chose de terrible. Le regard qu'elle a fixé sur moi n'est pas celui d'une petite fille qui retrouve sa mère après huit jours d'absence, ce n'est pas sa joie ordinaire quand je rentre de l'hôpital. Elle a trois ans, que peut-elle comprendre ?

Toute la journée, je me suis fait une fête de revoir mes deux chéries, elles m'ont tellement manqué. La dernière fois que leur père m'a mise dehors, je les ai retrouvées sales, perdues. J'ai peur, cette semaine m'a semblé un siècle. Habib est sorti du salon. Bien sûr je sais que ce ne sera pas facile. Depuis que je lui ai annoncé que je voulais le quitter, il est devenu comme fou, mais j'espère encore. Dans tous les magazines, on voit des couples se séparer calmement, intelligemment, pourquoi pas nous ?

Je suis une femme du XXIe siècle, une Occidentale qui connaît ses droits. Aucun être ne peut imposer sa loi à un autre. Si nous sommes malheureux ensemble, il faut nous séparer. C'est simple. Au fond de lui, Habib doit forcément penser comme moi. Même s'il a eu des gestes effrayants, il doit me comprendre.

Sara et moi sommes assises sur le tapis. Un de ces nombreux tapis qui ont transformé mon appartement en un cocon douillet, hermétique, étouffant. Celui-là est rose, comme les murs du salon, le décor parle encore de bonheur. Peut-être pour me prouver qu'il avait renoncé à ses traditions, Habib avait accepté que je choisisse des tapis chinois. Pourquoi est-ce que je n'aime pas les tapis persans ? Ils passent pour les plus beaux du monde, les plus précieux en tous les cas. Mais c'était comme le résultat d'une négociation entre nous : des tapis... oui, mais chinois. Un détail qui paraît bien dérisoire désormais.

Que fait-il ? Habib s'est levé brusquement et m'a laissée seule avec les filles. Le genre de prévenance qui ne lui ressemble pas. D'habitude il fait tout pour m'éloigner d'elles, comme s'il n'y avait que lui à savoir s'en occuper. Je l'entends qui ferme la fenêtre de la cuisine, puis celle de notre chambre. Et maintenant celle des filles. Pourquoi ce remue-ménage ? À côté de nous, Eva joue à quatre pattes avec sa tortue en peluche.

À quoi sent-on qu'une atmosphère s'épaissit, que le danger approche ? Je ne sais pas, mais je me suis levée, sans me presser, pour ne pas affoler les petites. Je leur dis qu'il est temps pour moi de partir. Je m'entends parler comme les visiteurs, au pied du lit de mes malades, à l'hôpital. J'embrasse mes enfants. Le plus naturellement du monde, comme s'il était naturel de les laisser seules, ici, avec un homme qui désormais me terrifie. Je ramasse mon manteau et mon sac. Je regrette de ne pas avoir écouté mes copines qui me conseillaient de venir accompagnée. Calmement, je sors de la pièce.

Habib me barre le passage, à deux pas seulement de la sortie. Il m'attrape par les poignets et m'entraîne dans la salle de bains, me jette par terre. Je crie à Sara d'aller chez les voisins. Je ne veux pas qu'elle soit témoin de ces scènes. Ce n'est pas la première fois qu'elle verrait son père me battre. J'en conçois une honte insupportable. Quelle image de l'amour offré-je à mes enfants ? Ah, si mes parents me voyaient. Eux qui sont toujours amoureux après trente ans de mariage, qui nous ont appris le respect et le dialogue. J'ai honte... Il a tiré le verrou de la salle de bains. À l'extérieur, Sara pleure, tambourine contre la porte, m'appelle. Je tente de me relever, Habib m'en empêche.

Il s'est assis sur moi, immobilisant mes bras. J'ai du mal à respirer. Qu'a-t-il encore inventé ? Ces derniers temps, il se contentait de me jeter dehors à la moindre dispute, puis de m'obliger à écrire des lettres d'excuse absurdes pour, enfin, m'autoriser à rentrer chez moi. Comment me suis-je pliée à ce cirque ? Jusqu'où peut-on aller dans l'espoir de désamorcer un conflit ? Je ne peux plus bouger, juste la tête.

J'ai reconnu le manche rouge à croix blanche. Habib a sorti de sa poche le couteau suisse qu'il emportait toujours avec lui lorsque nous partions en pique-nique. Il hurle des insultes. Je vois la lame au-dessus de mon visage. La panique m'envahit. Je n'arrive même pas à crier. Est-ce que ma vie va s'achever ici, sur cette moquette rose, au pied de la table à langer d'Eva ?

J'ai trente ans, deux filles à élever. Je n'ai jamais souhaité de mal à personne. J'ai voulu aider les faibles, les malades, je suis infirmière. J'ai entretenu le père de mes enfants pendant huit ans, et aujourd'hui il veut me tuer. Et soudain je me demande si, après moi, il n'a pas décidé de s'en prendre à Sara et Eva.

J'essaie de me débattre, de repousser Habib. Il est si lourd. Ma pauvre tentative le met en rage. Son regard que j'ai trouvé si beau, si doux, si tendre autrefois, est chargé de haine. Il se concentre, comme s'il avait un problème technique à résoudre. C'est un film d'horreur. J'ai l'impression d'être le patient sur la table d'opération. Habib cherche le meilleur angle pour planter sa lame dans ma figure. Il choisit de commencer par le front, juste dans l'axe de l'œil.

— Puisque tu veux me quitter, plus jamais aucun homme ne s'intéressera à toi. Tu mérites d'être punie. Tu ne seras plus jamais comme les autres femmes. Tu paieras toute ta vie. Tu porteras la marque. Chaque fois que tu te regarderas dans la glace, tu te souviendras. Tu ne pourras jamais m'oublier.

Les mots aussi vont se graver dans ma mémoire.

La lame entre dans ma chair, s'enfonce, descend sur l'œil, la joue, suit un tracé bien droit jusqu'au menton. Je ne vois plus rien. Je ne sais même pas si j'ai mal, tant j'ai peur. Le sang m'aveugle. Les sanglots de Sara redoublent de l'autre côté de la porte. Est-ce que Habib m'a crevé l'œil ?

Son travail achevé, il s'est relevé, a ouvert la porte. Comme un père qui part emmener ses enfants à l'école, il a pris Sara par la main, emporté Eva dans ses bras. Non, c'est impossible. Je me relève, dégoulinante de sang. Je n'ai pas le temps de prendre une serviette-éponge pour cacher ma blessure. Je sors de la salle de bains comme une furie, une morte vivante. Dans le couloir, Habib a mes deux filles. En me voyant, Sara hurle de plus belle. Ses cris déstabilisent son père quelques secondes. C'est assez pour que je lui arrache Eva. Mais il s'enfuit par l'escalier avec l'aînée.

Nous avions deux enfants, il nous en reste chacun un. C'est sa manière de concevoir la justice. Habib a tranché. Mon visage, ma raison de vivre, et aussi le lien qui nous unissait.

Je n'avais jamais appris à me battre. Est-ce un crime d'avoir eu une enfance heureuse ? Je faisais confiance à l'intelligence, je croyais en la loi, au dialogue. En quelques minutes, j'ai vieilli de mille ans. Me voilà revenue au Moyen Âge. Je suis une louve. Je n'ai pas de temps à perdre, je suis pressée d'aller à l'hôpital. Pour qu'on me répare. Ce n'est pas d'être défigurée qui me fait peur. J'ai hâte de partir au combat, pour réunir mes deux filles.

Première partie

1

J'ai grandi au bord de la Loire, à Nantes. J'ai changé de rive, mais jamais je ne me suis éloignée de ce fleuve dans la contemplation duquel je m'abîme depuis l'enfance. À la Loire j'ai confié mes rêves, puis mes angoisses, mes cauchemars, comme si ses eaux brunes avaient le pouvoir de les dissoudre dans l'océan.

Chacun sait qu'il ne faut pas se fier à la Loire. Sous son air calme, elle peut soudain sortir de son lit, envahir les rives, emporter le nageur imprudent dans ses tourbillons. Peut-être est-elle un peu mon modèle, l'apparence est trompeuse. Sous un air angélique, je ne tiens pas en place. Je suis appliquée, tranquille, raisonnable, mais il suffit d'une bourrasque pour tout balayer. Moi aussi, je peux quitter mon cours.

J'ai vécu mon enfance comme la répétition d'un bonheur à construire. D'ailleurs, c'est ce que mes parents nous disaient toujours : nous avions pour seule obligation, à leurs yeux, d'être heureux. Ce devoir n'était pas sans quelques contraintes : nous devions nous donner les moyens de réaliser nos rêves. Rien de plus, rien de moins. J'ai appris à chercher la passerelle entre la vie idéale et celle qui était à ma portée. Aussi loin que je me souvienne, je revois notre maison, bruyante et gaie. J'ai aimé mon enfance.

J'avais trois ans quand mon frère Bruno est né, neuf quand est arrivé Cedrick. J'étais l'aînée. Naturellement, pour imiter maman, je faisais respecter un semblant d'ordre, j'aidais, je conseillais, consolais et organisais les jeux. J'ai plus joué au ballon qu'à la poupée, y prenant goût au point de m'inscrire dans une équipe de basket. Nous vivions en famille comme au sein d'une équipe, chacun savait qu'il ne pouvait rien sans les autres.

Parce qu'il était né près de la mer, papa regardait plutôt vers les sommets. Chaque été nous partions en camping pendant trois semaines, à la montagne. Les premières aventures que j'ai connues se rencontraient sur les sentiers de randonnée. Pour en triompher, il n'y avait pas de mensonge possible, il fallait de la persévérance, du courage, il fallait aussi se plier aux lois de la nature qui serait toujours plus forte que nous.

La main dans celle de papa, j'ai appris le goût de l'effort, du dépassement de soi. J'ai eu la chance d'avoir un père tendre, aimant, très présent, qui avait voulu inventer une nouvelle façon de vivre. Souvent, en rentrant de l'usine où il était ajusteur, il disait à maman :

— Repose-toi, je m'occupe du dîner.

Ils s'étaient connus à quinze ans, pendant leurs années de militantisme politique. C'est peut-être ce qui les avait marqués, l'habitude de se battre ensemble, d'avancer ensemble. Ils croyaient à l'égalité, et moi je croyais que la vie à deux c'était toujours comme ça. Un cocktail simple qui reposait sur un échange constant : joie de s'entraider, désir de se soutenir, oubli de soi.

Maman avait arrêté son métier d'ouvrière pour nous élever. C'était, pour papa et elle, une autre façon de se répartir les tâches. Assoiffés de justice sociale, ils se méfiaient de l'argent qui pervertit les êtres en les entraînant dans son piège. Le seul moyen de s'en défendre était d'apprendre à le tenir en laisse en gérant rigoureusement son budget.

Il fallait distinguer l'accessoire de l'essentiel, vivre simplement, c'est-à-dire sans besoins que nous ne saurions satisfaire. Ils nous ont appris à donner plutôt qu'à prendre, nous révélant ainsi le secret de l'étrange alchimie qui rend plus riche celui qui s'appauvrit.

Même l'adolescence n'a pas fait souffler la révolte sur ma vie. Je continuais à aimer mes parents, inconditionnellement. À croire en l'avenir. Le désir de devenir médecin s'est naturellement nourri du goût d'être utile. La médecine était une vocation, mes bons résultats en classe me permettaient d'y aspirer.

Il n'est jamais venu à papa l'idée de me reprocher la longueur des études que j'envisageais. Avoir une fille médecin valait bien quelques sacrifices. Lui-même avait passé son diplôme de secouriste réanimateur et restait bénévole pour la Croix-Rouge. Mon petit frère souhaitait devenir pompier. J'ai voulu être médecin comme j'aurais voulu être Marie Curie, pour sauver le monde.

Mais il y avait trop de distance entre ce rêve d'enfant et la réalité : je n'avais pas choisi la bonne passerelle. Pour me battre contre le mal, faire reculer la mort, il fallait passer par les cours de maths, de biologie et de chimie où je m'ennuyais à dépérir, jusqu'à préférer les terrasses des cafés, avec les copains, aux sièges des amphis. Que j'échoue aux examens de première année ne m'a pas étonnée. Ce n'était que justice : la paresse, la désinvolture devaient être sanctionnées. L'expérience m'avait suffi, je m'étais amusée pendant un an, je brûlais désormais d'être efficace.

Je me suis inscrite à l'école d'infirmières. Je n'ai jamais regretté ce choix. J'étais trop impatiente, j'avais besoin d'être au contact de la vraie vie, de la vraie souffrance plutôt que des livres. Aussitôt, je suis redevenue l'élève sérieuse que j'avais d'abord été.

J'avais l'âge où se nouent les amitiés les plus solides, l'âge des rencontres qui changent un parcours. Pascale n'était pas mon amie la plus proche, mais nous nous entendions bien. Quand je me souviens d'elle aujourd'hui, c'est comme du visage du destin. Si je ne l'avais pas croisée, ma vie n'aurait pas été la même.

À la fin de notre deuxième année, elle m'a proposé de l'accompagner, un week-end, à Paris. Nous avions réussi nos examens et je connaissais à peine la capitale, dont nous n'étions pourtant séparées, à l'époque, que par trois heures et demie de train... Mais c'est ainsi, il y a deux mondes en France. Les Parisiens, nous les voyions débarquer pour les vacances. Ils sortaient de la gare exténués, stressés, se précipitaient vers les taxis et les cars. Ils se ruaient vers les plages à l'époque où nous les évitions. Pourquoi fréquenter la grande ville ? Sans doute avions-nous peur de nous y perdre, de nous sentir écrasés par son énergie incontrôlable. La foule, les voitures, c'était un peu pour nous l'enfer.

À Paris, j'avais pourtant Alain, un ex à qui je me promettais de rendre visite. Mais Pascale voulait me présenter à un garçon qu'elle connaissait depuis quelques mois et dont elle était folle. Il était étranger, c'était une caractéristique assez commune. Passé Nantes, tout le monde nous semblait un peu « étranger ». À vrai dire, qu'il soit parisien ou réfugié politique iranien, ça ne faisait pas pour moi de grande différence. Je crois que ma famille n'a pas bougé des bords de Loire depuis des siècles. D'ailleurs, le problème essentiel que se posait Pascale était justement celui-là : si elle se lançait dans une aventure sérieuse avec ce garçon, il lui faudrait quitter Nantes pour s'installer... à Paris. Ce n'était pas de fréquenter un homme d'une autre culture qui l'inquiétait, nous n'y songions même pas, c'était de déménager... Nous étions assez jeunes pour croire que l'amour se suffit à lui-même et abolit toutes les distances.

Pascale nous rebattait les oreilles des aventures de son Mahmoud. C'était en 1989. J'ai appris depuis que l'Iran avait fait sa révolution huit ans plus tôt. Le shah, qui avait fêté les deux mille cinq cents ans de la fondation de l'Empire perse assis sur un trône d'or, était mort en exil. Mais sa disparition n'avait pas ramené le calme et la prospérité dans un pays qu'il s'était acharné à moderniser d'une main de fer.

À Téhéran, les femmes étaient ensevelies sous le voile noir. Les « Moudjahidine du peuple », artisans de la révolution, s'étaient laissés prendre au piège des mollahs. Sans doute l'Occident y avait-il un peu aidé... Il avait misé sur des religieux qui n'étaient pas supposés se jeter dans les bras de l'Union soviétique. L'ayatollah Khomeyni, exilé en France, avait été reconduit à Téhéran dans un avion spécialement affrété par notre gouvernement. Autant de détails qui alors ne m'avaient pas intéressée. Comme ne m'avait pas intéressée davantage le sort de ces « démocrates » qui avaient évincé le shah.

Je n'avais jamais voyagé au Proche-Orient. Je connaissais les coups de vent sur l'Atlantique, mais j'avais poussé à l'écart des tempêtes qui soufflent sur le monde. Je suis née dans un pays catholique, mais au sein d'une famille qui avait fait du combat politique, de sa foi dans l'homme, sa seule croyance. Peut-être aussi faut-il rappeler que, dans l'histoire de France, ma ville a donné son nom à un fameux traité, l'édit de Nantes, signé par Henri IV en 1598, pour protéger la liberté religieuse des protestants... La tolérance pourrait presque passer pour une spécialité régionale. Et nous étions tolérants... mais plus ignorants encore. J'avais fréquenté, à l'école, des enfants de toutes origines sans jamais faire de différence. Convaincue que tous les hommes étaient égaux, j'en déduisais qu'ils vivaient tous en respectant les mêmes principes, je n'avais pas d'interdits ni de préjugés. Pour une fine comme moi qui n'avais pas vécu d'autres dépaysements que ceux des chemins de montagne, l'épopée de réfugiés iraniens était captivante.

J'ai découvert que, très vite, les Moudjahidine du peuple, qui avaient cru en Khomeyni, s'étaient retrouvés classés parmi les ennemis de l'islamisme. Pourchassés, persécutés, ils allaient, à leur tour, devoir choisir l'exil. Ainsi en avait-il été de toute la famille de Mahmoud Eghbal.

Le frère aîné, Mohamad, avait intégré une armée de résistance basée à la frontière de l'Irak, contre lequel une guerre de huit ans avait commencé qui allait faire huit cent mille morts. Un des garçons, Aref, était tombé dans une manifestation, victime d'une fusillade provoquée par les pasdaran, les gardiens de la Révolution. Une des fines, Atéfeh, enceinte, avait été arrêtée. Son mari ayant été torturé et exécuté, d'angoisse elle avait perdu leur bébé et n'en aurait jamais plus d'autre.

Les Eghbal avaient choisi de se retrouver en France. Des passeurs leur permirent de fuir par la Turquie. À cheval et à pied. Ils connurent la peur, la fatigue et la faim, se nourrirent parfois de neige. Après Mahmoud, c'est le « petit frère » de dix-huit ans, Habib, qui arriva à Paris, encore traumatisé par la mort d'Aref, son frère le plus proche, son Dieu. Mahmoud le prit sous sa protection. Grâce à son sens de la débrouillardise et du commerce, il avait monté deux boutiques de friperie, boulevard Saint-Michel, en plein cœur du quartier étudiant. Depuis, il n'avait jamais lâché son « petit frère ».

Pascale avait ainsi qualifié Habib dès qu'elle m'avait parlé de lui. Qu'elle ait ajouté combien il était séduisant et combien il avait du succès auprès des femmes comptait moins que ce tendre qualificatif que j'avais retenu, sans doute parce qu'il me mettait en confiance, comme s'il ouvrait la boîte à trésors des souvenirs d'enfance.

Elle m'avait promis que Habib serait là, pendant le week-end, et que je ne serais pas obligée de faire face, seule, à un couple d'amoureux.

*
* *

Comme il l'avait promis, Mahmoud est venu nous chercher, gare Montparnasse, dans ce rôle bizarre de l'étranger qui fait découvrir leur capitale à deux provinciales. Il nous a emmenées chez lui, dans son petit deux-pièces de banlieue, à Champigny-sur-Marne, où Habib devait nous rejoindre dans la soirée. Il passait la journée en Suisse. C'était là, et en Belgique, qu'une à deux fois par semaine il allait acheter des vêtements d'occasion. Il n'avait pas son pareil pour repérer les bonnes coupes et les tissus précieux dans des lots vendus au rabais, nous avait expliqué Mahmoud. Ils gagnaient bien leur vie. Mais il avait fallu s'adapter. Fini le luxe, les manteaux de fourrure que fabriquait le père pour quelques milliers de dollars en Iran.

L'atelier familial avait longtemps vécu grâce aux commandes d'une élite sociale, riche, émancipée, qui, la première, avait choisi l'exil. Artisan prospère et respecté, le père avait toujours cru qu'il transmettrait sa pratique à ses enfants.

— Nous sommes nés avec du fil et une aiguille à la main, disait Mahmoud en riant.

Ils savaient tout faire de leurs dix doigts, surtout Habib, qui pouvait aussi bien tailler ses pantalons que recouvrir les canapés. C'était également un vendeur formidable, nous disait son frère. Avec lui, leur père aurait fait des affaires en or. Il lui suffisait d'un regard pour savoir quelle veste convenait le mieux à une femme. En tout cas, pour l'en persuader. Mais le luxe nécessitait de gros investissements, la fripe rapportait plus, et plus vite. Habib était fait pour le Téhéran impérial, mais Mahmoud avait su s'adapter à la vie à Paris.

Pour dîner, Mahmoud nous avait préparé un dîner iranien. Je découvrais cette cuisine et je la trouvais délicieuse. Tout ce soir-là, me parut exquis. C'est que j'avais franchi beaucoup plus de kilomètres que ceux qui séparaient Nantes de la banlieue parisienne. Et puis Habib est arrivé. Ni Mahmoud ni Pascale n'avaient menti. Il était très beau – grand, brun, avec de merveilleux cheveux bouclés, d'un noir intense – et aussi vêtu avec une grande élégance. Je me souviens encore de son costume. Je ne sais pas si c'est la coupe qui était parfaite ou si c'était sa façon de le porter, aussi décontractée que s'il était en jeans. C'était très rare, alors, de voir un garçon de vingt-cinq ans si bien habillé.

Quand Mahmoud et Pascale ont voulu aller se coucher, nous avons décidé de leur laisser la chambre. Habib et moi, nous nous contenterions de deux matelas étendus à même le sol de la salle à manger. Ainsi, nous n'avions pas à interrompre notre conversation. Comme les nuits d'été, quand je dormais sous la tente, avec mes cousins et cousines, je n'avais plus sommeil. Nous refaisions le monde, nous racontant nos vies en chuchotant, étouffant des rires, allongés dans l'obscurité.

Avant de nous endormir, vers 3 ou 4 heures du matin, Habib m'a demandé si j'accepterais qu'il me fasse visiter Paris, le lendemain. Je ne trouverais pas, affirmait-il, de meilleur guide. J'étais toute prête à le croire. Peu m'importait d'ailleurs. En m'endormant ce soir-là, je pensais à son sourire...

C'était en août, à quelques jours de mon anniversaire, et le temps était délicieux. Sitôt le petit déjeuner avalé, nous sommes partis. J'étais aussi exaltée que lorsque, à l'aube, papa nous emmenait gravir les montagnes. D'ailleurs, nous avons commencé par la tour Eiffel.

— Pour avoir une vision globale de la ville, me précisa Habib.

Le « meilleur guide de la capitale » n'était pas le plus original ! Mais peu importait, je continuais à tout trouver magnifique. Comment ne me serais-je pas enthousiasmée devant le spectacle de la Seine, voie royale entre une succession de palais, enjambée par des ponts de toutes époques, de tous styles, sous lesquels passaient et repassaient des bateaux de touristes venus de tous les coins du monde pour admirer cette ville coquette, maquillée d'une brume rose dans le soleil ?

J'étais habituée aux garçons de la fac, ceux avec qui l'on partage l'addition dans les cafés, qui sont incapables de vous tenir une porte, à qui ne viendrait pas l'idée de s'effacer pour laisser passer une fille. Au nom de quoi le feraient-ils, d'ailleurs... Je les comprenais. Mais Habib se montrait si prévenant, si attentionné ! Avec lui, j'avais le sentiment d'être une chose délicate et fragile. Il faisait attention à moi comme si j'étais la personne la plus importante qu'il ait jamais rencontrée de sa vie. Un objet précieux.

En quittant le Champ-de-Mars, nous avons rejoint le faubourg Saint-Honoré, puis le quartier des Halles. Nous ne voulions pas nous enfermer dans les musées par un si beau soleil. J'avais envie de voir comment vivaient les Parisiens. Nous sautions d'un autobus à l'autre. Et surtout nous marchions, infatigables. C'est Habib qui a choisi où nous irions déjeuner : à une terrasse de la place Saint-André-des Arts, à deux pas de la place Saint-Michel et de la Seine.

J'avais marqué une hésitation en regardant le menu, les prix étaient trop élevés pour ma bourse d'élève infirmière. Maman m'avait appris à être scrupuleuse. Je continuais à respecter les règles familiales : pour ne pas avoir besoin de courir après l'argent, il fallait apprendre à l'économiser.

Mais Habib semblait débarrassé de tout souci de cette espèce. Les préoccupations matérielles ne l'intéressaient pas. Ou plutôt, pour lui ce n'était pas vivre que vivre simplement. Le luxe était le sel de l'existence, cet accessoire qui distingue la vie des êtres humains de celle des animaux. Et puis il avait appris que tout est fragile, et qu'il faut se dépêcher de profiter du présent. Nul ne peut savoir ce que nous réserve l'avenir. Le passé est aux fantômes, l'avenir à Dieu, seul le présent nous appartient... C'était le principe qui guidait sa vie. Je me sentais, à son exemple, un peu ridicule avec mes comptes...

D'ailleurs... j'étais son invitée, avait-il précisé. Il voulait fêter mon premier séjour parisien et aussi, ajouta-t-il, notre rencontre. Avec un sourire un peu timide, il a murmuré, en se penchant vers moi, qu'il espérait que ce voyage ne serait pas le dernier. Nous nous sommes installés à une petite table entourée de jardinières de géraniums, à l'abri d'un parasol qui, sous le soleil, diffusait une lumière orangée. La couleur de la passion ?

Je flottais, j'avais l'impression que notre table était le point de mire du restaurant. Je n'en revenais pas de tout ce que nous trouvions à nous dire, nous qui nous connaissions depuis moins de vingt-quatre heures. Habib aimait les voyages... moi aussi. Il était prêt à faire sa valise pour partir du jour au lendemain au bout du monde... J'en avais toujours rêvé. Habib était tout sourire, à la fois sûr de lui et intimidé. Son français était parfait. Il ne cherchait pas ses mots. Il parlait avec une pointe d'accent qui ne faisait qu'ajouter à son charme.

Il m'a appris qu'il avait fait sa demande de naturalisation. L'Iran, c'était le passé. Il vivait en France depuis maintenant sept ans et voulait y construire son avenir. Il a aussi précisé qu'il ne souhaitait pas se marier avec une Iranienne et s'enfermer ainsi dans le clan des exilés. Le mariage avec une Française était le meilleur moyen de vivre comme un Français. Ai-je réussi à ne pas rougir, à ce moment-là ?

Que m'arrivait-il ? Quelque chose de surprenant, contre quoi on ne pouvait rien, la rencontre de deux âmes, de deux êtres qui s'attendent, comme dans les livres pour enfants... J'étais venue aider une amie à répondre à ses interrogations, et j'avais l'impression que mon destin basculait... Nous avons passé l'après-midi à nous balader en nous tenant par la main. La chaleur de sa paume me rassurait, comme – lorsque j'étais enfant – la main de papa. Avec lui, rien ne pouvait m'arriver.

Je suis rentrée à l'appartement épuisée et éblouie. Était-ce Paris ou était-ce Habib ? Les deux se confondaient. Enfermées dans la salle de bains, Pascale et moi échangions des confidences à voix basse, riant beaucoup. Elle se moquait un peu : j'avais les yeux beaucoup trop brillants pour m'être contentée de visiter Notre-Dame !

Et pourtant, il ne s'était rien passé. Vraiment. Mais elle réclamait des détails. Je ne voulais pas lui en dire plus. Comme si mes souvenirs allaient s'éventer sitôt que je les partagerais. Je ne réalisais pas très bien ce qui m'arrivait. Ce garçon m'avait tourné la tête, c'était certain, mais je me répétais qu'il s'agissait d'un simple flirt, d'une amourette sans conséquence qui ne s'étendrait pas au-delà du week-end. Je ne m'étais jamais amourachée si facilement.

À Nantes, la vie reprendrait, sans Habib. Voilà ce dont il fallait que je me persuade. Je n'allais pas faire comme Pascale, me torturer pour un simple flirt. D'ailleurs, il était hors de question que je quitte ma famille, mon école. Mais pourquoi penser à tout cela, à cause d'un garçon que je ne connaissais pas la veille ? D'ailleurs, c'était notre dernier dîner tous ensemble. Le lendemain, Habib repartirait, très tôt, pour Genève. Il ne rentrerait à Paris que le jour suivant, quand je serais déjà loin. J'ignorais si nous nous reverrions un jour.

En me disant au revoir, Habib m'a embrassée. Sur les joues. Mais c'était assez pour que je ressente une fièvre inexplicable. Il m'a serrée très fort dans ses bras, juste un instant, comme s'il voulait garder mon empreinte, ou marquer la sienne. Nous nous sommes promis de nous écrire, de nous téléphoner. Nantes n'était pas si loin. Habib ne connaissait pas ma ville, ce serait mon tour de lui servir de guide.

Me vint l'idée de lui dire que j'adorais le chocolat suisse, les barres de Toblerone surtout, en forme de montagne. Il m'a juré qu'il m'en rapporterait une, géante, il était certain que je n'en avais jamais vu de pareille. Nous riions tous les deux, comme s'il s'agissait d'une plaisanterie. Habileté d'amoureux : nous avions le prétexte pour nous revoir.

*

* *

Le lendemain, dimanche, je suis allée rendre visite à mon ami Alain. Depuis notre séparation nous avions gardé d'excellents rapports, comme ça a été le cas avec tous mes anciens petits amis. Je n'ai pu m'empêcher de lui parler de ma rencontre avec Habib. Quand une histoire d'amour commence, il y a toujours un moment où elle doit déborder. Les questions d'Alain m'ont alors gênée. Quelle était sa religion ? Qui étaient ses amis ? Suivaient-ils les traditions de son pays d'origine ? Quel était, pour lui, le statut de la femme... et beaucoup d'autres choses auxquelles je ne savais quoi répondre. En fait, je me rendais compte que je ne connaissais pas vraiment Habib.

Alain me recommanda d'être prudente, de faire attention à moi, de ne pas croire forcément tout ce que ce garçon pourrait me raconter. Il me parlait comme au Petit Chaperon rouge, et j'allais avoir vingt-deux ans ! J'étais exaspérée. Il devait être jaloux... D'ailleurs ne m'avait-il pas dit qu'il m'aimait encore, malgré la présence de sa nouvelle fiancée, une ravissante Danoise ?

Quelles que soient les explications, plausibles, à son attitude, son manque d'enthousiasme avait jeté une ombre sur ma belle histoire, et m'avait dissuadée de faire de nouvelles confidences. J'avais eu raison de vouloir protéger mes rêves. Je me suis empressée d'oublier ses recommandations et j'ai rejoint Pascale et Mahmoud pour un dernier dîner.

Nous bavardions encore quand la porte s'est ouverte : c'était Habib qui avait fait l'aller-retour dans la journée. Il devait être épuisé, mais il souriait, ravi. Son frère lui reprocha d'avoir conduit comme un fou, il expliqua qu'il voulait m'accompagner à la gare le lendemain. Il brandissait la barre de Toblerone que je lui avais « commandée » comme un trophée, comme s'il avait triomphé des plus grands périls pour la rapporter à sa dame. Elle mesurait un mètre.

Dans le train qui m'a ramenée à Nantes, je n'arrivais pas à fixer mon attention sur le magazine ouvert machinalement sur mes genoux. Je semblais lire, mais je revivais toutes ces heures avec Habib. Je revoyais son sourire, ses cheveux. Je me répétais son prénom. Les symptômes n'étaient pas difficiles à déchiffrer. J'étais amoureuse.

2

Pendant cinq jours, j'ai passé et repassé dans mon esprit notre belle journée en tête à tête, comme un film dont on ne se lasse pas.

Ma vie à Nantes avait perdu tout intérêt. Je regardais ma chambre de petite fille comme si elle appartenait à une autre. Elle était trop petite, je voulais changer les meubles de place, le papier peint me semblait triste. Je parlais peu. Les blagues de mes frères m'horripilaient. Ils m'observaient en ricanant.

Je ne parlai de mon histoire à personne. La réaction d'Alain m'avait suffi. Personne ne pouvait savoir que le rythme de mon cœur s'accélérait quand j'arrivais devant la boîte à lettres. Les deux premiers jours, je me suis répété qu'il ne fallait pas attendre une lettre de Habib, même pas un petit mot de Habib. Il était reparti pour la Suisse ou la Belgique, il n'avait certainement pas le temps d'écrire. Mais je prenais chaque enveloppe manuscrite avec un tremblement.

Le courrier, c'est une fois par jour, à heure fixe. Le plus éprouvant, surtout quand on vit à cinq dans le même appartement, c'est le téléphone. Je me précipitais à chaque sonnerie.

— Ah, c'est toi, ma chérie, comment vas-tu ?

Je n'en pouvais plus.

Peut-être m'avait-il déjà oubliée. Pourquoi n'avais-je aucune nouvelle ? Est-ce qu'il ne pensait déjà plus à moi ? Alain avait-il raison ? Habib n'était-il qu'un beau parleur ? Comment avais-je pu me laisser embobiner de la sorte ? Je me crispais, il aurait suffi qu'on me marche sur le pied pour que je fonde en larmes. Plus aucun garçon n'avait d'intérêt à mes yeux. Ils étaient tous ordinaires, mal élevés, égoïstes. Aucun romantisme. Comment rêver avec eux ?

Au cours de nos pérégrinations parisiennes, nous nous étions arrêtés dans une des deux boutiques de Mahmoud, boulevard Saint-Michel. J'avais été un peu jalouse des compliments que Habib adressait à une cliente indécise. Il avait ri en voyant ma tête :

— Une femme qui hésite entre deux vestes est une femme qui a besoin d'être rassurée, avait-il expliqué, doctoral. Mon rôle est de lui vendre celle qui lui va le mieux et de la convaincre qu'elle est jolie en la portant.

Peut-être en avait-il déjà trouvé une autre à qui raconter ses bobards. Ferait-il huit cents kilomètres pour lui rapporter, a elle aussi, une barre de chocolat ?

Les cours n'avaient pas encore repris, j'avais tout mon temps pour rêver de sa peau mate, de ses belles mains soignées. Quand je prenais un détail, je l'examinais sous tous les angles. Je repensais à ce qu'il m'avait dit de ses projets d'avenir... comme s'ils concernaient déjà le mien. Habib ne voulait pas rester aux ordres de son frère. Lui aussi aurait son magasin. Un jour. Mais il ne le voyait pas « petit, minable ». Il ne voulait pas vivre dans le laid. C'était éprouvant, à la fin, cette vulgarité des gens fauchés. La vie était courte, il fallait en profiter, vivre dans la lumière, entouré de beaux objets.

Sa boutique, il la dessinait déjà dans sa tête. Il avait tout prévu. Chez lui, on ne serait pas à un mètre près, on n'aurait pas besoin de pousser un carton pour accéder à un présentoir. Il y aurait de l'espace, de la clarté, des sièges confortables où s'attarder. Une ambiance luxueuse qui donnerait aux clientes l'envie de faire des folies. Il ne vendrait que des matières nobles, des coupes parfaites. La friperie le révulsait.

Évidemment, il n'avait pas encore les moyens de réaliser ses rêves. Mais j'étais sûre qu'il y arriverait. Mon père ne répétait-il pas qu'il suffisait d'avoir la volonté ? Il y avait aussi la persévérance et le courage, bien sûr, mais cela suivrait, comme les wagons derrière une locomotive.

J'avais pu me rendre compte que Habib était un excellent vendeur. Sûre que si j'avais été sa cliente... je lui aurais laissé ma paye. Et avec joie encore. Son goût, son charme et son sourire étaient irrésistibles.

Je rêvais le jour. La nuit je veillais, passant le temps en écoutant de la musique. Impossible de lire, inutile d'imaginer que je pourrais préparer ma rentrée.

Le vendredi est arrivé. Cinq jours sans nouvelles de Habib, mon humeur était de plus en plus exécrable. Je n'avais toujours rien raconté, mais mes frères se doutaient de quelque chose. Ils m'épiaient. Je ne pouvais plus les supporter avec leurs allusions. Je m'enfermais dans ma chambre pour ne plus voir personne.

Nous allions passer à table quand Habib a téléphoné. Il était sur l'autoroute, à quelque trois cents kilomètres. Il voulait que nous nous rejoignions pour passer deux jours en amoureux. Je n'ai pas hésité : je lui ai fixé rendez-vous devant la gare. Ce serait le plus facile à trouver pour lui.

N'ayant pas parlé de ma rencontre à mes parents, je me suis inventé une invitation de dernière minute, chez une amie. J'ai menti, ce qui ne m'arrivait jamais. Mais j'avais besoin de protéger mon secret. Il me restait moins de trois heures pour tout organiser. Faire mon sac à la hâte n'interdisait pas que je choisisse mes affaires avec soin. J'adorais les vêtements. Je m'y entendais pour m'habiller, mais avec Habib, j'avais trouvé mon maître. Je voulais lui plaire. Toute la grisaille de ma vie s'était enfuie. Notre premier vrai rendez-vous était déjà une aventure. J'étais pressée qu'il me serre dans ses bras comme le dernier soir chez son frère, sauf que, cette fois, l'étreinte durerait toute une nuit.

En quelques instants, j'ai oublié mes interrogations, mes doutes. Évidemment qu'il m'aimait ! J'avais vingt-deux ans, la certitude d'avoir rencontré l'homme idéal. Comment aurais-je pu ne pas bondir de joie ?

Je me suis dépêchée de cacher ma folie dans ma chambre.

*

* *

J'ai immédiatement reconnu la petite Ford Fiesta rouge à bord de laquelle il m'avait raccompagnée à la gare. Habib m'a ouvert la portière. Je me suis engouffrée dans la voiture. J'étais dans ses bras.

J'adorais tout de lui, son sourire, sa voix, son accent, son parfum, le tissu de sa veste, ses bras, ses mains, notre premier baiser. Je me sentais minuscule contre lui. Toute la semaine il avait pensé à moi, me dit-il. S'il ne m'avait pas appelée, c'est qu'il avait peur, en le faisant, de ne pas pouvoir attendre jusqu'au vendredi pour me rejoindre.

Il a pris mon visage entre ses mains pour me demander, soudain très grave, s'il m'avait manqué. Je n'arrivais plus à parler, tant j'étais émue. Il m'aurait demandée en mariage, je n'aurais pas été plus bouleversée. Il m'a embrassée, comme au cinéma. Un baiser pour la vie. Nous étions jeunes, nous étions beaux, libres, et nous nous aimions. C'était donc ça, le bonheur ? Un bonheur éternel qui devait au moins durer deux jours...

En me réveillant, le dimanche, dans notre petit hôtel du centre-ville, j'ai immédiatement pensé que c'était notre dernier matin. La fin du monde. Habib devait rentrer à Paris. J'avais envie de pleurer en le regardant dormir. Le drap blanc illuminait sa peau mate. Ses cheveux faisaient des vagues. Il a remué, ouvert les yeux, m'a souri. Je me suis serrée contre lui. Il pensait sans doute la même chose que moi, nous ne parlions pas. Ces minutes étaient les dernières avant son départ. Je voulais les graver dans ma mémoire.

Comment allions-nous pouvoir nous séparer ? Depuis deux jours nous ne nous étions pas éloignés de plus d'un mètre l'un de l'autre. Un aimant rapprochait nos corps. Il fallait que nous nous sentions, de la main ou de la hanche. Ce serait une déchirure d'avoir à se quitter maintenant. Et pour se revoir quand ?

Je n'osais pas poser la question. Parce que ma vie tenait à la réponse. Et si tout cela n'était encore qu'illusion, s'il ne revenait plus jamais, aurais-je le courage de l'oublier ou plutôt de reprendre espoir, avec seulement le souvenir d'une rencontre parfaite ?

Sans un mot, nous avons rejoint sa voiture. Il m'a prise dans ses bras une dernière fois. À l'oreille, il m'a murmuré que si je voulais, nous pourrions nous retrouver le vendredi suivant, même heure, même endroit. Ce serait notre gare. J'étais folle de joie. J'allais le revoir. J'avais eu raison de croire en lui. Seule la perspective du prochain week-end pouvait me donner le courage de le quitter. Tout ce que je désirais, c'était être avec lui. Je pouvais compter jusqu'à cinq jours, attendre, subir cette lente mort d'une semaine sans Habib. Je savais que vendredi la vie recommencerait.

Ainsi l'amour m'enchaîna-t-il, à la manière d'un feuilleton. Avec ses temps forts et ses temps morts. Il était impossible de sauter des pages, mais le lecteur pouvait s'endormir en attendant la prochaine action. La vie est une alternance de pleins et de déliés. Habib faisait le trajet Genève-Nantes à bord de sa petite voiture chargée de vêtements pour les boutiques de son frère. Et moi je l'attendais.

Il arrivait les bras chargés d'offrandes, et les déposait à mes pieds comme à ceux d'une déesse. La plupart du temps, c'étaient des vêtements qui m'allaient parfaitement. J'avais perdu mon allure d'étudiante, il me voulait en femme élégante, raffinée.

Il avait le génie de choisir la couleur et la coupe qui me convenaient. Je n'avais jamais été si bien habillée. Le moindre tee-shirt qu'il m'offrait avait l'allure du luxe. Avec moi il jouait à la poupée, il me manipulait, j'étais sa chose et c'est ce que j'aimais. J'étais heureuse de me perdre en lui.

Nous nous voyions très peu, mais je pensais si fort à lui que j'avais le sentiment de vivre tous les jours en sa compagnie. À la fin de l'été, nous formions un couple solide, j'en étais certaine. Nous avions passé trois week-ends ensemble ! Dans notre petit hôtel habituel, sans contingences matérielles, vivant des moments intenses à nous promener dans les différents parcs de la ville, main dans la main, seulement préoccupés l'un de l'autre.

C'était ça la vraie vie, marcher, manger, dormir enlacés, être insatiables de nos corps, voyager dans nos regards. Se sentir un, toujours collés l'un à l'autre. Plus rien ne m'intéressait que ses mains posées sur moi, ses yeux dans les miens.

Pendant ces deux merveilleux mois, nous avons préféré garder notre amour secret. Puis j'ai eu envie de présenter Habib à mes parents. Je ne voulais pas les laisser à l'écart d'une histoire aussi importante. J'aimais Habib, j'adorais mes parents. Je ne pouvais pas séparer les genres, tous ceux que j'aimais devaient s'entendre, s'apprécier. Je voulais que mes parents approuvent mon choix.

*
* *

Un soir, ils l'ont invité à dîner. J'avais recommandé à maman de ne pas servir de porc à table. Tant pis si nous avions toujours regardé la religion avec méfiance. D'ailleurs, dans la sienne, c'était le seul interdit que Habib respectait. Non parce qu'il était musulman, m'avait-il expliqué, mais parce que cette viande, impure en Orient, le dégoûtait, comme les grenouilles dégoûtent les Anglais.

Habib m'avait dit qu'il croyait en Dieu, en un seul Dieu, celui des musulmans, des chrétiens ou des juifs, il n'était attaché à aucune pratique particulière. Il buvait de la bière. Si j'étais un peu inquiète, c'était surtout à cause des blagues stupides de mes frères. Exceptionnellement, ils se sont bien tenus. Papa et maman ont accueilli Habib avec beaucoup de gentillesse et de simplicité.

Lui était très intimidé. Il ne savait pas trop quoi leur dire. Alors, il se lança :

— J'aime beaucoup votre fille, je veux me marier avec elle.

Tout le monde fut surpris, moi la première. Nous n'avions jamais parlé de mariage, et à vrai dire, c'était le genre de formalité qui ne m'intéressait pas. Je croyais que l'amour se suffit à lui-même, que les contrats le souillent. Peut-être Habib s'était-il senti obligé, comme en Orient, de montrer à mes parents que ses intentions à mon égard étaient pures... Nous avons décidé, de façon tacite et bizarre, de ne pas prêter d'importance à cette déclaration. Mes parents n'ont rien dit. Moi, je lui ai seulement demandé, plus tard, pourquoi il s'était cru obligé de faire cette démarche... C'était un dimanche soir, je l'ai raccompagné jusqu'à sa voiture. Puis je suis rentrée à la maison.

*
* *

J'étais trop sensible au sujet de Habib pour que la moindre réticence à son égard ne me mette pas en alerte. Mes parents trouvaient qu'il ne manquait pas de charme, « mais » il avait été élevé dans une autre culture, dans d'autres traditions. Ses parents à lui, d'ailleurs, devaient lui dire la même chose. Cependant les miens sentaient combien je prenais cette affaire au sérieux, et ils n'ont pas voulu m'influencer. Ils auraient seulement désiré que je réfléchisse avant de prendre une décision. Qu'avec Habib nous discutions longuement de nos projets d'avenir avant d'envisager une vie commune. Ils parlaient eux aussi comme si nous pensions au mariage... Mais je ne voulais pas me marier, je voulais seulement vivre mon amour au jour le jour. Toutes leurs recommandations me semblaient d'un autre âge.

Je ne reconnaissais plus mes parents, eux qui s'étaient toujours montrés si ouverts, si confiants. Et surtout je n'avais aucune envie de les écouter. Qui pouvait me donner des conseils ? Qui savait ce qui se passait entre Habib et moi ? Personne ne pouvait imaginer la force de nos sentiments. Comprenant que je n'étais pas prête à les entendre, mes parents se sont tus. C'était un principe sacré pour eux, il fallait respecter les choix de ses enfants.

Quand, quelques semaines plus tard, j'ai annoncé que Habib et moi allions prendre un appartement, parce que nous en avions assez d'aller à l'hôtel, ils ne m'ont fait aucun reproche, ils n'ont pas renouvelé leurs mises en garde. À mon âge, ils avaient déjà fondé leur famille.

Habib me rejoignait désormais du vendredi au dimanche après avoir passé la semaine à Paris. Quand il venait le week-end, nous visitions les studios à louer. Nous avons trouvé un petit meublé, dont il a commencé à payer le loyer. J'étais encore étudiante à l'école d'infirmières. Chaque fin de semaine, je l'y attendais. À peine avait-il franchi le seuil que nous nous jetions dans les bras l'un de l'autre.

Nous avons ainsi vécu notre amour à mi-temps toute l'année scolaire. Puis j'ai passé mon diplôme. J'étais infirmière, amoureuse, et j'avais trouvé du travail à l'hôpital de Nantes. Habib n'arrêtait pas de me répéter combien il était fier de moi. La vie était un rêve...

Un vendredi soir, il est arrivé plus fatigué qu'à l'ordinaire. Il m'a expliqué que ses relations avec Mahmoud s'étaient terriblement dégradées. Il reprochait à son aîné d'être jaloux de lui, parce qu'il avait toujours eu plus de succès que lui. Mahmoud aurait d'abord voulu établir son droit d'aînesse en lui piquant ses petites amies... Mais ce n'était pas cela le plus grave. C'était d'avoir à subir ses ordres en permanence. Il en avait assez de le voir jouer le chef de famille.

Habib était nettement plus en colère que les semaines précédentes quand il avait abordé ce sujet.

Il m'a dit quil ne supportait plus l'idée de travailler avec Mahmoud. Son frère l'empêchait d'évoluer. Il ne voulait plus lui servir de chauffeur livreur entre Paris, Genève et Bruxelles. Lui aussi avait de l'ambition. Lui aussi souhaitait diriger sa propre affaire. Mahmoud n'était pas le seul à pouvoir réussir dans la vie. Et puis, il y avait moi. Il en avait assez de vivre loin de moi.

Je l'écoutais, transie. Habib avait imaginé qu'il serait plus facile de réaliser ses rêves à Nantes, où les loyers devaient être moins chers qu'à Paris. Nous allions vraiment vivre ensemble. Il n'aurait rien pu trouver à m'annoncer qui me rende plus heureuse. J'étais folle de joie. À moi aussi, ces semaines solitaires paraissaient interminables. Mon travail à l'hôpital allait commencer. Je n'aurais plus d'horaires fixes, plus de week-ends assurés. Que se passerait-il alors ? Habib resterait-il seul dans notre studio de Nantes, pour passer une nuit avec moi ou seulement quelques heures, l'après-midi, quand je serais de garde la nuit ? Faudrait-il encore espacer les occasions de nous retrouver ?

J'avais confiance dans la vie mais plus encore dans Habib. L'argent ? Avec lui ça paraissait toujours un détail. Et puis j'avais été élevée dans une famille où l'on savait compter. Dans un premier temps, nous pourrions vivre sur mon seul salaire. Nous avions bien vécu avec le sien pendant presque un an. C'était l'affaire de quelques mois. Il allait la trouver, sa boutique idéale ! Les Nantais seraient épatés, ils n'en auraient jamais vu une pareille...

3

Quelques kilomètres seulement séparaient notre studio de l'hôpital où je venais d'être engagée. Mais ils m'obligeaient à parcourir chaque jour la distance qui va du plaisir à la souffrance. Chez nous, c'était moi pour Habib. Habib pour moi. Des conversations qui n'en finissaient pas, des nuits qui les prolongeaient. Il n'avait aucun ami à Nantes, seulement moi. Et puis nous étions à ce temps de l'amour qui se nourrit de solitude. J'étais sur le versant lumineux de l'existence. Passé l'angle de ma rue, je rejoignais son côté le plus sombre. La souffrance, parfois la guérison, d'autres fois la mort.

J'avais obtenu mon diplôme d'infirmière avec d'excellentes notes, la technique ne me faisait pas peur, c'était plutôt la relation au malheur qui m'était inconnue. Comment rassurer un patient qui se sait condamné, sans toutefois lui mentir ? Comment ne pas se sentir intimidée en pénétrant dans sa chambre ? Comment répondre aux questions des familles, être discrète tout en trouvant les mots ? Mais de cela, il était impossible de parler avec Habib. Il rêvait de vivre dans le luxe, il ne quittait pas les fripes de son frère, les dépôts d'usine en faillite, pour sombrer dans l'antichambre de la douleur, de la maladie, et parfois même de la mort. Les réalités de la condition humaine ne l'intéressaient pas.

Je travaillais au C.H.U. de Nantes, dans le centre de la ville. Service de chirurgie digestive. Beaucoup de mes malades étaient atteints de cancers du côlon, avec de mauvais pronostics de survie. Après avoir été placée sous la direction d'une infirmière expérimentée, pendant une semaine, il a fallu que je me lance toute seule. Les pansements occupaient l'essentiel de mon temps. À mes débuts ça ne me dérangeait pas, c'était la seule occasion de parler avec les patients. Le service étant en sous-effectif chronique, nous étions toujours occupés à courir de l'un à l'autre.

Dans ce service, il y avait peu de responsabilités à prendre, il s'agissait essentiellement d'appliquer les prescriptions. Mais, comme à toute infirmière, il me revenait d'être attentive, de déceler les situations d'urgence, celles qui nécessiteraient l'intervention immédiate d'un médecin ou d'un anesthésiste.

Il y a des soirs où l'on est un peu triste en rentrant chez soi. Surtout au début, quand on ne sait pas encore se protéger. On ne s'habitue jamais tout à fait à voir mourir un patient, mais on n'oublie surtout pas son premier décès. Je sais, l'expression peut paraître étrange, « son décès », mais en chaque être qui meurt c'est un peu sa propre fin, celle de ceux qu'on aime, qu'on reconnaît.

J'étais de garde, une nuit, quand « le mien » est arrivé. Une femme d'une soixantaine d'années, atteinte d'un cancer. En entrant dans sa chambre, je me suis aperçue qu'elle était en arrêt respiratoire. J'appelle une collègue, qui à son tour prévient l'anesthésiste, j'approche le chariot d'urgence et nous commençons à la ventiler au masque à oxygène. Ils me demandent encore d'injecter, par voie intraveineuse, des drogues que j'utilise pour la première fois. Nous remplissons toutes les consignes. Nous n'oublions rien, et pourtant la maladie est la plus forte.

J'ai voulu être infirmière pour soigner, pour guérir.

Ce premier décès, je l'ai vécu comme un échec personnel. Je ne savais pas encore accepter quand vient l'inéluctable. Cette femme, je ne la connaissais pas, mais j'avais reçu ses proches la veille. Quand je les ai vus revenir, au petit matin, livides, je me suis cachée pour ne pas pleurer devant eux. Je suis rentrée à la maison, brisée. Mais j'ai vite appris à dissimuler ma fatigue, mon émotion. Il ne fallait pas faire de peine à Habib.

Je vivais dans deux mondes, étrangers l'un à l'autre. J'étais chez moi dans les deux. J'aimais Habib, j'aimais aussi l'hôpital, ses codes, ses quartiers, ses patrons. J'y avais retrouvé beaucoup de filles connues au cours de mes études, à l'école d'infirmières ou à la faculté de médecine. Je n'avais pas d'hésitation à avoir. Je connaissais le sens de ma vie : j'étais utile aux autres. Et je ne m'ennuyais jamais.

Les journées n'étaient jamais identiques. D'abord à cause des horaires. Ce ne sont pas les mêmes problèmes qui surgissent, à l'hôpital, le matin ou le soir, pas les mêmes inquiétudes, ni les mêmes difficultés.

Le moment le plus difficile pendant les nuits de garde, c'est entre 2 et 5 heures du matin, lorsque la fatigue et le sommeil vous guettent. Au début, j'avais du mal à récupérer. Puis j'ai appris à enchaîner, à changer de rythme.

Lorsque je terminais mon service à 7 heures du matin, je rentrais dormir. Habib faisait attention à ne pas me réveiller. Dans un studio, c'était difficile. Il rêvait les yeux ouverts, dans la pénombre, pendant que je dormais. Il réfléchissait, me disait-il, faisait ses plans, moi je récupérais. Mais j'étais gênée à l'idée de le déranger. Je me dépêchais de me relever. Nous avions besoin d'un vrai deux-pièces.

Avec mon seul salaire, environ sept mille francs par

mois, je ne voyais pas comment nous aurions pu le trouver. Heureusement, il y avait les HLM. Puisqu'il avait du temps libre, Habib décida qu'il commencerait par faire toutes les démarches auprès de la mairie. Il a pris les choses en main comme un vrai travail, remplissant les dossiers, rassemblant les documents, trouvant les justificatifs.

Un jour, en revenant de l'hôpital où j'avais travaillé de 7 à 14 heures, j'ai trouvé un petit mot sur le lit. Il avait obtenu un trois-pièces à Beaulieu, sur les bords de Loire, non loin de chez mes parents.

C'était formidable. Enfin il allait pouvoir penser à sa boutique. Car avec toutes ces démarches, il n'avait pas eu le temps de s'y mettre. Il pourrait le faire, sérieusement, après le déménagement.

Nous avons préparé nos cartons dans la joie. Ce fut facile, nous n'avions rien : des vêtements, un peu de vaisselle, quelques livres et la télévision. Nous vivions avec ce sentiment exaltant d'être des pionniers, au seuil d'une vie d'amour et d'aventures.

L'appartement qui nous avait été attribué nous paraissait incroyablement spacieux, après ces neuf mois passés dans un petit studio. Il était situé au deuxième étage d'un immeuble neuf qui ne ressemblait en rien aux cités HLM de mon enfance. En le visitant, j'avais remarqué un « dressing » de belle taille dans lequel j'avais toute de suite imaginé le bureau de Habib, l'endroit où il s'installerait pour faire sa comptabilité.

En pénétrant dans la seconde chambre, nous nous sommes pris par la taille. Pas tout de suite, mais plus tard... nous y coucherions notre premier enfant.

Je construisais mon foyer avec l'homme de ma vie. Nous nous installions ensemble pour longtemps. Avec peu d'argent, certes, mais ce n'était pas si grave, Habib savait tout faire de ses mains.

Chaque jour ou presque, à mon retour de l'hôpital, je trouvais une surprise. De nouveaux rideaux, de la moquette, un détail esthétique, un dîner tout prêt. J'étais admirative, il avait tous les talents.

Je n'avais pas à me forcer pour le féliciter. Il écoutait mes exclamations de joie, mes compliments, avec jubilation. Il avait besoin de se sentir utile, lui aussi. Pour lui faciliter les choses, j'ai commencé à lui laisser ma carte de crédit. Ainsi, il n'avait plus à m'attendre pour faire ses courses.

Nous vivions comme mari et femme. Ne m'avait-il pas déjà présentée à ses parents ? J'étais la première... disait-il. Je les trouvais charmants, des gens âgés et fatigués qui me traitaient déjà comme leur propre fille, même si Habib avait refusé, comme ils le lui avaient demandé, que nous nous mariions devant l'imam.

Sa mère était née dans un petit village iranien, elle avait gardé sa simplicité, ses superstitions, et son voile. Son père continuait à coudre, sur la machine qu'il avait rapportée d'Iran, des gilets en cuir. Pour me montrer son affection, il me faisait asseoir près de lui, à table.

Dans leur petit appartement de Saint-Leu-la-Forêt, dans la banlieue parisienne, ils ne disposaient que de deux chambres. L'une était réservée au père, l'autre servait à la mère et à ses deux filles, mais lorsque nous venions passer la nuit chez eux, elles insistaient pour nous la laisser. Elles allaient dormir dans la salle à manger et nous abandonnaient leur lit qu'elles n'avaient pas oublié de tendre de draps neufs.

Une fois notre maison installée, Habib a remis son beau costume et entamé les démarches pour ouvrir sa boutique. Je ne me faisais aucun souci. Avec lui, tout allait tellement vite. J'étais sûre qu'il ne tarderait pas à pendre la crémaillère.

Nous étions en janvier 1990, Habib avait choisi le début de l'année pour lancer « la chasse au trésor », comme il disait. Il multipliait les rendez-vous avec des responsables d'attribution de prêts pour se faire expliquer comment monter un dossier de demande de crédit. Tous les organismes financiers de Nantes lui répondaient qu'il devait d'abord trouver un emplacement et établir un budget prévisionnel. Les banquiers l'ont mis en garde : Habib voulait s'installer dans le centre-ville où très peu d'endroits étaient libres. Les loyers étaient élevés.

Ces obstacles ne l'ont pas découragé. Il continuait d'afficher une mine décidée. Il me disait souvent avec son léger accent qui lui faisait à peine rouler les R : « La chance sourit aux audacieux. » Je lui donnais raison. Il a commencé à visiter les locaux commerciaux à louer. Des dizaines. Inlassablement. Aucun n'était jamais conforme à ce qu'il avait imaginé. Il voulait réaliser les dessins qu'il avait depuis si longtemps dans la tête, mais c'était toujours ou trop petit, ou trop sombre, trop loin des grandes artères, et surtout trop cher...

Au bout de plusieurs semaines de recherches, il a fini par établir une première estimation. Il lui fallait un million de francs pour démarrer, payer le pas-de-porte, les premiers loyers, acheter le stock, les présentoirs, les mannequins et engager deux vendeuses.

— Pourquoi deux vendeuses ? ai-je demandé.

Il me semblait qu'il pouvait commencer par se passer de personnel. Il a balayé l'hypothèse. Quitte à prêter, les banques n'étaient pas à quelques centaines de milliers de francs près. Au contraire, plus la somme serait importante, plus on le prendrait au sérieux. Mentionner deux embauches démontrait qu'il était sûr de son succès. Il savait mieux que moi qui n'avais jamais fait la moindre affaire !

Outre les banques, Habib avait démarché des sociétés de crédit et la Bourse du commerce. Des dizaines de rendez-vous pour s'entendre, partout, répéter le même refus. Les prêteurs voulaient des garanties, et nous n'avions pas un sou, ni aucun bien à donner en hypothèque. On ne prêtait pas des millions à quelqu'un sur sa simple bonne mine. Il fallait un capital, une expérience, au moins un garant. Or Habib n'avait jamais été déclaré par son frère. Officiellement, il n'avait donc jamais eu d'activité professionnelle. C'est sans doute une des raisons qui pesaient dans le refus des banques.

Habib était furieux. Qu'on se mette en travers de ses rêves le rendait fou. J'essayais de lui conseiller de demander de l'aide à Mahmoud. Cette perspective le mettait hors de lui. Mahmoud s'était débrouillé tout seul, il voulait lui montrer comment faire encore mieux, pas quémander son assistance. Il n'allait pas jouer les « petits frères » alors qu'il avait quitté Paris pour échapper à son autorité...

Il ruminait. J'ai commencé à comprendre qu'en mon absence, il ne faisait plus rien. Il m'attendait. Mes amis, mes parents tentaient de me rassurer. Il était normal qu'il soit déçu, puis il se ferait une raison et chercherait un travail ordinaire. Chacun y allait de son conseil. Il pourrait ouvrir une boutique en franchise, ça se faisait de plus en plus : la marque mettait une partie du capital à la disposition du créateur d'entreprise. Les banquiers seraient plus faciles à convaincre.

Il nous regardait comme les derniers des ignorants. Des incapables. Habib voulait être tout ou rien. Il refusait d'être un simple commerçant ou, pire, un modeste employé. Il avait d'autres ambitions. Il réussirait dans le prêt-à-porter de luxe, il ne voulait pas en démordre. L'avenir appartenait aux audacieux, répétait-il. Aux autres les petites vies mesquines. J'aurais aimé lui donner raison, mais l'horizon semblait bien bouché. Je commençais à m'inquiéter.

Lorsque je lui conseillais de chercher une place de vendeur, momentanément, le temps de se constituer un curriculum vitae, il me regardait avec hostilité. Il avait pourtant l'air si malheureux que je n'avais pas le cœur de le secouer. Au contraire, comme à mes malades, je lui assurais qu'il fallait garder confiance, ne pas perdre courage. Alors il me prenait dans ses bras. Il me répétait que la seule chose qui comptait, c'était notre amour. Il avait raison. Nous nous aimions. De cela personne ne pouvait douter. Quand nous marchions ensemble, nous ne nous quittions jamais la main. Je croyais en lui. Il trouverait un moyen. Exactement comme il avait obtenu notre appartement, grâce à sa ténacité et à sa volonté.

Et puis, un jour, Habib s'est détendu, il a retrouvé son sourire, son optimisme. J'étais sûre qu'il avait la solution. Même s'il ne voulait encore rien me confier.

— Je t'en parlerai, me disait-il, quand tout sera au point.

J'étais curieuse. Que pouvait-il me cacher ? Il m'a promis un jour que je saurais tout lors de mon prochain week-end de repos. Il fallait que nous ayons du temps pour en discuter.

Le premier soir, il nous a préparé un dîner d'amoureux, avec tous les plats iraniens que j'aimais. Il avait arrangé une jolie table, allumé des bougies. Nous allions passer une soirée romantique. Il me prévint que nous aurions bientôt quelque chose à fêter. Habib m'a longuement prise dans ses bras. Il m'a murmuré qu'il m'aimait, que j'étais la femme de sa vie. Il n'avait qu'un seul désir, me rendre heureuse, m'offrir tout ce dont je rêvais. Il m'a entraînée sur le canapé. Nous

nous sommes assis l'un contre l'autre. Il allait me parler de ce qui occupait ses pensées depuis plusieurs jours. Il fallait que je sois d'accord avec lui parce que nous étions liés pour la vie, il n'entreprendrait rien sans moi : Habib voulait émigrer en Amérique.

J'étais stupéfaite. Certes je lui avais toujours dit que j'aimais voyager, mais de là à émigrer, alors que j'avais ma vie à Nantes, mes parents, mes amis, un métier, l'idée ne m'avait jamais effleurée.

— En Amérique, répétait-il, comme dans un slogan publicitaire, on encourage la libre entreprise. Ici on se méfie des gens qui veulent faire fortune. Là-bas, on sait reconnaître leur valeur !

Il avait déjà contacté des amis qui vivaient à Los Angeles et qui proposaient de nous héberger. Nous ne partirions pas à l'aventure. Où était passée mon envie de bouger ? La Californie ne me faisait-elle plus rêver ?

Il s'attendait à me trouver enthousiaste, comme lorsqu'il accrochait des rideaux à nos fenêtres. Mais le sujet prêtait à plus de réflexion. Mon côté raisonnable reprenait le dessus. Il était déçu.

Toute la soirée, je l'ai interrogé. L'entendre décrire notre nouvelle vie était déjà un voyage. Habib avait eu une idée. La boutique de luxe qu'on lui refusait à Nantes, il l'ouvrirait à Los Angeles où tout ce qui était français valait de l'or.

J'ai réussi à ne pas donner de réponse pendant toute une longue semaine. Malgré ses regards pressants. Mais je ne voulais pas me décider à la légère. Je devais renoncer à beaucoup de choses pour le suivre en Amérique. Mais quand je comparais mon destin au sien – il avait abandonné son pays à dix-huit ans à pied dans la neige, il n'avait pas hésité à quitter Paris pour me rejoindre dans une ville de province où il ne connaissait personne –, je me jugeais bien frileuse, trop peureuse, une « petite-bourgeoise » qui avait décidément trop peur du risque.

C'était à mon âge qu'il fallait aborder la Californie. L'Amérique est un pays jeune, pour les jeunes. Après, quand viendrait le temps d'avoir des enfants, il serait trop tard pour courir vers l'inconnu. Puisque j'étais sûre de mon amour pour Habib, ne devais-je pas être prête à le suivre au bout du monde ? Ne m'offrait-il pas la vie dont j'avais rêvé ? Pourquoi avais-je refusé d'épouser les deux garçons si convenables qui m'avaient déjà fait leur demande, si ce n'est parce que j'avais peur de m'ennuyer près d'eux, dans la monotonie d'une existence organisée du début à sa fin ?

Je ne pouvais rien refuser à Habib. Que valaient mon service de chirurgie digestive, les pansements, les malades avec leurs soucis, leurs angoisses, leur mauvaise humeur, et même les pauses à la cafétéria avec mes copines, à côté de ce qu'il m'offrait : Hollywood ? J'essayais d'oublier que toutes ces souffrances que je soulageais donnaient aussi un sens à ma vie, qu'être utile faisait toute ma force. Que les quelques mots de réconfort que j'apportais à un malade éclairaient mes jours.

Il y avait Habib, et toutes les bonnes raisons pour le suivre. On n'a qu'une vie, qu'une jeunesse. À l'hôpital, j'avais vu défiler trop de gens qui ne pourraient plus jamais songer à être heureux pour laisser passer la chance. Il fallait goûter le présent sans songer au lendemain. Ou plutôt en se disant qu'il pouvait vous reprendre tout ce qu'il vous avait donné. Habib avait gagné : j'étais d'accord pour l'Amérique.

4

Le Cinémascope doit avoir été inventé pour filmer l'océan Pacifique. Los Angeles, en novembre. 25 °C, ciel bleu. À Nantes, il pleuvait sans discontinuer depuis un mois. Ici, sur le boulevard qui borde les plages, c'était une cohue de silhouettes bronzées, musclées, montées sur roulements à billes... Des blondes pour couvertures de magazines, des jeunes inévitablement équipés de Walkman, les yeux dans le vague, et tous patinant, décrivant des arabesques, sautant d'un trottoir à l'autre. L'usage de la marche semblait réservé aux habitants d'une autre planète dont nous étions, Habib et moi. Les panneaux indicateurs portaient des titres de feuilletons télévisés : Long Beach, Palm Beach, Santa Barbara, Santa Monica, Beverly Hills. Et même s'il n'était encore que spectateur, Habib ne doutait pas d'avoir bientôt sa place dans le film.

Que ses amis nous aient oubliés n'arrivait même pas à nous mettre de mauvaise humeur. À notre arrivée, à l'aéroport, nous les avions appelés, comme convenu. Mais personne. Monica, l'amie de Habib, chez qui nous devions habiter, était enceinte, elle était sans doute partie accoucher dans la précipitation. Nous avons cherché un hôtel pas trop cher, ce qui à Los Angeles relève du défi. Et nous avons trouvé une auberge de jeunesse à Santa Monica, sur la plage.

Notre petit pactole, mes économies de jeune fille et celles de Habib nous permettaient de voir venir.

L'atmosphère n'était pas à l'inquiétude. Nous étions jeunes, enthousiastes, l'Amérique était faite pour nous. Quand, avec de longues exclamations, Monica est enfin réapparue, après dix jours, elle nous a raconté qu'elle venait de s'installer, avec son bébé, dans une nouvelle maison à San Diego. À plus de deux heures de voiture. Habib n'avait pas le bon numéro. Il ne fallait pas se vexer. Ainsi sont les Américains : chaleureux, accueillants, et qui oublient vite. Pourtant, Monica n'avait pas changé d'avis, elle nous invitait encore à la rejoindre.

Nous avons pris sa voiture et longé la côte ouest, le long de l'océan, descendant toujours plus au sud, vers la frontière mexicaine. Avant son mariage, Monica faisait chaque année le tour de l'Europe. À Paris, elle avait eu une petite aventure avec Habib. Il s'était gardé de lui dire qu'il était iranien, et s'était présenté comme « Marco », un Italien. J'étais d'accord pour continuer le mensonge, c'était presque un jeu.

Nous partions confiants, Habib reprenait les commandes. Il parlait anglais mieux que moi. Il se lançait sans complexes, alors que j'avais envie de vérifier la rectitude grammaticale de chaque phrase. J'étais épatée, c'était sa quatrième langue après le persan, le turc et le français. Jusqu'à présent, près de moi, il avait toujours été l'étranger. À Nantes, il m'avait rejointe dans mon univers, mon bocal dont je connaissais chaque paroi. Cette fois, les rôles s'inversaient. Nous avions pris le grand large, j'étais perdue, mais Habib se sentait chez lui partout.

Monica et son mari, Bryan, possédaient tout ce qui le faisait rêver. Une grande villa avec piscine, la voiture de sport, un gazon impeccablement tondu, des cartes de crédit, les ordinateurs portables. Elle était avocate, lui, directeur d'une entreprise de location de voitures. Ils nous ont grand ouvert leur porte, nous installant dans leur chambre d'amis. La maison, avec toutes ses salles de bains, était assez vaste pour que nous ne nous gênions pas.

Pour eux, nous étions les « amis de France », un signe extérieur de culture. Ils nous ont présenté toutes leurs relations. Habib ne s'était pas trompé : notre passeport européen nous garantissait, dans ce milieu aisé, une réputation d'élégance et de raffinement que je trouvais un peu excessive. Mais pourquoi les décevoir ? Nous tenions notre place. Et j'avais vite trouvé comment me rendre utile.

Monica était perdue avec son bébé. Elle était rentrée chez elle après seulement deux jours passés à l'hôpital. Elle n'avait pas encore été touchée par la grâce de l'amour maternel. L'enfant... elle l'avait fait pour Bryan, m'avait-elle expliqué. Mais elle avait hâte de retrouver sa silhouette idéale et sa liberté d'esprit. Après deux semaines de repos, elle devait déjà reprendre son travail.

Je lui ai proposé de m'occuper du bébé pendant quelques jours. Ce qui l'enchanta. Son petit Colin était craquant. Pourtant, quand elle rentrait du bureau, elle allait s'enfermer pendant une heure dans sa salle de bains sans lui jeter un coup d'œil. Pour lui donner son biberon, le soir, elle le posait sur le canapé, à distance confortable, pendant que nous papotions. Une fois où nous nous promenions tous ensemble, elle me dit :

— Prends le landau. Avec le bébé, les garçons ne me regardent plus...

Les Américaines m'étonnaient.

Quand il me voyait, le bébé dans les bras, Habib semblait tout ému. Moi aussi, je commençais à me poser des questions. Un enfant... n'était-il pas temps ? Nous avions déjà passé une année ensemble, à profiter de notre liberté. Pour moi, un enfant, c'était le seul contrat qui pouvait vraiment lier un couple. J'aimais tant Habib, je le regardais prendre soin du bébé avec délicatesse, gentillesse. Je savais qu'il serait un bon père. Je voulais qu'il soit le père de mes enfants.

La vie était facile. Ce voyage de noces sous le soleil, les jours tendres, les nuits douces effaçaient les galères des derniers mois, l'avenir bouché comme un ciel d'hiver sur l'Atlantique. Dès qu'il se trouvait bien, Habib se sentait chez lui. Dans les maisons orientales, toutes sortes de gens peuvent s'incruster, sans que personne n'en soit choqué. Il avait été élevé ainsi par des parents extrêmement hospitaliers.

Moi la Française, j'avais d'autres qualités et d'autres défauts, mon individualisme, mon sens de la propriété, de la famille réduite à son noyau central. Je n'avais pas quitté mon hôpital, à Nantes, pour me retrouver baby-sitter à San Diego. Le matelas devenait trop douillet, nous risquions de nous endormir. Pour chercher du travail, un vrai travail, il fallait retourner à Los Angeles.

Il était urgent de voir comment monter une affaire, avec un visa touristique de trois mois. Nos amis nous ont donné quelques numéros d'avocats spécialisés, et ils mettaient surtout à notre disposition leur villa de Woodlands Hills, un très beau quartier près de Hollywood.

Avant de nous rendre chez l'avocat, il fallut traverser Los Angeles Downtown. Ce n'était plus le même univers. Les passagers des limousines passaient sans les voir devant des clochards affalés sur les trottoirs, près de leurs bardas. D'une commande centrale, ils se contentaient de fermer à clé les portes de leur véhicule. On pouvait faire fortune à Los Angeles, on pouvait aussi y mourir de faim. Mais j'étais la seule à regarder de ce côté du trottoir, Habib ne s'intéressait pas aux ratés de *l'American way of life.*

*
* *

Nous avions rendez-vous au vingt-cinquième étage d'un immeuble du centre-ville. Pas besoin de préparer un long discours, notre question était toute simple : comment obtenir la « *green card* », la carte verte, qui seule permettait de travailler sur le sol américain.

L'avocat nous demanda ce que nous faisions tous les deux. J'expliquai que j'étais infirmière et que j'avais déjà exercé. Il me sourit. Je rentrais dans une catégorie professionnelle qui intéressait les Américains. Seulement, il me faudrait compléter mes études. Peut-être deux années supplémentaires pour acquérir une équivalence à mon diplôme. Ensuite, je pouvais être sûre qu'on me délivrerait une carte de travail. Les États-Unis manquaient de professionnels médicaux.

Quand vint le tour de Habib, le ton changea. Pour lui, la situation n'était pas si simple. Il venait d'être naturalisé français, certes, mais cela ne lui donnait pas pour autant un métier. Il se disait vendeur, mais rien ne le prouvait. Hormis son baccalauréat, il ne justifiait d'aucun diplôme. Il entrait donc dans la vaste catégorie des personnels non qualifiés. Il y en avait déjà beaucoup trop en Amérique. L'État lui refuserait sa carte verte.

Habib a alors sorti son atout, son idée géniale : le magasin de vêtements français, une boutique de luxe qui collait à l'air du temps. La certitude de faire fortune. L'avocat a hoché la tête. Il n'était pas impressionné du tout.

Pour ouvrir un commerce, il fallait pouvoir bloquer le double de la somme investie dans une banque américaine : les États-Unis ne voulaient pas avoir à payer de dettes en cas de faillite. Aucun crédit n'était envisageable. Seule la famille ou les amis pouvaient investir dans le capital de l'entreprise. Mais de toute façon, sans permis de travail, Habib ne pourrait rien faire. Et sur ce chapitre, la justice américaine se montrait impitoyable. Elle pouvait ordonner la fermeture d'un commerce du jour au lendemain ; au mieux, expulser le propriétaire ; au pire, le condamner à une peine de prison avant de le renvoyer dans son pays, avec interdiction de revenir sur le territoire américain. Contrairement à ce que pensait Habib, les lois américaines étaient encore plus strictes que les lois françaises. Le pays de la libre entreprise avait appris à se méfier des chercheurs d'or.

*
* *

L'entretien était terminé. Nous avons payé nos cent dollars, et nous sommes partis en disant merci. J'étais sonnée, mais Habib était K.-O. Il descendait du ring en titubant, je me demandais si nous avions fait tout ce chemin pour rien.

Nous avons marché un bon moment sans parler, chacun perdu dans ses pensées. Habib a murmuré entre ses dents :

— Ce sera donc toujours la même chose, on ne me donnera jamais ma chance !

Il y avait un tel désespoir dans sa réflexion que je l'ai obligé à s'arrêter. Je l'ai pris dans mes bras et je l'ai embrassé. Je l'aimais. N'était-ce pas le principal ? Ne me l'avait-il pas cent fois répété ? Ma déclaration ne l'a pas consolé. Pour la première fois, il a même eu un mouvement de recul vis-à-vis de moi. Il n'en pouvait plus de mes supériorités supposées... Il trouvait ça injuste. On me donnait ma chance, pas à lui. Tout ça parce qu'il était iranien et moi française. Les Occidentaux se donnaient des airs généreux, en fait ils savaient préserver leurs avantages.

Et pourtant... je l'aimais tant que j'aurais préféré qu'on me refuse un avenir à moi, si ça avait pu l'avancer lui, lui permettre de réaliser ses ambitions. Il m'en fallait moins qu'à lui, je me serais toujours adaptée, j'aurais trouvé comment me rendre utile. Je n'avais pas de gros besoins. Au fond je m'en fichais, du luxe, des piscines, et même des fringues. J'avais un pays, des amis, une famille.

Nous sommes restés là, dans les bras l'un de l'autre, longtemps, au beau milieu du trottoir, immobiles, indifférents à la circulation, aux gens que nous gênions. J'essayais de le bercer, comme le petit Colin quand il pleurait pour rien. De le calmer... Je pensais à mon rendez-vous avec l'infirmière générale ; avant mon départ, elle m'avait promis qu'il y aurait toujours une place pour moi à l'hôpital de Nantes.

J'avais aussi gardé notre appartement, en confiant à mes parents une procuration sur mon compte pour qu'ils payent le loyer. J'avais pensé à tout. N'avais-je pas pensé à trop de choses ? Voulais-je vraiment larguer l'ancre avec Habib ? Est-ce que j'avais jamais cru à son rêve ? Nous avons éprouvé le besoin de nous asseoir dans un café, pour discuter.

Notre visa n'avait pas encore expiré. Monica et Bryan nous avaient répété qu'ils seraient ravis de nous loger chez eux, à San Diego comme à Los Angeles. Il nous restait des points de chute. Nous n'étions pas perdus. Et il y avait peut-être des possibilités qu'un avocat ne pouvait pas envisager. Que savait-il de la façon dont vivaient les émigrés aux États-Unis ? Ces types qui ont fait des études, ils croient toujours qu'il faut respecter les règles. Ils n'ont jamais désobéi à papa-maman... Tous les gens qui s'installaient aux

États-Unis n'étaient pas des milliardaires, autrement ils seraient restés chez eux. Ça, c'était un argument. Il faudrait demander aux Iraniens de Ventura Boulevard comment ils s'en sortaient...

Habib reprenait espoir. Il fut d'accord avec moi quand je lui expliquai que je voulais profiter de mon séjour pour perfectionner mon anglais. Finalement, j'avais trouvé comment justifier ces longues vacances. Je ne pouvais pas supporter l'idée de perdre mon temps. Nous nous sommes inscrits dans un cours du soir pour les étrangers, à l'université de Los Angeles.

Nous avons appelé nos parents pour leur dire que tout allait bien. Nous insistions sur le fait que nous portions de simples tee-shirts quand ils étaient équipés de gros pulls, n'était-ce pas suffisant pour prouver que la vie était géniale ? Déjà, nous connaissions l'astuce qui nous permettrait de rester plus longtemps que les trois mois du visa. Monica nous avait dit qu'aux États-Unis, quand on vous demandait vos papiers, il suffisait de présenter un permis de conduire américain. Un étranger qui conduisait sa voiture ne pouvait être tout à fait un paumé. En France, ce genre de formalité prenait du temps. Là-bas, elle ne nécessitait que quelques jours. Nous obtînmes le permis...

J'allais passer mon premier Noël loin de chez moi, mais sous les palmiers, et dans les bras de l'homme que j'aimais. Nous avions trouvé une Coccinelle à six cents dollars. Je l'avais voulue orange. Dans le quartier élégant que nous occupions, c'était devenu l'attraction. Les deux Français qui peignaient leur caisse à savon à la bombe, ça amusait le voisinage.

Aux cours du soir, c'était autre chose. Des Chinois, des Mexicains, des Portoricains, émigrés de toutes situations, de tous milieux, mais tous animés par un formidable désir. Habib et moi n'étions pas dans le même groupe. Nous avions passé des tests. J'avais eu la surprise d'être étiquetée deux niveaux au-dessus de lui. Je n'y comprenais pas grand-chose. Décidément, l'Amérique me préférait. Elle avait tort.

Habib avait retrouvé son sourire. Visiblement, il avait choisi de fermer les yeux sur ce qui le dérangeait. De prendre le temps qui se présentait sans même chercher d'excuse. Il parlait moins, maintenant, de sa boutique de luxe. Comme nous l'avions projeté, nous étions allés nous renseigner dans le quartier iranien de Los Angeles. Nous y allions encore dîner. Les compatriotes de Habib avaient l'habitude de s'entraider, je pensais qu'ils pourraient faire quelque chose pour lui. Il entrait dans chaque boutique demander, en persan, s'il y avait du travail. Il paraît qu'il n'y avait rien.

Le manque de certitudes concernant l'avenir nous forçait à profiter du présent. La sensation d'être en vacances s'était accentuée. Mais je n'allais pas me défaire longtemps de mon côté raisonnable. Si nous ne trouvions pas, rapidement, le moyen de gagner de l'argent, il nous faudrait rentrer. Il ne restait plus que la solution du bébé de Monica.

Alors nous sommes retournés à San Diego. Pendant trois mois je me suis occupée de cet enfant. J'ai joué mon rôle avec sincérité. Mais de qui étais-je la baby-sitter, de Colin, trois mois, ou de Habib, trente ans ? Au début du printemps, nous n'avions presque plus d'argent. Notre visa avait déjà expiré depuis deux mois. J'aurais voulu que la décision vienne de lui. Mais il était ailleurs, déjà il avait pris la fuite.

Nous avons eu notre première brouille à ce moment-là. Habib ne voulait pas rentrer. Mais je refusais de jouer l'autruche, la tête dans le sable de ces plages qui n'en finissaient pas. Je m'étais accordé cinq mois de vacances, c'était plus que je n'en avais jamais espéré. L'hiver avait été formidable, mais le printemps était bien engagé. Il était temps de dire merci pour tout, et de rentrer à la maison.

J'essayais de lui remonter le moral, mais je savais bien que c'était plus simple pour moi que pour lui. Chez moi, on m'attendait comme une reine. Mais, chez lui ? Il avait annoncé qu'il allait ouvrir une boutique à Los Angeles, et revenait à ma remorque... Il serait le premier garçon de la famille à avoir échoué. Son frère était arrivé à Paris sans rien. Aujourd'hui, il dirigeait plusieurs affaires. Habib était orgueilleux, il aurait tout fait pour cacher cette vérité, aux autres comme à lui-même, il aurait pu s'inventer une vie en Amérique, s'enfermer dans une illusion qui lui aurait coûté cher pour ne pas être le « raté » de la tribu. Cet orgueil me semblait absurde. On ne pouvait rien construire sur le mensonge. En France, je l'aiderais à trouver sa voie, même s'il fallait, pour ça, s'installer à Paris.

Grâce à lui, j'avais vécu une belle aventure, j'avais goûté à un grain de folie. Sans Habib, jamais je n'aurais quitté ma petite vie tranquille, en province. Et c'était vrai, j'aimais aussi ses rêves, il m'avait appris à me mettre en danger, à prendre des risques, à ne pas avoir peur.

Dans l'avion qui nous ramenait en France, je tentai encore de le rassurer, mais il resta de glace. Je me demandais ce qui pourrait lui faire reprendre courage.

5

L'infirmière générale du C.H.U. de Nantes avait quelque chose à me proposer dès le lendemain si je voulais... J'ai repris le chemin de l'hôpital, comme si de rien n'était. Il m'avait fallu moins d'une semaine pour retrouver un travail fixe. Seule différence : je changeais d'étage et travaillais désormais au service des grands brûlés.

Il y a plusieurs services, dans un hôpital, qui demandent aux infirmières un engagement extrême. En particulier, la réanimation, où arrivent les patients en état d'urgence, et les grands brûlés. J'allais comprendre pourquoi l'enfer a longtemps été figuré par un fourneau dans lequel étaient plongés les méchants. La différence, c'est que mes condamnés n'avaient fait de mal à personne, ou seulement à eux-mêmes. Ma consolation c'était d'aider, de soulager les souffrances. Je ne pouvais pratiquement rien à celles que je découvrais dans mon nouveau service. J'étais totalement impuissante contre le mal. Et, en plus, je me trouvais lâche.

Pas un corps qui ne soit supplicié, pas un visage qui ne soit défiguré, pas une peau qui ne parte en lambeaux. Partout des écorchés vifs sur leur lit « fluidisé », des matelas faits pour les blesser le moins possible, et cette odeur obsédante de chair brûlée qui ne s'effaçait jamais des chambres et qu'il me semblait transporter avec moi, comme un boucher qui n'arriverait pas à se défaire de l'odeur du sang.

J'étais à des milliers de kilomètres de Santa Monica. L'image des jeunes gens que j'avais rencontrés là-bas, de leur beauté sous le soleil, c'était comme l'image du paradis. On aurait dit qu'au nom de quelque justice immanente, il me fallait payer ces cinq mois de bonheur et d'insouciance au bord des plages du pays le plus riche de la planète, cinq mois d'égoïsme heureux.

Fini le mythe de l'éternelle jeunesse, je plongeais dans le désespoir, la douleur, l'intolérable. Accidents domestiques, barbecues entre copains qui finissent en tragédie, perte de conscience d'un alcoolique qui s'endort sur un radiateur, accidents de la route, suicides. La plupart de mes malades étaient jeunes. Ils souffraient atrocement, certains nous en voulaient de les maintenir en vie. Leurs chances de s'en tirer étaient minces, et s'ils s'en sortaient, comment leur cacher la suite ? Le calvaire des greffes de peau qui prennent, oui, peut-être... mais en laissant des cicatrices qui vous défigurent à jamais.

Changer les pansements quotidiens d'un patient mobilisait deux infirmières pendant deux heures. La disparition de la peau – qui représente la première barrière contre les atteintes microbiennes – nous obligeait à travailler dans des sas stériles, vêtues de tenues particulières, étouffantes, et qui ralentissaient nos gestes. L'odeur de chair brûlée y était à son comble.

Au début, j'ai cru que j'allais m'habituer. Que, passé le premier choc, l'horreur n'aurait plus de prise sur moi. À l'allure où elle frappait, la mort finirait bien par me devenir indifférente. Mais je n'arrivais pas à m'endurcir, la carapace ne prenait pas. Dans un service de longue maladie aussi, la mort est là, mais elle nous apprivoise. On se prépare au « départ » d'un malade. Son état de santé décline, jour après jour. Les proches, eux aussi, se font à l'idée du décès. La mort prend une forme humaine. Parfois même, on l'attend, elle se fait délivrance. Mais chez les grands brûlés, la violence de cette mort ne s'apaise jamais. Je crois que pour s'y habituer, il faudrait perdre son humanité. Chaque journée de travail était une épreuve.

J'aurais eu besoin d'en parler chez moi. Il fallait que quelqu'un m'aide à porter ce poids, à évacuer les émotions trop fortes qui me submergeaient. Mes brûlés me consumaient de l'intérieur, j'étouffais de ne pouvoir dire ma rage, ma tristesse, mon impuissance parfois. Mais Habib refusait de m'écouter. Il ne supportait pas la vue du sang, je le savais, je trouvais même ça touchant, avant. Sous ses allures viriles, sa faiblesse m'attendrissait... Pauvre idiote. C'était facile de prendre la fuite, de se dire trop sensible. Et moi, alors, je n'y avais pas droit, à mon exquise sensibilité ? Que me conseillait-il, de laisser mes malades tomber en cendres, et d'aller boire un café... C'était ça, pour lui, la vie ? Aux autres, le sale boulot. À lui, les rêves en rose.

C'est tout juste s'il ne me disait pas que j'avais de la chance d'avoir un travail, que je n'avais pas à me plaindre. J'avais été augmentée, je gagnais maintenant près de dix mille francs par mois ! L'hôpital était une façon comme une autre de gagner sa vie. Vendre des voitures, s'occuper des blessés et des mourants, tout ça c'était pareil.

Dans le drame quotidien où je me débattais, me dire que mon compagnon était jaloux de moi parce que j'avais une place dans la société et lui pas devenait presque comique. Il me fallait prendre sur moi pour oublier les images de cauchemar d'une vie bien ancrée à la réalité, et prendre sur moi pour affronter les états d'âme de Habib, le doux utopiste.

Car non seulement je ne pouvais compter sur aucun soutien à la maison, mais quand je rentrais, je trouvais un homme abattu. Il n'avait toujours pas défait ses bagages. Comme s'il ne pouvait pas se faire à l'idée que le voyage était terminé. Il ne voulait pas être rentré d'Amérique...

Sans doute avait-il plus que jamais besoin de moi, mais j'étais incapable de trouver l'énergie pour l'écouter. Nous nous isolions l'un de l'autre, dans le silence. Moi, je prenais mécaniquement mon sac pour aller à l'hôpital, rejoindre un monde de souffrance que j'aurais tant voulu adoucir mais sur lequel, souvent, je ne parvenais qu'à me briser. Lui ne sortait plus de la maison, ses seuls contacts passaient par un ordinateur dont la vue me donnait la nausée. Nous vivions en décalage. Même nos horaires étaient devenus incompatibles.

Au bout de neuf mois, je n'étais plus que l'ombre de moi-même. Habib et moi ne nous parlions presque plus.

— Qu'est-ce qu'on mange, ce soir ? As-tu fait les courses ?

C'était notre seule conversation. Nous gardions nos pensées pour nous, chacun de son côté. Je préférais ignorer comment il occupait ses journées. Il nous arrivait encore de passer une agréable soirée, mais c'était au prix d'une censure rigoureuse, d'une surveillance de chaque instant : il ne fallait aborder ni le sujet de mes malades, ni celui de son avenir. À part ça, tout allait bien... Je me demandais si tous les couples en passaient par là. S'il fallait s'habituer à ça aussi. Je me forçais pourtant à garder espoir. Je n'avais pas le secours de la foi en Dieu, pas de vie éternelle pour me consoler. Il fallait que je me contente de celle-ci, toute seule. Mais garder l'espoir, par moments, c'est aussi glorieux qu'arroser le désert.

*

* *

Un jour comme un autre, c'est-à-dire atroce, un blessé d'à peine vingt ans est arrivé dans mon service. Suicide par le feu. Je suis entrée dans sa chambre bardée de mon petit courage habituel. Mais devant son lit, j'ai marqué un temps d'arrêt. Une fraction de seconde, je me suis demandé pourquoi il avait des draps rouges.

Brûlé à quatre-vingts pour cent, c'était un écorché vif. Le sang suait de tout son corps, on lui en avait déjà transfusé trente poches... Ça ne servait à rien : il n'avait plus de peau, c'était comme verser un liquide dans une passoire.

Les deux infirmières qui m'accompagnaient n'ont pas fait attention. Quand on avait un mouvement de recul, mieux valait passer outre, sans faire de commentaire. Nous avons donc commencé à enlever ses pansements souillés, le plus doucement que nous le pouvions. Il était sous anesthésie générale, le seul moyen pour lui de ne pas sentir les flammes qui continuaient à le dévorer.

C'est moi qui ressentais une chaleur étouffante, avec une difficulté croissante à bouger. Les pinces pesaient des tonnes. À cause de l'odeur, j'essayais de respirer le moins possible. Je me concentrais sur ce que j'avais à faire, sans écouter mes sensations, reproduisant les gestes de manière mécanique. Surtout, ne pas penser, ne pas commencer à prendre la pente du doute. Qu'est-ce que j'étais en train de faire ? À quoi ça servait ?

Au bout d'une heure, j'étais à bout. J'ai encore entendu une infirmière s'exclamer, puis plus rien. Je me suis réveillée allongée dans la salle de repos, les pieds surélevés, un masque à oxygène sur le nez. Je n'avais même pas le courage de penser au comique de la situation : l'arroseur arrosé. L'infirmière... à l'infirmerie.

Une collègue a pris ma tension.

— Pas bien élevée, a-t-elle grommelé.

Une autre est allée me chercher un chocolat chaud et des biscuits à la cafétéria. Personne ne voulait trop me plaindre. Il fallait tenir. Tous les gens qui travaillaient avec moi, dans ce service, partageaient la même horreur. Si on commençait à se laisser aller, c'était fini. C'est sans doute pourquoi le personnel médical a parfois l'air si dur. Tout ça je le savais. Le travail que je n'avais pas pu faire serait terminé par une autre. J'avais honte de m'être évanouie pendant mon service, comme une débutante.

J'ai bu mon chocolat, avec avidité. On m'a demandé si je pouvais rentrer chez moi toute seule. J'ai pensé que prendre l'air me ferait du bien, mais plus encore sortir de l'hôpital.

Et je suis rentrée à la maison, à une heure inhabituelle, essayant d'oublier les images qui me hantaient. Habib était assis sur le canapé en train de regarder la télévision. Il a eu l'air étonné de me voir. Après déjeuner, il avait tout laissé en plan derrière lui.

J'ai enlevé mon manteau sans un mot, ramassé la vaisselle sale, essuyé les miettes. J'hésitais entre les larmes et la colère, j'avais envie de le secouer pour qu'il comprenne. Comme si le bruit de la vaisselle remplaçait les mots, je lavais son assiette, ses couverts en faisant le plus de vacarme possible. Je voulais qu'il se sente coupable, qu'il réalise enfin. Je voulais qu'il paye aussi pour ce garçon de vingt ans qui allait mourir.

Il est entré dans la cuisine sans que je l'entende. Il a posé ses mains sur mes épaules, et tout doucement m'a demandé ce qui se passait. Comme je ne répondais pas, il m'a essuyé les mains avec un torchon et m'a entraînée vers le salon. Il m'a forcée à m'asseoir puis s'est agenouillé devant moi en me redemandant ce qui n'allait pas. Et là, j'ai tout dit.

Je n'arrivais pas à m'arrêter de parler. Tout y est passé : les neuf mois désastreux que nous venions de vivre, l'hôpital, notre manque de communication. J'avais l'impression qu'il ne faisait rien de la journée et, quand je rentrais, je me retrouvais à faire le ménage, les courses en prime. J'en avais assez. Et puis l'état d'inertie dans lequel il se trouvait depuis notre retour des États-Unis me rendait folle. Quand allait-il se décider à chercher du travail ? De nous deux, moi seule faisais les efforts, moi seule me battais. Et la guerre était trop dure.

Enfin je me suis tue. Il m'a embrassée, serrée contre lui et s'est mis à me bercer comme une enfant. Il n'avait rien trouvé à expliquer.

Un mois plus tard, j'obtenais ma mutation au service de réanimation médicale. Habib exultait : il n'avait pas trouvé de travail, non. Il avait gagné au Loto. Un chèque de cent mille francs lui permettait de reprendre confiance en sa bonne étoile. Il l'a brandi devant mes parents comme s'il lui rendait sa dignité. Il ne pouvait deviner que pour eux, au contraire, le jeu était un vice dont il convient de se tenir à l'écart. Devant l'importance de la somme, ils ont pourtant passé outre à leurs principes. Ça allait un peu me soulager, ont-ils pensé. Habib s'est précipité dans une grande surface, pour acheter un buffet et une table de cuisine. Le reste, il l'a placé sur un plan d'épargne. Je trouvais ça tout naturel. Il fallait bien ménager ses rêves. Moi, je me contentais de gérer le quotidien. Cela dura près de deux ans...

6

J'ai appris en juillet 1994 que j'étais enceinte. Mon corps avait su trouver comment repousser l'idée, envahissante, de la mort. Avec Habib, j'avais décidé de ne plus prendre la pilule un mois plus tôt, en juin. Mais cela faisait cinq mois que je lui en parlais. Il n'était pas pressé, il voulait encore attendre, non qu'il ait jamais évoqué le souci de ne pas avoir de travail, mais il se demandait si nous n'aurions pas encore envie de voyager. Pourtant il disait depuis toujours à nos amis qu'il voulait quatre ou cinq enfants. À moi, pour le moment, un seul suffisait. J'avais vingt-six ans, ma mère avait cinq ans de moins quand j'étais née. Les premiers symptômes d'une grossesse pouvaient être mis sur le compte de la fatigue, mais quand je suis allée chercher mes résultats au laboratoire de l'hôpital, il n'y avait plus de doute possible. Pendant que je lisais la feuille, mes mains tremblaient de joie.

Il me fallut repousser toutes les tentations d'avertir aussitôt mes copines, ma famille. Je voulais que Habib soit le premier à savoir. Au volant de ma voiture, je souriais béatement. J'avais gardé à la main les résultats de l'analyse, ne me lassant pas de les relire comme si c'était un faire-part. « Monsieur et Madame Machin ont la joie de vous annoncer la naissance de... » Moi, c'était la médecine qui m'assurait que je portais en moi une vie qui était encore invisible. Je me demandais comment j'allais le lui dire : quand il m'a vue entrer comme une folle, euphorique, les larmes aux yeux, il a tout de suite compris. Et m'a soulevée dans ses bras en hurlant de joie. La déferlante de la vie emportait tous nos mauvais souvenirs.

Cette grossesse m'a immédiatement apaisée. Je n'allais pas à l'hôpital dans le même état d'esprit. En réa, il était habituel que nous passions plusieurs heures au chevet d'un même malade. Nous n'avions pas plus de quatre lits chacune, ils exigeaient une surveillance constante. Dans le poste central de notre salle de soins, les alarmes sonnaient en permanence. Ici plus que nulle part ailleurs, la vie tenait à un fil. La présence d'un enfant en moi me donnait une force et une sérénité que je n'avais jamais connues. Il en fallait pour affronter les regards des patients soutenus par des installations lourdes.

Nos contacts verbaux étaient rares, parce que les malades étaient trop faibles ou incapables de parler, à cause de l'appareillage. Mais il fallait soutenir leurs proches. Donner des nouvelles, trouver les mots simples pour expliquer des choses très compliquées, répondre aux questions avec douceur, dédramatiser. Mais ne jamais mentir, il était vain de raconter des histoires, de faire des promesses stupides, on ne construit rien sur le mensonge, pas plus l'apprentissage de la vie que celui de la mort.

Mais comprendra-t-on que j'allais à mon travail avec le sourire ? La réa est, je l'ai dit, comme les grands brûlés, le service qui demande le plus d'engagement à l'infirmière. On le présente comme un des « services actifs » de l'hôpital. Je devais manipuler des drogues nouvelles, j'étais entourée d'une véritable armée de robots, les « scopes », qui surveillaient tout. Et nous étions nombreux. Huit le matin, six l'après-midi, en comptant les seuls infirmiers. Ajoutez à ces chiffres cinq médecins, cinq internes, huit aides-soignants, le service de réa était une équipe soudée où chacun connaissait son rôle. J'aimais son ambiance.

Au quatrième mois, j'ai su que j'attendais une petite fille. Habib était fou de joie. C'était ce qu'il désirait : peut-être ne voulait-il pas trouver de rival à la maison. Tout le contraire de son frère, Mahmoud, qui avait déjà eu une fille, avec mon amie Pascale, et qui rêvait d'un fils... Je vivais une grossesse de rêve. Même si les précautions dont mon compagnon m'entourait avaient fini par m'exaspérer. J'étais à peine enceinte de deux mois que je n'avais plus le droit de porter aucun paquet... Habib suivait l'évolution de mon état pas à pas. Avec sa caméra qui ne le quittait plus. Il était furieux quand l'échographiste a refusé qu'il filme l'écran sur lequel apparaissait, pour la première fois, notre enfant. Je l'ai convaincu de supporter ses humeurs, elle était la meilleure de l'hôpital. Il s'est consolé en collant sur l'album l'échographie de notre bébé.

Habib n'était plus inactif. Il retapissait la chambre de l'enfant, confectionnait de nouveaux rideaux, visitait toutes les boutiques de puériculture pour s'informer sur le matériel nécessaire, comparait les notices techniques. Aucune de mes amies n'avait vécu une expérience pareille. Leurs maris étaient souvent effrayés par ce qui se tramait. Ils leur laissaient les problèmes, se contentant de gagner leur vie à l'extérieur. Chez moi, les rôles étaient inversés. Habib faisait à nouveau merveille dans sa charge d'homme au foyer. Je m'en accommodais, mon travail me passionnait et j'étais débarrassée de toutes les contraintes. Habib avait retrouvé son enthousiasme, il n'était pas question qu'il cherche du travail maintenant. Il voulait être à ma disposition et, surtout, ne pas rater le grand jour.

Plus que jamais, il s'était mis à jouer au Loto. Les cent mille francs gagnés quelques mois plus tôt l'avaient accroché davantage. Il les considérait comme un premier acompte. Il allait dénicher la maison avec jardin où jouerait notre enfant.

Chacun de son côté, nous dressions des listes de prénoms, puis nous recoupions nos choix. Nous voulions quelque chose à résonance étrangère, mais Habib refusait un prénom iranien. Nous sommes tombés d'accord sur Vera, ça avait un côté russe qui nous plaisait. Mes parents ont été les premiers à se scandaliser : le « verrat », c'est le porc mâle employé comme reproducteur, nous apprirent-ils. Nous étions passés à côté d'une belle catastrophe... Il nous restait un mois pour nous décider : nous avons trouvé Sara. Sara, Vera, Atéfeh, c'est moi qui ai insisté pour que ma fille porte le nom de sa tante, la sœur de Habib qui avait perdu son bébé, en Iran, pendant que son mari était torturé, et qui n'en aurait jamais d'autre. J'avais aussi appris à Habib que, s'il voulait avoir les mêmes droits que moi, il fallait qu'il reconnaisse notre enfant à venir à la mairie. Il ne connaissait pas les lois, mais je voulais qu'il soit un père à part entière.

Enfin, le mois de mars est arrivé. Départ pour la maternité. Mon sac est prêt depuis longtemps, la caméra aussi. Habib a pensé à tout, il l'installera sur pied. Elle tournera toute seule, il fera son montage après. Je lui ai fait remarquer qu'il avait peur du sang, qu'il risquait d'être impressionné, qu'un accouchement, c'était un spectacle assez dur. Mais il se sentait tout d'un coup très fort.

Pendant que j'attendais la péridurale, il me tenait la main, me réconfortait. Souffrance et bonheur faisaient bon ménage. En même temps que la sage-femme,

Habib fut le premier de nous deux à apercevoir ma petite Sara.

Avec son premier cri, j'ai compris ce qu'était la vie, cette force que rien ne pouvait arrêter. Cette tempête incontrôlable. Pour moi, l'infirmière, ce fut une révélation comme pour n'importe quelle autre femme. Qu'étaient nos médicaments, nos instruments, nos machines surpuissantes à côté de ce souffle sacré qui me traversait comme il avait traversé ma mère avant moi et comme il traverserait un jour, sans doute, ma fille ? Avec le cri de Sara, j'ai appris la beauté de la vie. Cette beauté cruelle, injuste, souveraine. Finis l'insouciance, l'égoïsme, je recevais la charge d'un être humain qu'il me faudrait conduire à l'âge adulte, aider à préparer son envol. Les enfants n'appartiennent à personne. On les prête à leurs parents pour qu'ils en prennent soin et puis ils s'en vont. J'allais rendre l'amour qu'on m'avait donné. Tout l'amour. Je n'étais plus la même. Mon bébé sur mon ventre, enveloppé dans une couverture, je suis devenue mère.

Ce jour-là, l'appareil dans lequel on réchauffe les nouveau-nés, encore habitués à la température corporelle de leur mère, était en panne. La sage-femme a demandé à Habib s'il pouvait garder Sara dans ses bras, le temps qu'on s'occupe de moi. Il est devenu père à ce moment-là, et peut-être plus que père, son enfant sur son ventre, lui aussi...

*
* *

Pendant trois mois, j'ai allaité Sara. Habib ne voulait pas en profiter pour se reposer. C'est lui qui se levait pour aller chercher le bébé dès qu'il pleurait. Il adorait nous regarder toutes les deux, dans le silence de la nuit. La vie s'organisait autour d'elle. Il n'était plus question de sortir en la confiant à une baby-sitter. Habib avait décidé de s'occuper de sa fille lorsque je reprendrais mon travail. Il prétendait qu'avec mes horaires variables, on ne trouverait jamais une nourrice. Au moins, avec son père, la petite aurait un environnement stable et régulier.

D'une certaine manière, je ne pouvais pas lui donner tort, même si j'envisageais une autre possibilité : travailler à temps partiel, trois jours par semaine, quand Habib aurait trouvé un emploi.

J'ai repris mon travail, triste de ne pouvoir élever Sara moi-même. L'ambiance était toujours la même. L'urgence des gestes à accomplir, la solidarité du travail d'équipe.

Chez nous, il ne fallait pas faire le moindre bruit pour ne pas réveiller Sara. Habib avait mis des tapis partout, de la moquette jusque dans la salle de bains, ce que je trouvais un non-sens sur le plan de l'hygiène, surtout depuis que Sara était née.

— Ici, ce n'est pas un hôpital, m'avait-il répondu.

Et je m'étais habituée à cette ambiance ouatée. Je travaillais dans un vacarme d'atelier, avec des bruits de moteurs en fond sonore, et la lumière au néon qui ne s'éteignait jamais. J'aurais bien voulu être plus souvent auprès de ma fille. Je rêvais de passer des après-midi entières avec elle. Sa peau, son odeur, ses yeux curieux, tout me manquait. Mes proches s'étaient mobilisés pour trouver du travail à Habib. Chaque fois que quelqu'un entendait parler d'une place de vendeur, on me donnait les coordonnées du magasin et le nom du responsable.

Je me dépêchais de les transmettre à l'intéressé, remplie d'espoir. Mais chaque fois, la place était prise ou le poste n'allait pas. Un jour, j'ai eu un doute, j'ai téléphoné pour vérifier si Habib s'était présenté. On ne l'avait jamais vu, le poste était toujours à pourvoir...

J'ai profité d'une sieste de Sara pour lui faire part de ma découverte et poser un ultimatum : il devait vraiment chercher du travail, et surtout ne plus me mentir. C'était pour moi une trahison insupportable. Je ne pouvais pas imaginer une vie de couple qui ne serait pas basée sur la confiance. Je préférais vivre seule que ne pas respecter ce principe avec lui. Je m'efforçais de parler calmement, sans élever la voix pour ne pas réveiller notre enfant. Habib avait l'air accablé. Il avait rêvé d'ouvrir sa boutique à Nantes, il avait cru à l'Amérique. Il cumulait les déceptions. Mais n'était-ce pas aussi en partie sa faute ?

J'avais souvent eu des doutes à son égard. Je les formulais pour la première fois de manière explicite. J'essayai de lui faire admettre qu'il était temps qu'il mène une vie normale. Pour Sara, pour nous. Il m'a répondu que je ne trouverais jamais quelqu'un qui nous aime autant que lui. Je ne serais pas plus heureuse avec un homme qui travaillerait, tout allait si bien entre nous...

Je refusais de céder à ce nouveau chantage. Je n'étais plus seule en cause. Je n'aurais jamais rien réclamé pour moi, mais pour ma fille, c'était différent, je voulais tout pour elle, et d'abord le bonheur. Elle avait droit à ce qu'il y avait de meilleur. Comment allions-nous faire avec mon seul salaire ? De quoi aurait l'air son père, plus tard, lorsqu'elle serait en âge de comprendre ? Ce n'est pas à quarante ans qu'il aurait plus de facilités pour décrocher un premier emploi.

Habib s'est effondré. Il s'est mis à pleurer comme un enfant. Je ne voulais pas le prendre dans mes bras, pour lui redonner confiance, comme je l'avais si souvent fait. Je connaissais le piège. J'étais la mère d'une petite fille, pas la sienne.

Une fois calmé, il s'est levé, il a pris sa veste et il est sorti. Il m'a juste dit qu'il avait besoin de prendre l'air. Au bout de deux heures, ne le voyant pas revenir, je me suis inquiétée. J'ai confié Sara à ma voisine et je suis partie en voiture à sa recherche. Habib était le père de ma fille, c'était aussi pour elle que j'avais peur.

Je me suis dirigée vers les bords de Loire. Parce que c'est toujours à la Loire que j'avais confié mes chagrins, mes tourments. J'ai roulé longtemps avant de reconnaître sa silhouette sur une rive. Parfaitement immobile, il fixait le fleuve. La nuit tombait. Je me suis garée pour le rejoindre. Tout doucement, je l'ai appelé. Il s'est à peine retourné. Je lui ai demandé si cela allait, s'il voulait que je le ramène à la maison, en voiture. Il m'a dit qu'il rentrerait bientôt, mais qu'il avait besoin de marcher.

J'ignorais qu'un jour viendrait où, moi aussi, sur ces bords de Loire, je marcherais dix, vingt kilomètres... La seule prescription qui aurait le pouvoir de me calmer.

Habib est rentré peu de temps après moi alors que je couchais Sara. Il avait l'air plus mal encore qu'en quittant l'appartement. Sans un mot, il est allé dans le salon, s'est écroulé sur le canapé. J'avais du mal à comprendre ce qu'il me disait sur un ton haché.

Comme en plein délire, il jurait qu'il m'aimait, que j'étais toute sa vie. Notre amour était la seule chose qu'il n'avait pas ratée. Toute sa vie se résumait à un échec, sauf moi. Si je le quittais, avec Sara, il n'aurait plus rien.

Je ne l'avais jamais vu pleurer jusqu'à ce jour, même pas quand il parlait de la mort de son frère,

Aref. Un homme, disait-il, ne pleure pas. J'avais mal pour lui. Il m'a tendu les bras d'un air suppliant. Je n'ai pas eu le courage de lui résister, je m'y suis précipitée. Nous avons pleuré ensemble. Moi aussi, je l'aimais. Il était le père de mon enfant. Je n'avais pas envie que nous nous séparions. Je l'ai rassuré comme je l'ai pu, lui répétant qu'il était le seul homme de ma vie. Il ne devait pas se sentir abandonné, j'étais à ses côtés. Je l'aiderais à se battre. Je voulais simplement qu'il fasse preuve d'un peu de bonne volonté.

7

Je me suis mise à mentir, comme lui. Lorsque mes amis, ma famille osaient un commentaire sur l'inactivité de Habib, je leur assenais les mêmes arguments que ceux qu'il m'opposait. Je ne supportais pas d'entendre que seuls ceux qui le voulaient bien restaient au chômage. Il m'arrivait alors de me mettre en colère. Ce n'était pas la faute de Habib s'il n'y avait pas de travail, si, en France, on préférait remplacer les hommes par les machines et les petites boutiques par des grandes surfaces...

En réalité, je savais que Habib avait été radié de l'A.N.P.E., parce qu'il ne prenait même plus la peine de répondre aux questionnaires obligatoires. Trois cases à cocher sur une carte d'actualisation. Il n'avait jamais consulté les offres de postes, jamais rencontré de conseiller susceptible de l'orienter. Je n'avais même pas osé pousser les reproches jusque-là lors de notre explication. Je continuais d'essayer de le défendre mais je commençais à craindre d'atteindre le point de non-retour.

Je me répétais que seul comptait le bonheur de Sara. Elle ne devait pas vivre au sein d'un couple détruit. Les liens que j'avais noués avec mon père étaient trop forts pour que je veuille priver ma fille de cette histoire d'amour sur laquelle se construirait toute sa vie. Je m'accrochais à cette affirmation à mesure que la question devenait plus obsédante : pourquoi rester avec un homme qui se moquait de moi, vivait à mes crochets, me rendait malheureuse, et en qui, surtout, je n'avais plus confiance ?

Car je doutais de lui, et c'était bien le pire. Quand il me racontait ce qu'il avait fait dans la journée, je pensais qu'il me mentait. Au fond de moi, parce que face à lui je préférais faire comme si je le croyais. Remettre sa parole en cause aurait eu, pour moi, des conséquences inéluctables. Et il y avait Sara...

Contrairement à Habib, je ne sais pas vivre dans l'incohérence. Il pouvait faire des rêves de fortune et refuser de passer un coup de fil pour chercher du travail, mais je ne pouvais ainsi douter de lui et lui confier ma fille. J'avais besoin d'être sûre de lui pour m'endormir, la nuit, contre son corps. Alors, je m'entêtais à lui faire confiance, au point que, lorsqu'il me proposa de virer mes économies sur son plan d'épargne logement, mieux rémunéré que le mien, je n'osai refuser. L'argent n'avait jamais été pour moi le but ultime, il n'était qu'un moyen. Mes parents m'avaient appris qu'il ne donnait pas un sens à la vie. Ils s'étaient toujours battus contre ceux qui en font l'axe de la société. L'amour, l'entraide, la solidarité, étaient pour eux des valeurs bien plus essentielles. La réalité politique les avaient fait renoncer à l'idéal communiste de leurs jeunes années, mais ils étaient restés d'une incorrigible bonté.

N'importe quelle féministe eût trouvé mon attitude honteuse. N'importe quelle féministe sait quelles luttes sont attachées à l'indépendance des femmes. Mais les féministes étaient d'un autre âge, elles appartiennent à une autre génération que la mienne. J'avais toujours vu mes parents se traiter en égaux, papa faisait la cuisine, s'occupait de nous, j'avais grandi dans des écoles mixtes, j'aurais peut-être pu faire médecine si j'avais été plus sérieuse. Ma liberté me semblant acquise, je ne faisais pas une fixation sur mon indépendance financière.

J'ignorais que dans la quasi-totalité des pays musulmans les femmes n'ont pas de droits, que les hommes ont l'habitude de toucher leurs salaires, de se servir sur leurs comptes en banque, et de les répudier sans autre forme de procès. J'étais près de croire que la situation culturelle et sociale de la France au milieu des années quatre-vingt-dix était une norme universelle.

Habib avait très bien compris ma façon de raisonner. Sournoisement, il me mettait à l'épreuve. Quand il me disait « mon P.E.L. rapporte plus que le tien... il faut en profiter, pense à la maison que nous voulons acheter pour Sara... », je ne pouvais m'empêcher d'entendre « tu dis que tu m'aimes, que tu veux continuer à vivre avec moi, prouve-le ». J'étais prise au piège. Ou je disais non et nous n'avions plus rien à faire ensemble, c'était la guerre dont je ne voulais pas. Ou bien je lui confiais mon argent, et la clé de ma liberté.

Sur un champ de bataille, on n'a jamais vu de petits soldats rester bien droits et immobiles, ils apprennent à se dissimuler, se camoufler. On n'apprend pas aux filles les lois de la guerre. On leur fait croire qu'elles vivent dans un monde protégé, qu'elles ont gagné leur émancipation, leur égalité, quand elles sont encore livrées à la jungle et à la loi du plus fort.

Je croyais que l'amour était bonté, générosité, altruisme. Je n'avais pas encore compris que ma droiture me livrait bien mieux à l'homme que j'aimais qu'une surveillance de tous les instants, que ma naïveté lui permettait de me traiter comme la plus soumise des Orientales. Je me laissais manipuler avec innocence et stupidité. C'est que cette naïveté, qui me semble si bête aujourd'hui, faisait partie de moi, elle était attachée à ce que j'avais de plus précieux : ma foi en l'homme.

Chacun son Dieu, le mien ne se cachait pas au Ciel, il n'était pas à l'abri des vicissitudes de la vie, mais dans le cœur de chaque être vivant. Je voyais la vie peut-être plus belle qu'elle n'était, je la simplifiais en tout cas. Pour Sara, j'aurais voulu être aveugle.

Je n'avais aucune arme pour me battre contre Habib. Je ne savais rien de la « guerre des sexes », ce rapport de force qui traverse les couples, je ne pouvais pas me résoudre à ce qu'une histoire d'amour se résume à une relation d'animaux de meute, de dominant et de dominé. Plutôt que de lire *Blanche Neige*, d'attendre en dormant le pur chevalier qui m'entraînerait dans un monde idéal, j'aurais mieux fait de m'intéresser à Shéhérazade, l'héroïne orientale qui sait raconter des histoires à son sultan. Pour l'endormir et sauver sa tête.

Je gagnais l'argent, faisais le ménage... Je lui avais tout donné, ma confiance et ma carte de crédit, mon amour, mon avenir, je pouvais bien lui confier mes économies. Mes parents m'avaient donné cent mille francs. J'avais réussi à en mettre à peu près autant de côté. Habib avait fini par croire que j'étais « sa propriété ». Tout ce qui m'appartenait était à lui. Pour la forme, je faisais semblant de croire en la réciprocité de l'échange : nous avions chacun une procuration sur le compte de l'autre, mais j'étais la seule à avoir un salaire.

Il possédait tous les signes extérieurs du confort technique, un ordinateur que lui avait donné son frère, un caméscope. Quand il voulait faire un nouvel achat important, une lunette pour observer les étoiles, par exemple, il m'amadouait en disant :

— J'en paye la moitié.

Ça me suffisait. Mais ce qu'il dépensait d'un côté, il ne l'avait plus au moment de gérer le quotidien, plus rien. Afin de sauver l'honneur, il exigeait que je lui donne des espèces pour aller payer lui-même le loyer de l'appartement qu'il avait fait mettre à son nom. J'avais beau lui expliquer qu'un de mes chèques ferait aussi bien l'affaire, il ne voulait pas en démordre. Il fallait préserver les apparences.

J'étais prise dans le carcan de mes principes. Nul besoin d'être très malin pour comprendre que j'étais en train de me faire avoir. C'était même à la portée de n'importe quel imbécile. Et après ? aurais-je pu répondre. Si ça me plaisait, à moi... Il n'y avait plus rien à dire. Il fallait attendre. Dans la situation où j'étais, le doute, c'était comme l'hésitation pour un funambule au milieu de son filin. La certitude de tomber de haut. Je savais que je fonçais dans le mur, alors, pour ne pas avoir peur, je fermais les yeux. Je ne voulais pas le voir organiser le siège contre moi.

L'Histoire est riche d'exemples où des pays entiers s'abîment dans ce genre de lâcheté. Me jettera-t-on la pierre ? Peut-être faut-il souffrir pour apprendre. On ne perd pas son innocence dans le bonheur. Habib avait un combat d'avance.

Depuis la naissance de Sara, Habib s'était encore plus refermé sur lui-même et sur sa fille. Il avait voulu garder le bébé pendant que je travaillais et, maintenant, j'avais l'impression qu'il m'en voulait d'être obligé de rester à la maison. En même temps, il me faisait comprendre qu'il était désormais le seul à pouvoir s'occuper de notre enfant.

Moi qui passais ma journée à l'hôpital, je ne savais pas, selon lui, pourquoi elle pleurait, comment elle devait être habillée, si elle avait chaud, froid ou faim. Lorsque j'allais lui donner le bain, il me devançait. Lorsque je jouais avec elle, il s'immisçait dans notre jeu, puis m'en excluait. Si je décidais de l'emmener au parc, il m'accompagnait et me retirait la poussette des mains. Si la petite se mettait à pleurer, c'était ma faute parce que je ne savais pas comment m'y prendre.

— Elle veut son papa, cette pauvre petite chérie, était l'explication qui revenait pour tout.

Si je refusais de céder, Habib se mettait en colère, il m'accusait de vouloir lui voler sa fille. J'étais jalouse... parce qu'il était un bon père et moi une mauvaise mère. Je lui appartenais, et donc Sara aussi était à lui. Il tentait de me confisquer son amour.

Ces accusations me blessaient profondément. J'aurais pu m'en moquer en me disant qu'elles étaient injustes, mais que l'homme que j'avais choisi puisse me soupçonner de tant de laideur me faisait du mal. Il était même jaloux de l'amour qui m'unissait à ma fille, il cherchait à m'éloigner d'elle, à être l'unique dans son cœur. Finalement, ce qu'il avait fait avec moi, je le voyais le répéter avec elle : il construisait une muraille de prétendue tendresse pour que personne d'autre ne puisse l'approcher.

Je me disais que lorsqu'elle irait à l'école maternelle, la bulle éclaterait pour laisser entrer l'air extérieur. Sara commencerait à se faire des petits amis, et son père n'y pourrait rien. Ce temps viendrait plus vite qu'il ne le pensait. Il suffisait d'être patiente. Et dans ce domaine, mes réserves paraissaient inépuisables.

*
* *

Je n'avais jamais oublié que Sara était d'origine iranienne, je voulais qu'elle connaisse ses racines, sa culture. Le bilinguisme serait forcément un atout dans sa vie future. J'avais insisté, avant sa naissance, pour que son père lui parle, tout de suite, en persan. Mais je voulais en profiter pour, moi aussi, me mettre à apprendre l'iranien. Au début de notre histoire, j'avais cherché à prendre des cours à la faculté de Nantes, mais il n'en existait pas. Alors la famille de Habib m'avait offert quelques livres d'école. Finalement, apprendre cette langue en même temps qu'un petit enfant serait le processus le plus naturel, je me réjouissais de progresser en même temps que Sara. Mais j'avais trop d'occupations par ailleurs pour faire les mêmes progrès qu'elle, à qui son père s'adressait en cette langue à longueur de journée. Désormais, Habib lui parlait en persan devant moi, comme s'il cherchait à me provoquer. Je ne comprenais pas tout ce qu'il lui disait mais j'avais l'impression qu'il me dévalorisait à ses yeux. Je perdais le contrôle des événements.

Pendant ma grossesse, nous avions décidé que notre enfant serait élevé en dehors de toute religion et qu'il ferait son choix quand il en manifesterait le désir, à un âge où il pourrait réfléchir par lui-même.

Par un souci de convenance inattendu, j'avais pour ma part été baptisée, ainsi que mes frères. Papa et maman avaient dû aller jusque dans la ville de ma grand-mère, Rézé, à huit kilomètres de Nantes, pour trouver un curé qui accepte de donner le sacrement à un enfant dont les parents s'affichaient ostensiblement comme des impies ! Les problèmes religieux ne nous concernaient pas. Nous n'étions ni croyants, ni intolérants. Je n'avais aucun préjugé contre la religion musulmane : c'était pour Habib qu'elle semblait être d'un autre âge, au moins au début de notre vie commune.

Il m'avait affirmé sa foi en un Dieu unique qui ne connaîtrait aucun sectarisme. Mais à la naissance de Sara, il avait décidé que, conformément à « sa » religion, sa fille ne mangerait pas de porc. Je n'en avais pas fait une histoire : dans la purée ou les coquillettes, il suffisait de remplacer le jambon par de la dinde.

Un soir, pourtant, j'ai eu la surprise de voir Habib occupé à lire le Coran. Je le connaissais depuis plus de quatre ans et je ne l'avais jamais vu pratiquer, pas plus que son frère. C'était d'ailleurs, pour leurs parents et leurs sœurs, un assez grand sujet d'inquiétude. J'ai compris ce soir-là qu'il retournait dans le giron familial.

Il s'était mis à appeler sa mère deux à trois fois par jour, et sans doute redécouvrait-il sa religion, aussi, pour lui faire plaisir. Chez elle, où nous nous rendions toutes les six semaines, pendant mes cinq jours de repos compensatoire, nous étions aspergés d'une sorte d'encens, pour éloigner les microbes et autres mauvais esprits, et nous passions trois fois sous le Coran pour attirer la protection divine. Tout en elle était excès et générosité. Je l'aimais beaucoup, quant à Habib... il se jetait par terre pour lui baiser les pieds.

Toutes les femmes de la maison adoraient Habib, le plus jeune des garçons. Selon la tradition, il s'était toujours montré généreux à leur égard, et qu'importe si c'était désormais à mes dépens. Ses parents ne faisaient aucune différence entre leurs filles et moi. Ils nous invitaient à passer avec eux leurs fêtes traditionnelles, comme le nouvel an persan, qui coïncidait avec le jour du printemps. Ce jour-là, ils nous distribuaient de l'argent neuf que son père avait commandé tout exprès à la banque, pour nous porter bonheur. Mais ils respectaient aussi les fêtes occidentales, et m'adressaient toujours un cadeau à mettre au pied du sapin, à Noël.

Habib profitait de notre séjour chez eux pour prendre sa liberté. Il me laissait souvent toute seule avec Sara, pour aller rejoindre son frère ou ses anciens copains, mais cela ne me dérangeait pas. Chez ses parents, je me sentais chez moi. Même s'ils parlaient mal le français. Je les accompagnais pour faire les courses, sa mère essayait de m'apprendre à préparer les plats iraniens que son fils aimait. Mais sur ce point, elle n'emportait aucun succès : je préférais qu'il continue à les réaliser lui-même.

Le père avait fait le pèlerinage à La Mecque, d'où il avait rapporté les petits tapis traditionnels sur lesquels il récitait ses prières, cinq fois par jour. Il se lamentait de voir son fils se comporter comme un mécréant. Avant la naissance de Sara, Habib aimait bien boire un peu de bière, il s'amusait des superstitions familiales, il semblait déjà d'un autre monde.

Je respecte les opinions religieuses, il m'était impossible de lui demander des comptes mais je le voyais soudain lire le Coran, en arabe... Alors, j'ai essayé de savoir à quoi il s'intéressait. Je lui ai demandé de me traduire des versets. Il était content, il pensait que j'étais attirée par lui au point de vouloir adopter ses croyances, il choisissait les versets où il était question des femmes, pour me montrer que sa religion ne pratiquait pas l'ostracisme à leur égard, comme nous le répétaient les journalistes, que c'était une invention des islamistes. Rien dans le Coran n'obligeait, selon lui, les femmes à se voiler. Tout était respect envers elles.

Je n'avais jamais fumé, mais il m'a demandé, un jour, de ne plus manger de porc et de ne plus boire d'alcool. Cette fois, je ne me suis pas laissé faire. Je voulais bien respecter sa liberté religieuse, mais qu'il n'en déduise pas que j'étais prête à me passer de la mienne. Habib voulait que je me convertisse. À ma stupéfaction, il l'avait même annoncé à mes parents. J'ai interprété cela comme une nouvelle provocation à leur égard. Il n'avait plus qu'une idée : me séparer de ma famille.

*
* *

Sara avait un peu plus de deux ans quand Yves, mon parrain, un des jeunes frères de mon père, a décidé de donner une grande fête pour ses trente ans de mariage. Nous allions être plus d'une centaine et il avait loué la salle des fêtes de Vertou, la ville à dix minutes de Nantes qui est le berceau de ma famille paternelle. Il avait fait venir un D.J., et nous danserions une partie de la nuit.

J'étais ravie, les occasions de faire la fête et de voir mes proches étaient rares. Depuis que ma fille était née, je ne sortais plus. Habib refusait de la confier à une baby-sitter et même à mes parents qui ne la voyaient pratiquement jamais. De plus, il m'avait peu à peu coupée de tous mes amis, ses choix s'imposaient aux miens. Mais, pour une fois, il avait accepté de nous accompagner. J'espérais que cette réunion de famille serait, pour lui, l'occasion de se rapprocher des gens que j'aimais.

Très fière de la beauté de ma petite fille, je lui avais acheté une jolie robe. Et pour nous, la fête avait commencé dès le matin, quand nous nous étions enfermées dans la salle de bains pour nous préparer.

Sara était déjà très coquette. En m'observant, je voyais qu'elle essayait de comprendre les secrets de la féminité. Elle riait sous le souffle du sèche-cheveux, jouait avec la brosse, le peigne, me regardait me maquiller, me demandant de lui mettre aussi de la poudre. Je passais alors une houppette sur ses joues de pêche et elle plissait les yeux, ravie. Elle étudiait l'art de poser le rouge à lèvres et le mascara, voulait du vernis sur ses ongles. Cette connivence-là, Habib ne pouvait pas me la prendre.

Quand elle a été prête, bien habillée, bien coiffée, légèrement parfumée, Sara est allée se faire admirer par son père. Elle attendait un compliment. Habib a fait comme s'il n'avait rien vu. Il l'a embrassée, l'air absent. Déçue, elle est revenue vers moi, et je lui ai répété qu'elle était la plus belle comme elle avait envie de l'entendre. Je ne savais pas s'il nous jugeait stupides avec nos histoires de filles, s'il éprouvait de la jalousie ou s'il boudait à l'idée de passer la journée avec ma famille.

Comme j'étais heureuse de les retrouver ! Je pouvais présenter Sara à beaucoup de gens qui m'avaient connue enfant, ou près de qui j'avais grandi, et qui la connaissaient mal ou si peu. Personne n'oubliait de complimenter Habib, de lui dire qu'il devait être fier d'avoir une aussi jolie petite fille. Il ne répondait que par des phrases laconiques, mal à l'aise, mais on ne prêtait pas attention à sa mauvaise humeur. Alors il s'est rapidement mis à l'écart, jouant avec sa fille, puis dansant avec elle. Nous étions trop occupés à savourer ces bons moments pour nous préoccuper de le voir ainsi à part, étranger à nos conversations, éloigné de nos petits groupes.

Vers 1 heure du matin, nous nous sommes quittés. Nous étions encore très gais, et sans doute avions-nous bu plus que d'habitude. Au moment de partir, mon père a jugé plus raisonnable de ne pas prendre le volant. Il avait emmené mon frère Bruno dans sa voiture, il lui a demandé de conduire pour le ramener chez lui.

Nous avons à notre tour pris la route. Sara s'endormit aussitôt à l'arrière, mais à peine avions-nous démarré que Habib a commencé à hurler. Sans crainte de réveiller sa fille. Mon père, criait-il, l'avait insulté devant toute la famille.

Il était furieux que papa ne lui ait pas demandé, à lui, de le reconduire, alors que nous habitions tout près les uns des autres. J'avais beau expliquer que Bruno avait laissé sa voiture en bas de l'immeuble de mes parents, et que ce choix était logique, il ne voulait pas en démordre. À la différence de mon frère, criait-il, il n'avait pas bu une goutte d'alcool, lui ! Seulement, mon père ne l'avait jamais aimé, il ne lui avait jamais fait confiance. Et c'était devenu manifeste, aujourd'hui, aux yeux de tous. On continuait à le considérer comme un « étranger ». Ces gens le méprisaient. Il n'accepterait plus de se faire traiter comme le dernier des chiens.

J'étais consternée, rien ne m'avait préparée à cet accès de colère. J'avais dansé, j'avais été heureuse, j'avais passé une soirée comme je ne savais plus qu'il en existait, et surtout, j'avais partagé ce bonheur avec Sara. Il aurait fallu que je devine que j'allais payer pour ça. Que chaque minute de joie serait désormais suivie d'une épreuve. À force de fermer les yeux, je n'avais pas vu évoluer Habib, monter en lui la haine et la violence. Pour la première fois, j'ai eu peur de lui. Je tentai de le calmer, j'étais prête à signer n'importe quel traité pour qu'il nous laisse en paix, ma famille, ma fille, et moi.

La condition est tombée. Il n'y avait pas de discussion possible : papa et maman ne viendraient plus chez nous, pas plus que mon frère Bruno. Habib ne pouvait tolérer un tel affront. J'ai eu beau protester, lui expliquer que mon père n'avait jamais voulu le blesser, il n'en a pas démordu. On verrait s'il ne savait pas se faire respecter !

Je mis cet ultimatum sur le compte de la colère.

J'étais sûre qu'il ne lui faudrait pas une semaine pour revenir sur sa décision. Je me trompais : il avait trouvé le prétexte pour consommer la rupture. Une rupture qui m'isolerait encore davantage.

À compter de ce jour, Habib a refusé de mettre les pieds chez mes parents. J'ai dû leur dire, en partie, ce qui se passait. Il n'y avait pas moyen d'y échapper. J'ai négocié avec eux le fait qu'il n'y aurait plus jamais de repas de famille. Papa a voulu parler à Habib. Au téléphone, Habib l'a écouté, sans rien répondre. Quand il a raccroché, il m'a répété que mon père ne l'avait jamais aimé et qu'il ne voulait plus le voir.

J'ai expliqué à Bruno ce qui s'était passé, et il était prêt à dire tout ce qu'on voudrait pour arranger les choses. Il s'expliquerait avec Habib, et ce serait fini. Ce n'était qu'un malentendu. Bruno ne pouvait pas comprendre, ce comportement était trop éloigné de nous. Comme je le pressentais, Habib n'a jamais voulu lui parler.

Quand, une semaine après la fête, il a compris que j'étais au téléphone avec Sandra, ma belle-sœur, il s'est contenté de tirer sur la prise téléphonique, sans un mot. J'étais médusée, si honteuse que je n'ai même pas osé les rappeler pour leur expliquer.

Qu'allais-je leur dire ? Que le père de ma fille avait perdu la tête ? Que j'étais prisonnière ou librement consentante ? Quelle explication donner ? C'était mon tour de voir l'avenir bouché. Comment avais-je pu en arriver là ?

Comme Habib rêvait encore de fortune en cochant les cases de sa grille de Loto, je me dis qu'avec le temps il finirait par se calmer. Il ne fallait surtout pas, si je voulais obtenir des résultats, que je m'énerve à mon tour, encore moins que je lui mente. Il était indispensable qu'il me garde toute sa confiance. Et ce ne serait possible que si je restais honnête avec lui, si je refusais d'agir dans son dos. J'étais prise en otage et je croyais encore que j'allais pouvoir négocier. J'attendais le jour où je pourrais parler à mon frère devant lui.

En attendant, j'ai promis de ne plus avoir de contact avec Bruno. Et j'ai trahi les miens. Je pouvais me dire qu'ils étaient toujours dans mon cœur, bien sûr, mais dans les faits je les ai reniés. Pendant près de deux ans, je n'ai pas vu mon frère. Je pouvais aller rendre visite à mes parents, mais seule le plus souvent. Au moment où je voulais emmener Sara avec moi, Habib lui trouvait toujours quelque chose d'autre à faire. Trois jours à l'avance, j'étais prête à subir toutes les humiliations dans l'espoir qu'il la laisserait partir chez mes parents avec moi. Mais Habib ne se calmait pas. Il ne ratait plus une occasion de critiquer mes proches. Pour ne pas entrer dans son jeu, je ne lui répondais jamais.

Il avait écrit son scénario : tous les Brin lui en voulaient et tentaient de me monter contre lui, pour que je le quitte et qu'ils puissent récupérer Sara. Ce n'était pas ma faute, j'étais si naïve que je ne me rendais compte de rien. Ils m'avaient mise sous influence. Bénédicte, mon amie infirmière du service de réa, rejoignit le peloton des bannis, ceux que je n'avais plus le droit d'inviter chez moi. Elle avait osé lui soutenir qu'il aurait pu trouver un poste de vendeur. Quel affront !

Inexorablement, Habib a fait le vide autour de nous. Seule Nathalie, une de mes cousines, a échappé au cyclone. Depuis qu'il lui donnait des conseils, aussi bien pour recouvrir son canapé que pour s'équiper en informatique, elle n'arrêtait pas de le complimenter. Elle avait réussi à l'amadouer. C'était un exemple à méditer. Finalement, elle le traitait comme j'aurais pu traiter un malade en convalescence.

Me restait à agir en professionnelle. Stoïque, calme, sans perdre mon sang-froid. La salle de réanimation de l'hôpital de Nantes, ses vingt lits où se relayaient des patients que la mort effleurait devint mon dernier refuge. L'unique endroit où j'étais traitée comme un être humain responsable. Un sas de décompression où respirer avant de rentrer dans le cocon de plus en plus étouffant où seule Sara me permettait de ne pas suffoquer.

Pour me récompenser de mon obéissance, comme à un bon chien, Habib me caressait alors dans le sens du poil. Il me déclarait qu'il était follement amoureux. Que j'étais la femme de sa vie. Tous les problèmes entre nous venaient des autres. Il ne fallait pas leur permettre de venir perturber notre couple.

Il n'y avait que sur la question de Sara qu'il restait intraitable. J'étais merveilleuse, parfaite... mais une mauvaise mère. Ce n'était pas ma faute, je travaillais, donc je n'y entendais rien. Heureusement il était là, prêt à intervenir au moindre faux pas ! Il m'empêchait de la réprimander lorsqu'elle faisait une bêtise ou refusait d'obéir. Il me contredisait devant elle...

Lorsque je faisais une remarque à Sara et que son père s'interposait, elle me regardait. Elle savait que, au fond, j'avais raison. J'avais une place bien à moi dans son cœur. Elle était ma « Sarabelle », que cela plaise à Habib ou non.

8

Certains de nos malades, en réa, se retrouvaient là après une tentative de suicide. Avant de quitter l'hôpital, il leur fallait obligatoirement rencontrer un psychiatre. C'est au cours de la visite d'un de ces médecins que j'ai fini par demander un conseil. Au débotté, dans le couloir. Je n'ai pas dit que j'étais directement concernée, mais que je connaissais quelqu'un qui...

Le psychiatre a très bien analysé la situation. La personne dont je lui parlais, qui était au chômage, était sans doute restée coupée du monde trop longtemps. Cet homme avait une mauvaise image de lui-même. Il projetait sur les autres ses ressentiments personnels. Il ne se sentait en sécurité que dans son cercle vital, sa famille la plus proche. Encore fallait-il que ce premier cercle ne soit pas court-circuité par des parasites extérieurs. Logiquement, pour éloigner les mauvaises influences, il faisait le vide. Tous les actes des étrangers au cercle étaient mal interprétés. Malgré son apparente absurdité, son attitude suivait une rigoureuse logique.

Sous cet éclairage, le scénario devenait plus lisible. Habib faisait une nette différence entre moi et les autres. Tout ce qu'il jugeait mauvais en moi venait des autres. Comme on ampute un membre malade, il suffisait donc de me couper de ces mauvaises influences.

Son cercle vital, celui dans lequel il se sentait en sécurité, c'était Sara et lui. Après il y avait moi. Et encore sa confiance en moi commençait-elle à s'émousser : nous étions en concurrence au sujet de l'amour de notre fille. Il le voulait exclusif, rien que pour lui. Il refusait désormais de nous laisser longtemps seules, Sara et moi. Chaque fois que je partais avec elle au parc, que nous allions faire des courses ou rendre visite à mes parents, il déterminait l'heure à laquelle nous devions rentrer. Je préférais me conformer à ses directives pour ne pas provoquer de nouvelles scènes.

J'avais demandé au psychiatre quel conseil donner à « mon amie » qui vivait avec ce garçon. Il m'avait expliqué qu'il fallait, si possible, inciter cet homme à renouer des liens avec l'extérieur, à reprendre une vie sociale, à relativiser son chômage. Mais Habib ne s'était fait aucun ami à Nantes. Quant à l'envoyer consulter, il ne fallait pas y compter. Chaque fois que j'abordais ce problème, avec des pincettes, il me regardait médusé, en me disant que j'étais folle. Il était trop orgueilleux pour jamais accepter de se remettre en cause, ou reconnaître qu'il avait besoin d'aide.

Et il coupait court, aussitôt, en me demandant si je l'aimais. Une réponse affirmative lui suffisait. Il n'avait besoin que de mon amour, disait-il. Le reste n'avait aucune espèce d'importance.

À l'occasion du nouvel an persan, j'ai essayé de parler à ma belle-mère.

— Je sais, Fabienne, me dit-elle. Habib devrait travailler, comme tous les hommes, et gagner de quoi faire vivre sa famille. Je prie chaque jour pour qu'il trouve une place.

Je tentai de lui dire qu'il fallait plutôt demander à Habib d'en chercher une, le conseiller, son opinion comptait tellement pour lui... Mais elle a mis fin à la conversation en me répondant :

— Je sais qu'il a tort, mais c'est mon fils.

Personne ne pouvait ou ne voulait m'aider. Et Habib allait de plus en plus mal. Il supportait de plus en plus difficilement son rôle de père au foyer. À l'extérieur, il montrait son adoration pour sa fille, disait sa fierté de s'occuper d'elle. Mais dès que je revenais de l'hôpital, je n'avais pas enlevé mon manteau qu'il se précipitait dehors, pour prendre l'air. Comme s'il étouffait.

Dès que je quittais mon service, je me mettais à courir. J'avais l'impression de ne jamais m'arrêter. Je ne prenais jamais le temps de déjeuner avec une copine, de faire du lèche-vitrines. Pour le relayer. Il eût été plus simple pour nous tous qu'il travaille et que nous cherchions une nourrice.

Quand je faisais tout ce qu'il voulait, quand je ne discutais pas avec lui, nous passions encore de bons moments. Ainsi, pour les deux ans de Sara. Nous étions seuls tous les trois. Je ne voulais pas penser à mes parents exclus de la fête. J'avais préparé un gâteau avec des bougies et invité des voisins à venir prendre un café. Il y avait Isabelle, la mère de Maël, le petit copain de Sara, et un nouvel ami tunisien de Habib, avec sa compagne.

C'est un détail, mais qui avait suffi à me rendre l'espoir : je tenais pour une grande victoire le fait que Habib ait pris l'habitude de jouer à la pétanque avec les habitants de l'immeuble. J'avais appris à me contenter de peu... C'est au cours de ces parties qu'il avait sympathisé avec cet ouvrier en bâtiment, un Tunisien marié avec une vendeuse française.

Il y avait longtemps que je n'avais vu Habib aussi détendu. Nos nouveaux amis nous ont parlé de leurs vacances dans une maison en Tunisie, près d'Hammamet. Ils nous ont proposé de les rejoindre. À ma grande surprise, Habib a accepté. Nous avons même décidé que nous pourrions rester une autre semaine, à l'hôtel.

Le psychiatre avait dit vrai : dès qu'il retrouvait un début de vie sociale, Habib allait mieux.

Comme on croit vite en ce qui nous arrange ! Comme il est plus simple d'accepter le bonheur que la souffrance ! J'oubliai aussitôt tout des scènes qui avaient gâché ma vie et celle de ma famille. J'étais même certaine que Habib ne resterait pas fâché avec les miens plus longtemps. Notre ami tunisien l'avait métamorphosé. Lui aussi cherchait du travail : dès 8 heures du matin, il était dans les agences d'intérim, courait à l'A.N.P.E., répondait aux petites annonces. Il disait qu'il accepterait n'importe quoi pour gagner sa vie, nourrir sa famille.

Et Habib suivait son exemple ! Pas au point de sauter de joie devant n'importe quelle offre, mais au moins il s'était mis à lire les petites annonces, à téléphoner devant moi, en mettant le haut-parleur. Je me souviens d'une fois où on lui avait répondu qu'une place de vendeur était déjà prise.

— C'est à cause de mon accent, m'expliqua-t-il aussitôt.

Il triomphait en se lamentant. Ensemble, nous nous scandalisions sur le racisme de certains Français. Mais je me reprenais à espérer. L'important était sa détermination, pas les obstacles qu'il rencontrait. « Là où il y a une volonté, il y a un chemin », disait-on à l'époque. J'avais hâte d'oublier mes cauchemars. Je ne m'intéressais déjà plus qu'à l'avenir. À une certaine forme d'avenir. En fait, je faisais d'autres calculs. Ma fille avait deux ans. Trois ans, c'était le bon écart entre deux enfants.

Je sais, cela peut surprendre, voire choquer. Comment, après toutes ces épreuves, vouloir un autre enfant d'un homme avec qui j'avais tant de mal à vivre, même si, depuis quelque temps, il semblait vouloir s'amender, « changer » ? Le grand mot au nom duquel toutes les femmes victimes commettent leurs erreurs : elles croient que leur bourreau peut « changer », le grand mot au nom duquel un amour se refuse à mourir.

Mais, surtout, il y avait Sara, Sara comme les fondations d'une famille en construction. Et cette famille, je ne voulais pas la rater. J'avais peut-être raté ma vie sentimentale... je ne voulais pas rater ma vie familiale. Je ne voulais pas que ma fille soit seule face au monde. Sans doute obéissais-je inconsciemment au modèle de ma propre enfance. Mon frère Bruno était né trois ans après moi, je l'ai dit. Il avait été le compagnon de toute ma vie, au point peut-être de soulever la colère d'un amant maladivement jaloux. Une horloge biologique m'indiquait l'heure : Sara aurait l'âge d'aller à l'école quand son petit frère ou sa petite sœur arriverait. Et puis, avec ce deuxième enfant, Habib ne serait-il pas obligé de rentrer dans le mouvement de la vie, d'accepter un travail même si ce n'était pas celui dont il avait rêvé ? Jusqu'où irais-je avec ce raisonnement ?

Je parlai à Habib de mon désir d'enfant. Il fut surpris, ému. Sans doute venais-je de lui renouveler l'assurance qu'il était bien au centre de ma vie, que je n'avais pas l'intention de le laisser tomber. À l'approche des vacances, je ne savais pas si je voulais une fille ou un garçon. Peu m'importait, je serais heureuse de toutes les façons. Habib, lui, n'avait pas d'hésitation : il désirait une deuxième petite fille.

Le ciel bleu de Tunisie nous remit en mémoire nos cinq mois passés au bord du Pacifique. J'oubliais mes angoisses. J'avais retrouvé Habib, globe-trotter efficace, à l'aise dans un pays musulman où il reprenait confiance. Comme j'avais eu raison de m'obstiner, j'en étais récompensée en voyant Sara entre nous deux, son père et sa mère.

Habib s'était remis à plaisanter. Il avait envie de me faire rire. Nous avons promené notre fille à dos de chameau, marchandé dans les souks, visité des ruines. Nous étions bien, tous les trois.

Quelques semaines après notre retour en France, j'ai su que j'étais enceinte. Je n'avais pas eu à attendre longtemps. Finalement, l'essentiel c'était ça : ma famille.

Comme je m'y attendais, Habib a aussitôt compris qu'il ne pouvait plus rester sans gagner d'argent : avec frénésie, il s'est remis... à jouer au Loto. Le miracle n'avait pas eu lieu.

*
* *

Cette deuxième grossesse me fatigua beaucoup plus que la précédente. Je ne retrouvai pas l'euphorie qui m'avait accompagnée pendant que j'attendais Sara. Au bout de quatre mois, j'ai même dû arrêter de travailler. Les difficultés s'accumulaient. L'obstétricien, après avoir décelé une fissure dans la poche des eaux, craignait que je perde mon bébé. J'étais effondrée. Je devais me faire hospitaliser une semaine, et ensuite il me faudrait rester allongée chez moi pendant un mois.

Je suis revenue à la maison avec Habib et Sara. On m'a installée dans ma chambre. Au moment où j'aurais eu le plus besoin de m'étourdir dans l'action, d'être utile à mes malades pour oublier mes propres tourments, j'étais là, allongée sans bouger, enfermée, condamnée à réfléchir. Seule consolation, j'avais du temps pour Sara : toutes les deux nous parlions du bébé. Elle posait sa main sur mon ventre, lui racontait des histoires. Nous savions déjà que c'était une petite fille et qu'elle s'appellerait Eva. Mais comment faire quand elle serait là ? À qui la laisser ? Je savais, désormais, ce qui se passait chez moi quand j'étais à l'hôpital.

Dans le dressing où j'avais imaginé Habib faisant les comptes pour son magasin de prêt-à-porter, il passait effectivement ses journées, installé à son bureau, devant son ordinateur. Des journées entières à chercher la martingale qui allait lui permettre de gagner le gros lot au Loto. Avec ma carte de crédit, il s'était procuré tous les logiciels censés lui apporter une aide dans sa recherche. Il était tellement absorbé par ce nouveau défi qu'il en oubliait l'heure du déjeuner, et se mettait à table vers 3 heures.

Pendant ce temps, Sara jouait dans sa chambre. Il ne l'emmenait jamais se promener. La seule sortie de la petite consistait à accompagner son père jusqu'au magasin informatique. Je comprenais maintenant pourquoi ma fille se précipitait dans mes bras chaque fois que je rentrais à la maison, en me demandant de l'emmener dehors : elle restait enfermée la majeure partie du temps, quasiment livrée à elle-même.

Et moi j'étais dans mon lit, impuissante, à maudire mon inconscience. J'attendais mon deuxième enfant, je ne devais pas mettre le pied par terre, j'étais éloignée des miens qui ne pouvaient pas me rendre visite, et condamnée à assister, en spectatrice, au désastre de ma vie. Ne sachant qui appeler à l'aide, j'ai fini par téléphoner à Mahmoud pour lui demander s'il pourrait pousser Habib à chercher du travail.

Il a promis de lui en parler. Pendant quelques semaines, nous avons même envisagé de nous installer à Paris. Je n'avais jamais eu envie de vivre dans la capitale, mais peut-être avais-je eu tort. Même si les conditions de vie y étaient moins bonnes pour les enfants, au moins Habib y aurait-il eu plus de facilités pour trouver un emploi. Quant à moi, je savais d'expérience que je pourrais trouver du travail dans n'importe quelle ville au monde.

Habib a d'abord eu l'air d'accord avec moi, puis il a trouvé une autre solution. Son frère lui proposait une association pour acheter des voitures d'occasion lors d'enchères publiques. Il les réparerait puis les revendrait. Il était certain de se faire de l'argent avec ce nouveau système.

Ce n'est pas le genre d'occupation qui, d'habitude, rassure les épouses. Le commerce n'est pas tout à fait licite. En fait, on n'a pas le droit d'acheter ainsi plus de deux voitures par an, aussi Habib devait-il mettre les véhicules au nom des différents membres de sa famille. Il suffisait d'un permis de conduire et d'un justificatif de domicile pour faire établir la carte grise. J'ai vérifié, les papiers qu'il me montrait étaient en règle. C'était une petite combine de plus, une astuce de l'ordre de celles qui consistaient à acheter des lots d'invendus dans les usines en Suisse ou en Belgique pour les revendre dans les friperies à Paris.

Toutes les six semaines, désormais, Habib achetait puis revendait une voiture. Chaque transaction lui rapportait environ quinze mille francs. Le projet l'occupait : il retapait lui-même les voitures et parlait d'acheter un garage... Mais je ne prêtais plus attention à ses rêves de grandeur. Le vrai changement positif, c'était ses voyages. Il partait régulièrement deux à trois jours.

Sans lui, j'avais l'impression de respirer à nouveau, j'en profitais pour rendre visite à mes parents. Papa était maintenant chauffeur de taxi et maman avait repris un poste à l'usine. Je ne pouvais malheureusement pas leur amener Sara : Habib, quand il partait, la confiait à sa famille. Mon choix du bilinguisme était une vraie réussite : de tous les petits-enfants de ses parents, Sara était la seule qui parlait persan. Mais cela aussi se refermait aussi sur moi comme un piège.

En dépit de l'argent qu'il pouvait gagner, Habib ne participait toujours pas aux frais du ménage. Il disait qu'il économisait pour acheter une maison, et continuait à prendre ma carte bancaire pour faire les courses ou aller chez le coiffeur. Un jour que je lui en faisais la remarque, il m'a répondu :

— Tu sais bien que je n'ai pas d'argent, tout ce que je gagne, c'est pour notre maison. Il faut bien que l'un de nous économise.

Il est vrai que je ne pouvais plus rien mettre de côté. Mais avec mes deux cent mille francs, qui s'ajoutaient à la somme à peu près identique que détenait Habib – son Loto et des économies qu'il avait réussi à garder depuis l'époque où il travaillait avec Mahmoud – nous aurions bientôt de quoi nous installer à la campagne. Nous voulions que nos enfants puissent jouer dans un jardin.

Un mois avant mon accouchement, j'ai su que mon bébé se présentait par le siège. On a essayé de le retourner, mais sans succès. Décidément, les mauvaises nouvelles s'accumulaient. Je voulais éviter la césarienne, ne garder cette solution qu'en ultime recours. Avec la péridurale et une surveillance rigoureuse de l'obstétricien, je devrais pouvoir accoucher naturellement.

Lorsque j'ai ressenti les premières contractions, je ne me suis pas inquiétée, j'ai voulu attendre le dernier moment pour aller à l'hôpital. En pleine nuit, Habib est allé prévenir Isabelle, la mère du petit Maël avec qui jouait Sara, pour lui demander de garder notre fille.

Le temps que l'anesthésiste se réveille, il était trop tard. Ma petite Eva avait commencé à sortir ses pieds. Il n'était plus temps pour la péridurale. Je vivrais la souffrance en direct. Je ne pouvais m'empêcher de penser à la vision terrible de l'accouchement d'une biche : les pattes qui gigotent et le reste du corps qui n'arrive pas encore à passer.

Heureusement, ces accouchements par le siège, qui sont si dangereux et si douloureux, se font aussi avec une très grande rapidité. À la deuxième poussée, les alarmes se sont mises à sonner. Le cœur du bébé ralentissait à 40. On allait m'emmener au bloc quand, en une autre poussée, Eva est arrivée. Un éclair de joie sur un océan de douleur. Le rire se mêlait aux larmes.

Habib était là, encore, avec sa caméra installée sur pied. Pour la deuxième fois de ma vie, il m'a offert un bouquet de fleurs. Il redevenait père, il était transformé. J'étais heureuse et rassurée, j'aimais tant ma fille aînée que j'avais eu peur de ne pas avoir assez d'amour pour la seconde, et il avait suffi qu'elle paraisse pour que je comprenne que l'amour est une denrée rare, qui peut s'étendre sans perdre de sa densité.

Ma belle-mère était venue s'installer dans notre appartement pour aider son fils. Nous passions la journée tous ensemble, dans ma chambre de la maternité. Sara prenait Eva contre son cœur, elle m'apportait le coton quand je la changeais, la surveillait en train de dormir. La fierté de se savoir grande sœur lui donnait déjà le goût des responsabilités. Elle était pressée qu'Eva rentre à la maison et grandisse, elle ne jouerait plus jamais toute seule...

J'étais très heureuse d'avoir deux filles, jamais personne ne pourrait nous séparer, nous partagerions les mêmes complicités, la même identité, les mêmes parfums. Elles me raconteraient leurs histoires d'amour. Je pourrais les aider. Nous resterions toujours proches. Nous étions du même monde, construites sur le même moule.

Pour la première fois depuis la scène de la réunion familiale, mes parents et Cedrick, mon plus jeune frère, ont revu Habib. On se serait cru au théâtre, chacun employait un langage convenu, personne ne pouvait réellement dire ce qu'il pensait. On jouait un rôle, on était poli et souriant c'est tout. Mes parents m'ont quand même glissé à l'oreille que Bruno était arrivé chez eux. Il était venu tout exprès de Verneuil-sur-Seine, près de Paris, où il vivait désormais, pour me voir, et attendait de savoir s'il pouvait me rendre visite.

Habib s'était montré si prévenant, si amoureux depuis la naissance de notre deuxième fille, que je n'en doutais pas. J'étais sûre que le moment était venu de l'amadouer. Eva serait le ciment d'une nouvelle vie.

Quand mes parents sont partis, j'ai dit à Habib que j'avais envie de voir Bruno. Alors son visage a changé, son regard s'est durci. Il est redevenu cet homme haineux qui me terrifiait.

— Il est hors de question que ton frère vienne, m'a-t-il assené le plus froidement du monde.

J'en ai été saisie. Ce n'était donc qu'une illusion. Sa prévenance, sa gentillesse faisaient partie du masque. Il n'avait pas changé. M'aimait-il seulement ? S'il m'avait vraiment aimée, il n'aurait pu supporter de me voir souffrir...

Toute la nuit, j'ai pleuré. Eva était à côté de moi dans son petit berceau transparent. Je la regardais, si paisible dans son sommeil, si différente de sa sœur et pourtant si jolie, elle aussi, et je ne comprenais pas que nous ne soyons pas tous réunis autour de son arrivée. Quelle famille allions-nous lui donner si nous n'étions pas capables d'oublier un différend pour fêter sa naissance ? Si Habib ne s'était pas laissé fléchir à ce moment-là, jamais il ne le ferait.

J'ai pris la décision d'agir avec franchise, de tout raconter à ma famille, c'était le moins que je leur devais. J'ai appelé chez mes parents pour parler à Bruno. J'entends encore mon petit frère me dire :

— Mais on peut passer quand il n'est pas là...

Puis sa voix s'est brisée.

J'étais enfermée dans ma bêtise. Je suis restée aveugle et naïve, j'ai balbutié que je ne voulais rien faire dans le dos de Habib, le père de mes enfants. Et j'ai fait pleurer mon frère.

Ma souffrance à moi, je pouvais la supporter, je n'avais pas encore atteint mes limites. Mais le mal que je faisais aux miens m'est soudain apparu dans toute sa monstruosité. Et il était intolérable. Je n'étais plus seule en cause. Ce jour-là, en faisant pleurer mon frère, j'ai compris que j'étais devenue la complice de mon bourreau.

*

* *

Je suis rentrée à la maison, avec mon bébé, bien résolue à ne plus me laisser faire comme par le passé. D'abord, sans demander à Habib son autorisation, j'ai choisi de travailler à temps partiel, quatre jours par semaine, pour élever mes enfants le reste du temps.

Pendant tout l'été, Habib avait aidé son frère à restaurer une vieille bâtisse que Mahmoud avait achetée à Pornic. Je comprenais de nouveau qu'il pouvait tout faire : la maçonnerie comme la couture, le carrelage et l'électricité. Il n'aurait pas manqué de ressources, s'il y avait mis du sien...

Une fois encore, Habib n'a pas voulu être en reste. Il ne serait pas dit que son frère deviendrait propriétaire d'une maison de vacances en Vendée et que lui resterait locataire dans une HLM.

Il a décidé qu'il était urgent que nous trouvions, aussi, quelque chose.

C'était l'automne. Nous avions l'enthousiasme des gens qui font les petites annonces. Des pionniers qui cherchent où ils vont planter leur tente, et regarder grandir les enfants. Sara était entrée à l'école pour la première année. Enfin, elle sortait du cocon paternel. J'avais passé trois mois à allaiter mon bébé. Tout allait bien. Habib s'occupait de ses voitures. Il avait décidé qu'il nous fallait quelque chose avec quatre chambres. Il voulait pouvoir inviter ses parents chez nous. Les miens n'avaient toujours pas droit de cité.

Après avoir visité une dizaine de maisons, nous en avons trouvé une qui nous plaisait, à Vertou. Il y avait le nombre de chambres, le terrain était grand. C'était évidemment plus cher que nous ne l'avions envisagé. Mais Habib avait réussi à négocier et nous étions sous le charme.

S'engager dans un achat de cette importance n'allait pourtant pas de soi. Je prenais un gros risque avec les remboursements. Ils s'élèveraient à quatre mille cinq cents francs par mois pendant quinze ans. On achetait la maison à nos deux noms. Habib mettait la moitié de l'apport, moi l'autre. Mais les traites à suivre s'élevaient à près de cinquante pour cent de mon salaire, maintenant que j'avais pris un quatre-cinquième de temps.

Je faisais un nouveau pari sur Habib, en continuant à suivre le raisonnement que j'avais toujours tenu et qui ne m'avait pourtant jamais rien rapporté : lui créer des responsabilités en espérant qu'il les assume, l'obliger à sortir de son univers clos.

C'est à ce moment-là que j'ai appris que mon père avait un cancer du poumon. Depuis quelques mois, il avait recommencé à fumer. Personne ne voulait me le dire, mais je devinais la chronologie des événements. La rupture que Habib avait provoquée dans ma famille lui avait fait tellement de peine qu'il avait eu besoin de reprendre sa vieille habitude.

« J'ai fait du chagrin à mon père. » Cette phrase, je me la répétais comme une petite fille désespérée qui se lamente sur une bêtise. Avec les larmes de mon petit frère, c'était un nouveau crime contre les miens. Mais celui-là avait des conséquences que je ne me pardonnerais jamais : je ne pouvais m'empêcher de penser que ce cancer n'était pas lié au hasard. On avait beau me répéter qu'une telle maladie ne se fabrique pas en quelques mois, que mon père avait fumé pendant des années... pour moi, ce cancer était le résultat des inquiétudes que papa se faisait à notre sujet, à Sara, à Eva et à moi.

S'il y avait des responsables à chercher, ce n'était même pas Habib et son attitude insensée, c'était moi et ma trahison.

9

Nous nous disputions de plus en plus souvent. Désormais je répondais, je donnais mon avis, je ne voulais plus le ménager, me laisser imposer sa volonté. Je lui en voulais trop. Alors, pour mettre un terme à nos discussions, il avait trouvé une nouvelle méthode. Il me jetait dehors. Sans autre forme de procès. Il me traînait dans l'entrée, ouvrait la porte, me poussait dans le couloir de l'immeuble, et refermait. Les enfants dormaient : il préservait son image du père modèle.

La première fois que je me suis retrouvée seule sur le palier, je n'y croyais pas. J'avais honte, peur que l'on me surprenne tambourinant contre la porte ou suppliant Habib de me laisser entrer. En attendant de signer l'achat de la maison, nous vivions toujours dans notre petit immeuble très sympathique où chacun se connaissait, se rendait service. J'avais beau frapper, cogner, Habib n'ouvrait pas. Après plusieurs tentatives infructueuses, je suis descendue sur les bords de Loire. Pour réfléchir. J'oscillais entre la colère, la révolte, la tristesse et la peur.

J'ai marché, m'obligeant à respirer à pleins poumons, essayant de faire le vide. Je ne savais pas quelle attitude adopter. J'étais certaine d'avoir tout fait, tout tenté pour sauver mon couple, assurer une vie familiale à mes filles. Mais je m'étais oubliée, je n'existais plus. Tout ce que j'avais entrepris se retournait contre moi. Mes seuls moments de répit, je les passais maintenant au travail. Là seulement, j'arrivais à réfléchir. Je me demandais comment moi, une fille solide, équilibrée, j'avais pu me retrouver dans cette situation. Quelle était la faille dans ma personnalité qui avait rendu cette métamorphose possible... Comment m'étais-je retrouvée prise dans ce piège ? Otage, avec mes deux enfants, d'une histoire d'amour qui s'écroulait ?

Habib s'était mis à exercer sur moi une sorte de chantage dont les filles étaient l'enjeu. Il n'était pas difficile pour lui de comprendre que le dernier lien qui me retenait à la maison, c'était elles. Mais je n'avais personne à qui me confier, personne ne connaissait Habib comme moi je le connaissais, j'étais seule avec mes décisions à prendre. Cette fois, je ne pouvais pas évacuer le problème, je devais affronter la situation. Toute seule.

Au bout d'une heure de profond désespoir, je suis remontée. J'espérais que, de son côté, Habib s'était calmé et avait réfléchi. Je voulais encore croire en sa bonté : peut-être regrettait-il déjà son geste, peut-être m'attendait-il ? On n'en a jamais fini d'espérer.

J'ai sonné. Il n'a pas répondu tout de suite. Quelques minutes se sont écoulées avant que la porte ne s'entrebâille. Habib m'a tendu une feuille de papier et un stylo : il avait décidé de me laisser entrer à la condition que je lui fisse mes excuses par écrit. Il voulait que je reconnaisse mes torts.

J'ai commencé par dire que c'était ridicule. Je refusais. Alors, il a claqué la porte. Je n'allais pas passer la nuit sur le paillasson : le lendemain, je devais me lever à 5 heures... La mort dans l'âme, je me suis exécutée. J'ai écrit ce qu'il a dicté en essayant de penser à autre chose. En essayant d'oublier ma honte. J'étais sa chose.

Pendant les jours qui ont suivi, Habib a fait tout

son possible pour se montrer gentil, mais pour la première fois de notre vie commune, je ne voulais rien oublier. Je ne pouvais pas tirer un trait sur l'incident. Surtout, j'étais certaine qu'il allait se reproduire. J'avais vu comment évoluait notre relation. Elle suivait une lente progression, une lente dégradation.

La maladie de papa était déjà bien avancée. Le pronostic n'était pas bon. Les séances de chimiothérapie avaient commencé, deux étages en dessous de mon service. Je faisais de mon mieux pour le soutenir, l'encourager, l'inciter à garder le moral. Je voulais rattraper le temps perdu, apaiser le mal que je lui avais fait. Les souvenirs de nos promenades en montagne me revenaient quand j'étais devant son fauteuil, occupée à surveiller, machinalement, le bon fonctionnement de sa perfusion. Je nous revoyais marchant main dans la main sur les sentiers, au soleil. J'avais passé mon enfance dans un paradis, entourée de gens que j'aimais et qui m'aimaient, de gens qui croyaient qu'aimer, c'était vouloir du bien. Il m'avait fallu tout ce temps pour comprendre, et remercier.

Noël approchait. J'ai supplié Habib de me laisser passer cette fête, avec les filles, chez mes parents. Qu'importait qu'il vienne ou non. J'avais peur que ce soit le dernier Noël avec papa.

Depuis qu'il avait appris que mon père était malade, Habib s'était radouci. Il semblait avoir des remords. Il me disait qu'on pourrait bientôt inviter mes parents dans notre maison, qu'ils pourraient se reposer dans le jardin. Mais quand il s'agissait de décider tout de suite d'aller dîner chez eux, c'était différent. Jusqu'au 25 décembre au matin, je n'ai pas su s'il me laisserait assister à notre petite fête familiale. Finalement, il a accepté, mais il a exigé de nous accompagner.

Malgré ma joie, j'étais anxieuse. Je savais que Bruno serait là avec sa femme. Je ne l'avais pas vu depuis plus de deux ans, mon petit frère que j'avais si souvent accompagné à l'école...

Quand Bruno est arrivé, il s'est dirigé vers Habib et lui a loyalement tendu la main. Ostensiblement, Habib s'est détourné, refusant de la lui prendre. Pour mes parents, pour moi, pour les enfants, Bruno, qui le dominait pourtant de toute sa taille, n'a pas voulu réagir.

Pendant toute la soirée, Habib n'a pratiquement pas desserré les dents. Juste après les hors-d'œuvre, il a quitté la table pour aller jouer avec Sara, s'isolant une fois de plus avec sa fille. Nous avons fait comme si nous ne nous rendions compte de rien. L'important était que nous fussions enfin réunis, autour de papa. Je verrais après...

Je n'ai pas eu à attendre longtemps. À peine rentré à la maison, Habib a encore donné libre cours à sa jalousie, à sa colère. Une nouvelle dispute a éclaté, avec son lot d'insultes. À partir de ce moment-là, il ne s'est plus passé une semaine sans accrochage.

Notre vie à deux est devenue un enfer. Je finissais toujours par me taire la première, pour ne pas alimenter les querelles devant mes filles. Mais, dorénavant, nos disputes commençaient dès le matin, au réveil. Le soir, elles s'arrêtaient quand j'allais me coucher, moi de plus en plus tôt, lui de plus en plus tard. Nous nous évitions comme nous le pouvions.

Atéfeh, ma belle-sœur préférée, est alors venue passer quelques jours avec nous. Elle fut malheureusement témoin de ces scènes incessantes. Je lui ai un jour confié que la séparation me semblait désormais inévitable. Et elle m'a dit :

— Si tu pars, pars avec tes enfants.

Je trouvais cette idée abominable. Un enfant n'appartient à personne, ni à son père ni à sa mère, et Habib était un bon père, il n'était pas question que je lui arrache nos filles, c'était inconcevable. J'avais même imaginé que nous pourrions établir une garde partagée, il suffisait que nous nous installions l'un près de l'autre. Nos filles avaient besoin de nous deux.

Atéfeh n'a pas donné d'autre explication, elle s'est contentée de répéter :

— Si tu pars, pars avec tes enfants.

Pour le réveillon du nouvel an, nous avons invité quatre couples d'amis. Au moment de préparer la soirée, Habib m'a avertie :

— Il n'y aura pas d'alcool à la maison.

J'étais stupéfaite. Un réveillon sans champagne, je savais que ça allait en surprendre plus d'un. J'avais honte : il n'avait aucun respect pour mes amis, pour moi. Mais il était trop tard pour annuler...

Je commençais à m'habituer à ce qu'il me mette à la porte. Début janvier, je pensai à attraper mon manteau... Les clés de la voiture étaient dans ma poche. Je suis allée me réfugier chez ma cousine Nathalie, celle qui appréciait tant Habib. Pendant deux heures, je lui ai parlé. Une fois calmée, je suis retournée à la maison. Il m'a encore fallu notifier par écrit combien je regrettais d'avoir manqué de respect au père de mes enfants. Il dictait. J'écrivais. Je m'accusais de tous les maux. Je ne voulais pas réfléchir, et je n'avais aucune idée de ce qu'il ferait de ces confessions débiles.

Même si nos disputes éclataient le plus souvent le soir, après le coucher des enfants, Sara avait déjà vu Habib me jeter dehors. Une fois, elle m'avait même lancé les clés de la maison, avant qu'il ne referme la porte. Elle avait trois ans. J'étais horrifiée. Comment la protéger ? Elle m'a elle-même donné la solution :

— Je voudrais que mon papa et ma maman ne se disputent plus jamais, m'a-t-elle seulement dit.

Elle n'aurait plus besoin de me le répéter. J'avais voulu préserver mon couple pour elle, mais maintenant, pour elle, il fallait le dissoudre. Dans ma tête, ce jour-là, j'ai pris ma décision.

Nous avions signé la promesse de vente pour la maison, la banque nous avait accordé son crédit, tout était prêt. Il ne nous restait que quelques jours avant de déménager, déjà les cartons remplissaient l'appartement. Seulement Habib en avait assez de son petit commerce de voitures. Il ne partait plus pour Paris.

Mes parents étaient affolés :

— Comment vas-tu faire ? me demandaient-ils.

Eux qui avaient refusé de prendre le risque de devenir propriétaires ne comprenaient pas comment je pouvais accepter une telle responsabilité. Et pourtant, je ne leur disais rien de ce qui se passait à la maison. Moi aussi j'avais peur. Mais d'autre chose. Habib m'avait prévenue :

— Si tu pars, tu ne reverras jamais tes filles.

Je savais que notre séparation était inéluctable, elle n'était plus qu'une question de temps. Restait à trouver la forme. Le plus important, ce n'était pas l'argent, la maison, c'était mes petites filles.

*
* *

Quinze jours avant notre déménagement, au cours d'une nouvelle dispute, Habib m'a déclaré froidement qu'il ne travaillerait jamais. Je me suis sentie glacée. Il s'était bien moqué de moi. Désormais il n'avait plus de précaution à prendre, j'étais ficelée. Bien sûr, il m'annonçait en même temps qu'il refuserait de participer au remboursement de la maison. Je n'avais qu'à me débrouiller. Il était sûr que je ne pouvais plus reculer, il m'avait vue céder à toutes ses intimidations, ses chantages, ses prises de force...

Il s'est trompé. Devant lui, j'ai téléphoné au notaire pour lui dire que nous avions un gros problème, que nous devions renoncer à l'achat de la maison. En homme de loi, celui-ci a commencé par m'expliquer que j'étais hors délais. Si je n'avais pas un papier de la banque attestant que le crédit m'était refusé, je devrais abandonner les sommes versées à la signature de la promesse de vente, soit près de quatre-vingt-dix mille francs. Et il était vraisemblable que les propriétaires, dont le bien avait été immobilisé plus de trois mois, demanderaient un dédommagement.

On m'avait appris que l'argent n'était pas le but de la vie. Je n'allais pas engager toute ma liberté pour garder mes dernières économies. J'ai décidé de rompre la vente, quel que soit le prix de cette rupture. Habib était au comble de la fureur. Comment allait-il annoncer à sa famille qu'il n'achetait plus la maison ? Je m'en moquais bien, ce n'était plus mon problème.

Toute la semaine, j'avais examiné ma décision. Quel que soit l'angle sous lequel je prenais les choses, il me fallait me séparer de Habib, pour moi et pour mes filles.

À force de repasser le film de notre vie commune, je me demandais comment j'avais pu tenir si longtemps. Et pour quel résultat ? Ma seule excuse était de l'avoir aimé passionnément, et d'avoir tenté par tous les moyens de sauver notre famille.

Le vendredi 12 février 1999, au matin, Habib m'a interdit de faire le petit déjeuner de Sara.

— C'est moi qui m'en occupe, m'a-t-il dit devant elle.

Le soir, j'ai pris mon courage à deux mains. J'étais

à la veille d'un week-end de repos. Je voulais avoir du temps pour lui parler.

J'ai fait dîner les filles. J'essayais d'être le plus calme possible pour n'alerter, n'affoler personne. Je leur ai donné leur bain. C'était une joie pour moi de les voir commencer à partager les mêmes jeux, dans l'eau. Quoi qu'il se passe désormais, elles auraient une enfance commune, des souvenirs que personne ne pourrait leur prendre. Elles seraient deux pour toute la vie. Déjà Sara donnait à manger à la cuillère à Eva, elle dansait pour l'amuser, me relayait auprès d'elle quand Eva était seule avec son père. Sa présence auprès de sa petite sœur me rassurait. Je les ai couchées, Eva dans son petit lit à barreaux blancs, Sara dans son lit d'enfant.

Je voulais croire que nous pouvions nous séparer calmement. J'étais malheureuse, mais Habib l'était sans doute aussi. Ce constat d'échec devait suffire à nous faire mettre un terme à notre vie commune.

J'ai respiré profondément puis me suis jetée à l'eau. J'ai dit à Habib que je voulais lui parler, je lui ai demandé de venir s'asseoir avec moi, au salon. Avec diplomatie, j'ai commencé par lui demander s'il était heureux... Il ne m'a pas répondu.

Alors je lui ai dit que moi, je ne l'étais plus, que nous ne parlions plus, que nous ne nous aimions plus. Avec calme, tout doucement, j'ai dit à Habib que j'avais pris ma décision, que j'y avais longuement réfléchi, qu'il fallait nous séparer...

Je n'ai pas eu le temps de finir ma phrase. Il s'est levé, son regard n'exprimait que haine. Il s'est mis à hurler que je pouvais ficher le camp tout de suite, si je le désirais, mais que jamais je ne reverrais mes enfants.

Il allait partir avec elles en Iran, où il avait suffisamment d'amis pour trouver de l'aide, ils se cacheraient s'il le fallait. Il hurlait. J'étais terrifiée, pourtant j'ignorais encore que, dans la religion musulmane, tout enfant, à partir de sept ans, passait automatiquement sous l'autorité du père. Là-bas, la mère n'avait aucun droit.

Comme si j'étais un animal venimeux qu'il suffisait d'écraser pour s'en débarrasser, il a commencé à me donner des coups de pied, à me secouer de toutes ses forces. Puis il m'a traînée dans le couloir et m'a balancée sur le palier.

Je suis tombée, il a jeté sur moi mon manteau et mon sac. Puis il a claqué la porte et tiré le verrou. J'ai reconnu la scène que j'avais si souvent jouée ces derniers mois. Je savais comment était Nantes, la nuit, dans le froid. J'étais assommée, hébétée. Me demandant comment j'aurais dû m'y prendre. Si j'avais fait une erreur quelque part. Mais je ne voyais aucune autre tactique possible. J'appartenais à un pays civilisé, j'avais des droits, j'étais protégée par la loi et pourtant, je me sentais impuissante.

Je sentais encore ses coups sur mon corps. Sans m'en rendre compte, j'ai fini par me retrouver en bas de l'immeuble de mes parents. J'avais trouvé le chemin par instinct. Je n'avais pas d'autre endroit où aller.

J'ai sonné. Maman m'a ouvert, un silence m'a accueilli, il était très tard. En un regard, elle a tout compris. Je suis entrée. Bruno et Sandra étaient assis dans le salon. Ils étaient venus pour le week-end. Je n'en savais rien. Je ne savais même plus ce qui se passait dans ma propre famille. Mais c'était si bon de les revoir à ce moment-là, de serrer mon frère contre moi, c'était comme retrouver la vie qui continuait et dont j'avais été exclue. J'ai repris espoir.

Le lendemain, avec Sandra, nous accomplirions toutes les formalités. D'abord, nous irions à la banque à la première heure, faire annuler la procuration de Habib sur mon compte. Puis au commissariat, pour porter plainte. J'étais en France, on ne laisserait pas un homme prendre la fuite avec deux petites filles. Il fallait que je me rassure. Même s'il y avait encore de mauvais moments à passer, le cauchemar finirait.

10

Nous avons donc commencé par la banque pour annuler la procuration de Habib sur mon compte. En ce qui concernait le plan d'épargne, on ne pouvait rien faire. La poste de Saint-Leu était fermée le samedi. Jusqu'au lundi, j'étais bien obligée d'y laisser mes deux cent mille francs. Nous avons continué par le commissariat.

L'agent de garde nous a expliqué qu'il fallait écrire sur la « main courante » que mon compagnon m'avait mise à la porte et refusait de me laisser voir mes enfants. J'ai tenté d'argumenter, d'expliquer que Habib m'avait menacée, frappée, qu'il voulait s'enfuir avec mes filles, et qu'il fallait agir, et non résumer un fait divers. Mais l'agent répétait qu'il n'y avait rien de plus à faire. Consigner les événements sur la main courante ! J'attendais qu'on lance aux trousses de Habib tous les gendarmes de Nantes, on me disait de faire une note que sans doute personne ne lirait jamais, de prendre le numéro, la page, et de retourner chez moi, attendre.

J'étais stupéfaite. C'était un malentendu. Ces hommes refusaient de prêter assistance à des enfants en danger. Ils me regardaient sans comprendre. Alors j'ai exigé de rencontrer le commissaire. J'ai fait tellement de bruit qu'un officier a accepté de me recevoir.

Il a adopté le ton calme, l'air jovial de l'homme en parfaite santé mentale qui fait face à une folle. Il m'a écoutée, attentivement, et quand j'ai eu fini, il m'a dit qu'en trente ans d'exercice il en avait vu de toutes les couleurs. Des femmes mises à la porte, ce n'est pas ce qui manquait. En général, ça s'arrangeait. Il suffisait d'attendre un jour ou deux. Quant aux enfants, alors là, il en était certain : ces histoires d'enlèvement qui faisaient le bonheur des journaux, il n'en avait jamais été témoin.

En me raccompagnant à la porte, il me conseilla de me laisser dorloter par mes parents en attendant que mon compagnon se calme. Il aurait parlé de la même façon à une petite fille qui serait tombée dans la cour de récréation. Et j'avais beau lui expliquer que le père de mes filles était iranien, que son frère Mohamad occupait un poste important en Irak, il continuait à sourire, imperturbable.

Je venais de passer huit années avec Habib, et ce policier prétendait mieux le connaître que moi ! Il ne me prenait pas au sérieux. Nous perdions notre temps. Sandra m'a fait signe : inutile d'insister. Il fallait chercher ailleurs.

Le lundi matin, je n'étais pas en état d'aller travailler. Je n'avais pas dormi pendant tout le week-end et je ne pouvais plus m'arrêter de pleurer. Le médecin m'a arrêtée une semaine. J'ai téléphoné à Habib pour tenter de récupérer quelques affaires et surtout pour voir les filles, il a raccroché après m'avoir dit que je n'avais plus rien à faire chez lui. Je n'ai même pas eu le droit de parler à Sara. Je me demandais ce qu'elle pouvait penser, ce qu'il lui avait dit. Et Eva, mon bébé ? Que faisait-elle sans moi ?

Puis j'ai téléphoné à la poste de Saint-Leu, où était placé « notre » P.E.L. L'employé m'a appris que ma procuration venait d'être annulée. Habib avait sans doute fait l'opération, depuis son domicile, par Internet. J'avais perdu mes deux cent mille francs. À vrai dire, je m'en fichais. Je ne réalisais pas encore que j'allais avoir besoin de beaucoup d'argent, et qu'il serait préférable que Habib en ait le moins possible. J'étais incapable de prétendre à la moindre stratégie...

Restait le rendez-vous avec un avocat. Enfin quelqu'un qui m'a écoutée avec attention. Enfin quelqu'un qui prenait très au sérieux les menaces de Habib. Il m'a expliqué que, bien que nous ne fussions pas mariés, Habib et moi partagions l'autorité parentale : les enfants avaient été reconnus à la naissance par leur père et ils portaient nos deux patronymes. En l'absence d'un jugement, le père et la mère ont les mêmes droits. Dire que c'est moi qui l'avais voulu !

La marche à suivre était simple : je devais passer devant un juge aux affaires familiales qui organiserait la garde de nos filles et le droit de visite. Sur le plan juridique, le problème ne présentait aucune difficulté. Seulement, il fallait faire vite. L'avocat a contacté le juge sous mes yeux pour lui exposer la situation. Il a obtenu un rendez-vous pour le 26 février, soit à peine deux semaines plus tard. Je l'aurais embrassé !

La facilité et la rapidité avec lesquelles la procédure se mettait en route m'avaient rassurée. Le juriste m'avait conseillé de rester tranquille jusqu'à l'audience, de ne pas retourner chez moi, afin d'éviter de braquer davantage Habib. Ce conseil, je l'entends encore résonner alors que j'étais à la porte de son bureau. Il avait l'habitude de ce genre de différends. Il savait que la vue d'un tribunal peut calmer les justiciables les plus furieux.

En sortant de son cabinet, je suis allée m'acheter un pantalon, des sous-vêtements, de quoi me changer jusqu'à la conciliation, puisque Habib ne m'autorisait pas à prendre mes affaires. Je n'avais pas le cœur à faire les boutiques, mais je reprenais un semblant de goût à la vie en préparant ce premier rendez-vous avec la justice. C'était le rendez-vous de l'espoir, celui qui me permettrait de revoir mes filles. Après avoir vu le juge, j'étais sûre de pouvoir rentrer chez moi, et je ferais mes valises, que Habib le veuille ou non. Même si ce devait être avec l'aide des policiers. Cette fois, ils seraient bien obligés de m'aider.

Je n'arrivais pas à me dire que je n'avais plus rien à moi. Ni papiers, ni vêtements. Toujours me revenait la pensée machinale qu'il suffisait d'aller les prendre à telle place où je les avais rangés.

Le temps passait lentement, tristement. Je suis allée voir les parents de Habib, à Paris, pour supplier sa mère d'intervenir. Comme d'habitude, ils m'ont très gentiment reçue, mais ils n'avaient rien d'autre à me conseiller que de retourner vivre avec leur fils. Sa mère m'a même dit que Habib ne voulait pas lui parler. C'était impossible à croire, il lui avait toujours téléphoné deux à trois fois par jour. Ses parents m'ont proposé de quitter ma famille pour venir m'installer chez eux. Ils disaient que de cette façon Habib se calmerait... Ensuite, nous pourrions régler nos problèmes à l'iranienne.

Cette solution ne m'intéressait pas. J'avais assez attendu, assez espéré, il s'était passé trop d'horreurs entre nous pour que j'aie la moindre envie de reprendre la vie commune, je ne voulais plus tomber dans ce piège. Il m'avait fallu longtemps pour me convaincre, mais j'étais décidée à reprendre ma liberté.

Je téléphonais à Habib tous les jours pour lui demander de me passer Sara. Régulièrement, il me raccrochait au nez. J'ai cependant réussi à parler à deux reprises à ma fille. Le jour où elle m'a demandé, toute malheureuse, pourquoi je l'avais abandonnée, si c'était vrai que je ne l'aimais plus, si c'était vrai que son papy et sa mamie ne voulaient plus la voir, j'ai eu beaucoup de mal à ne pas sangloter. Ainsi donc, Habib avait commencé à me détruire à ses yeux. Il la manipulait comme il m'avait manipulée. Mais elle avait seulement trois ans ! Quelles séquelles allait-elle garder de notre séparation ? Il ne m'a pas laissé le temps de la rassurer. Il avait mis le haut-parleur pour surveiller notre conversation et il a brusquement raccroché.

Je ne savais plus qui appeler. J'ai essayé Isabelle, la maman de Maël, qui avait gardé Sara à la maison à la naissance de sa petite sœur. Heureusement, Isabelle avait conservé le contact avec Habib. Il lui avait dit que j'étais partie avec un amant. Il jouait le rôle du mari trompé, abandonné avec ses enfants par une femme indigne. Il lui avait même montré les mots qu'il m'avait forcée à lui écrire quand il me jetait dehors. Puis il avait brusquement perdu son sang-froid. Il s'était mis à me traiter de tous les noms, il délirait. Il lui avait crié :

— Elle doit être punie pour ce qu'elle a fait !

Isabelle ne l'avait jamais vu dans un pareil état.

Mais elle avait évité de prendre ma défense pour conserver le lien. Elle avait compris que l'affaire était grave. Une chance : les jours suivants, elle a pu me donner des nouvelles. Elle essayait de parler à Sara pour la rassurer. Une fois, elle m'a raconté que ma fille l'avait entraînée dans la salle de bains. Elle voulait qu'Isabelle lui fasse sentir mon parfum...

Notre petite mise en scène a fonctionné pendant une semaine. Jusqu'à ce qu'Isabelle s'aperçoive qu'Eva était malade : elle avait 40 de fièvre. Elle m'a prévenue et je n'ai pas pu me retenir.

Je suis arrivée immédiatement, tambourinant à la porte et menaçant Habib de faire un scandale s'il ne me laissait pas entrer pour emmener ma fille chez le médecin. Il a cédé. Nous nous sommes retrouvés ensemble chez le pédiatre. J'avais mon plan : faire comprendre à la doctoresse qu'il fallait hospitaliser Eva, au moins une de mes filles serait à l'abri.

La pédiatre l'a auscultée, c'était une otite. Pas de quoi la conduire aux urgences. J'ai alors inventé les symptômes les plus graves, mais Habib me contredisait, il sous-entendait devant le médecin que je ne savais pas m'occuper d'Eva, que lui seul s'intéressait à elle. Notre pédiatre a bien senti que cette consultation n'était pas ordinaire. Elle voyait le malaise entre nous, l'agressivité de Habib, mais que pouvait-elle faire ? Eva lançait des coups de pied. Mon gentil bébé s'était métamorphosé en un petit chat sauvage. J'ai dit au revoir à la doctoresse, le cœur brisé.

Mon plan avait échoué mais il m'a donné l'occasion de revenir à l'appartement. Avant que Habib ne me mette encore dehors, j'ai réussi à lui demander les clefs et les papiers de ma voiture. Il a d'abord refusé. Je lui ai alors rappelé que l'Opel était à mon nom et je l'ai averti que j'allais porter plainte pour vol. Il s'est calmé. Mais quand j'ai voulu prendre mes vêtements, il m'a répliqué que je n'étais pas là pour me changer. J'ai alors compris que je ne retrouverais aucune de mes affaires.

Je ne reconnaissais pas l'appartement. On l'aurait dit à l'abandon ou occupé par des squatters. La vaisselle sale débordait de l'évier. Les jouets des filles étaient par terre dans le salon. Au milieu des cartons déjà prêts pour le déménagement, tout était sens dessus dessous. J'avais le cœur serré de devoir quitter Sara et Eva dans cette tourmente, mais je me rassurais en pensant à l'avocat et au juge : il n'y avait plus que cinq jours avant l'audience.

De retour chez mes parents, j'ai follement espéré que la brigade des mineurs pourrait intervenir, et me permettre d'accéder librement à mes filles. Une employée m'a répondu que tant que le père ne battait pas ses enfants, il n'y avait rien à faire.

En désespoir de cause, j'ai appelé la maîtresse de Sara, mais c'étaient les vacances de février. Elle ne pouvait pas faire intervenir les services sociaux. Cette impuissance était une véritable torture. Je vivais avec le regard de mes filles, leur air perdu, abandonné.

Je me suis de nouveau tournée vers le commissariat. Une patrouille dépêchée sur place n'a rien remarqué d'anormal. Habib refusait de me parler, de me donner des nouvelles. Je ne pouvais plus rien savoir par Isabelle : depuis qu'elle avait osé me prévenir, il avait rompu le contact.

Mon arrêt maladie était échu. Heureusement car chez mes parents, à ressasser et téléphoner toute la journée, sans rien d'autre à faire que compter les heures qui me séparaient de l'audience, je devenais folle. Au moins, pendant mon travail, je m'absorberais dans ma tâche et ne penserais plus à rien. Cela me ferait du bien de retrouver les autres infirmières et mon amie Bénédicte. Je suis retournée à l'hôpital, cherchant l'oubli.

Deux jours plus tard, Habib m'a téléphoné. Il voulait me parler. Depuis le temps où j'attendais son premier coup de fil, après notre rencontre, je n'avais jamais été aussi émue d'entendre sa voix... Mon cœur battait à vive allure. Cela faisait douze jours que je ne pouvais plus rentrer chez moi et que j'étais pratiquement sans nouvelles de mes filles. Et voilà qu'il se montrait aimable, il m'expliquait que j'avais dû mal le comprendre : jamais il n'avait eu l'intention de m'empêcher de voir les enfants ! Je pouvais venir quand je voulais ! Même si nous nous séparions, je resterais toujours la mère de ses filles. D'ailleurs, je leur manquais beaucoup, et Sara me réclamait. Je n'en croyais pas mes oreilles.

Sur le moment, je suis restée muette de surprise. J'étais tellement heureuse à l'idée de revoir mes petites que je ne me suis pas méfiée. Je voulais profiter de ce revirement radical. D'ailleurs, je n'avais pas d'autre choix. Habib voulait sans doute me faire revenir sur ma décision. Mais je tiendrais bon. Et il avait peut-être compris qu'il valait mieux régler nos affaires à l'amiable, pour préserver l'avenir de nos filles.

J'ai aussitôt organisé ma visite. Puisque, le lendemain, je terminais mon service à 14 heures, je pouvais être à la maison dès 14 h 30. Habib a accepté, tout en précisant qu'il ne me laisserait pas plus d'une heure car il avait une obligation. Une heure avec mes filles… c'était inespéré. Je n'ai pas discuté. Pour un peu je lui aurais dit merci.

J'ai tout de suite raconté la conversation à maman. Papa était encore à l'hôpital et nous étions seules, toutes les deux. Ma mère était fatiguée, inquiète. Elle s'est montrée sceptique. Elle ne comprenait pas pourquoi Habib avait changé d'avis. C'était trop beau. Mais moi j'avais soudain l'explication : il devait avoir reçu la convocation du juge pour le vendredi ! C'était seulement dans deux jours, et il avait imaginé cette petite manœuvre pour ne pas se mettre dans son tort. Une tentative de conciliation avec moi serait sans doute du meilleur effet. Il craignait certainement de perdre ses droits s'il m'interdisait de voir mes filles. J'étais satisfaite, tout était logique.

Remplie de joie, je ne pensais qu'au lendemain. J'allais voir Eva et Sara et vendredi, à l'issue de l'audience, je les reprendrais enfin. Je voyais avec soulagement le bout du tunnel. Les choses s'arrangeaient plus vite que je ne l'espérais. Habib s'était fait une raison, il avait compris qu'il fallait composer. La perspective de passer devant le juge l'avait fait reculer. Il admettait enfin que notre intérêt mutuel résidait dans des relations courtoises.

J'étais tellement surexcitée que je n'ai pas dormi de la nuit. J'allais revoir mes filles, pouvoir enfin les serrer dans mes bras, les embrasser, les câliner. Elles m'avaient tellement manqué !

Je suis partie travailler le sourire aux lèvres, annonçant la bonne nouvelle à chacune de mes collègues.

Elles se montrèrent surprises, plutôt réservées, voire inquiètes pour moi. J'étais trop heureuse pour en tenir compte. Je n'ai pas vu les heures défiler.

À 13 heures, j'ai tout raconté à Bénédicte qui prenait son service. Elle aussi paraissait anxieuse. Elle ne croyait plus au Père Noël. Habib l'avait mise à la porte de chez nous, elle avait compris de quoi il était capable sous son apparente douceur. Depuis deux ans, à l'hôpital, elle m'avait vue me détériorer. Et puis des amis afghans lui avaient expliqué comment les femmes vivaient avec les hommes, chez les mollahs. Elle m'a dit :

— N'y va pas, il va se passer un drame.

Elle me conseilla de me faire accompagner. Mais je ne voulais pas braquer Habib. Pour une fois qu'il faisait un pas vers moi, je n'allais pas lui montrer que je n'avais aucune confiance... L'audience approchait, il devait s'y présenter dans un bon état d'esprit, pour que nous puissions trouver un terrain de conciliation, comme me l'avait conseillé mon avocat. Si je ne venais pas seule, Habib le prendrait extrêmement mal. De toute façon, il était trop tard pour trouver quelqu'un. J'ai promis à Bénédicte de lui téléphoner immédiatement après l'entrevue. Je voulais revoir mes filles, rien d'autre. Et, pour ça, j'avais tous les courages.

*
* *

C'est en me garant sur le parking que j'ai commencé à avoir peur. Je réalisais enfin que cette métamorphose ne collait pas. Pourquoi Habib m'avait-il fait venir ? Nous aurions pu nous rencontrer n'importe où ailleurs. J'aurais pu lui demander de m'amener mes filles dehors, pourquoi me mettais-je en infériorité en allant chez nous, c'est-à-dire – désormais – chez lui ? Il m'avait donné une heure, je ne resterais pas une minute de plus.

J'ai monté les étages le cœur battant. Habib a ouvert la porte, le regard noir. À l'instant même j'ai su que je ne sortirais pas de ce lieu indemne. Mais je ne pouvais plus reculer. Sara avait surgi entre ses jambes, se précipitant dans mes bras.

— Maman ! Maman !

Je l'ai serrée contre moi. Je respirais la douce odeur de son shampooing, je cachais mon visage dans la soie de ses cheveux. Elle s'accrochait à mon cou, me montrant la direction de la chambre où elle voulait que nous allions chercher Eva, « son » bébé, qui se réveillait de sa sieste. Elle était pressée de reconstituer notre trio.

Dès que je suis sortie de la chambre, mon bébé dans les bras, Habib m'a insultée. Il m'accusait de coucher avec tout le quartier.

— Habib, Sara entend ce que tu dis ! ai-je répondu, outrée.

Il m'a ordonné de regagner le salon, m'interdisant

d'aller dans les autres pièces. J'ai obéi, j'ai accepté ses ordres, ses limitations. Toujours pour ne rien dire devant les filles. Bien trop contente d'avoir été autorisée à les voir, remarquant à peine que quelque chose avait changé dans l'appartement : il était vide.

J'ai regardé Habib. Lui aussi me regardait. Avec haine. Dans le séjour, j'ai reposé Eva, enlevé mon manteau, en redoublant d'efforts pour ne pas montrer ma terreur. Sara m'a aussitôt apporté un puzzle. Je m'appliquai à le reconstituer avec elle pour avoir un semblant d'activité normale. D'abord, Habib s'est assis sur un fauteuil du salon, pour pouvoir m'invectiver plus tranquillement. Je ne voulais pas répondre. Je lui rappelai que Sara nous écoutait. Soudain, comme s'il voulait contenir sa violence, il a quitté la pièce, nous laissant toutes les trois dans le salon.

Ma fille m'a alors posé une drôle de question :

— Dis, maman, tu seras là pour mon anniversaire ?

Nous étions le 24 février, son anniversaire, c'était le 14 mars, moins d'un mois plus tard. Je lui ai promis d'être près d'elle pour ses quatre ans, et à vrai dire je n'en doutais pas. L'audience aurait eu lieu entretemps. Mes filles et moi serions réunies chez papa et maman, nous pourrions souffler les quatre bougies tous ensembles, rassurés, réunis, pacifiés, et loin de Habib qui nous gâchait la vie.

Pendant qu'Eva gazouillait sur son tapis de jeu, j'ai sorti le goûter que j'avais apporté : une forêt-noire, le gâteau préféré de Sara. Avec du chocolat et des cerises. Mais elle n'y touchait pas, elle restait bouche bée, sa cuillère en l'air. C'est ainsi que j'ai compris que quelque chose de terrible allait arriver.

La dernière fois que j'ai revu ma Sarabelle, elle hurlait, sa petite main dans la main pleine de sang de son père. Je ne devais pas être belle à voir, mais ça je n'en savais rien. Je n'y pensais même pas. Ma monstruosité, je l'ai vue dans son regard. Le sang giclait de mon œil comme un geyser. Mon visage n'était plus qu'une plaie béante. Une ouverture de vingt-cinq centimètres ouvrait ma joue droite, du front jusqu'au maxillaire. Je voyais derrière un voile noir. Je me suis précipitée derrière eux. J'ai couru, j'ai hurlé, je n'ai pas réussi à les rattraper...

*
* *

C'est un cauchemar dont je ne me réveillerai jamais. Un escalier qui n'en finit pas, et en bas, deux ombres qui disparaissent. Ma fille qui se dissout dans l'univers, qui est peut-être morte ou blessée, qui peut-être me réclame, ma fille qui est peut-être loin ou peut-être tout près. Que j'aperçois à chaque tournant de rue, à chaque rentrée des classes, à chaque Noël, que je revois la nuit en rêve. Ma fille comme ces mirages qui viennent dans le désert. Comment vivre sans ma Sara ?

Je sais qu'il y a tous les jours des enfants qui meurent, des enfants qui disparaissent. J'imagine la torture de leurs parents. Moi, ma fille est là, à portée de main. Je sais qui l'a enlevée, je suis sûre qu'en s'en donnant les moyens on doit pouvoir la retrouver. Seulement je suis seule, toute seule, face à un monde indifférent ou hostile. Un monde d'hommes qui me regardent sans me comprendre.

Je suis la folle de Nantes, comme ces folles de mai, de l'autre côté de l'Atlantique, à Buenos Aires, ces mères qui venaient tourner comme des pendules dans la rue pour réclamer qu'on leur rende leur enfant. Mais moi j'ai choisi mon bourreau, et je l'ai aimé. Pas d'indulgence à mon égard. Il y en aura pour dire que je n'ai eu que ce que je méritais, que je l'avais bien cherché.

Je vais harceler la police, la justice. Je ne me calmerai jamais. J'irai au bout du monde pour Sara. Et je la retrouverai.

Des enfants, on dit qu'ils sont la prunelle de nos yeux, n'est-ce pas ? Je le sais mieux que quiconque. Je l'ai vécu dans ma chair. L'homme que j'ai aimé pendant huit ans a pris une de nos deux filles après avoir essayé de me crever un œil. Mais ma blessure je ne la sens pas, je n'y pense pas. Ma douleur, c'est Sara. Aucun médecin ne pourra rien pour calmer ma souffrance, pour arrêter l'hémorragie de mon espérance, aucun fil ne pourra me raccrocher à la vie. J'avais deux jambes, deux pieds, deux filles, deux amours. Je suis une éclopée, je ne vis plus qu'à moitié.

Deuxième partie

1

Je n'ai d'abord entendu que des exclamations d'effroi. Moi aussi je crie, mais pas pour la même chose. Et personne ne m'entend. Je leur dis :

— Rattrapez-le, rattrapez-le !

Et ils cherchent qui m'a attaquée et si j'étais seule dans l'appartement. Et si j'ai mal... Et ils essayent de me rassurer alors que je leur demande de se dépêcher, de ne pas le laisser filer. Personne ne peut imaginer que le si gentil Habib soit devenu un tortionnaire, personne ne peut soupçonner qu'il a été capable de faire ça.

Denis, le motard, notre nouveau voisin du rez-de-chaussée, répète sous le choc :

— Faire ça à une femme... Faire ça à une femme...

De quoi parle-t-il ? De la boucherie ou de l'enlèvement ? C'est moi qui lui indique la route. Je me tiens à cette seule nécessité. Il ne faut pas que je meure, ou je ne passerai jamais plus un anniversaire avec Sara. Dans un mois, Sara aura quatre ans, je lui ai promis que nous serions tous réunis, avec Eva, papy et mamie. Je dois rester en vie pour ma petite fille qui a besoin de moi.

Je n'ai pas voulu qu'on appelle l'ambulance. Je sens qu'une artère a été sectionnée, je pisse le sang, si je dois encore attendre, je vais y passer. Alors j'ai demandé qu'on me transporte à l'hôpital. Denis s'est proposé. Je lui ai dit de prendre ma voiture, pour ne pas tacher la sienne. Je sais ce que c'est, que des litres de sang. On me suit à la trace depuis ma salle de bains, depuis l'escalier jusqu'au parking, et il y a encore quatre kilomètres avant d'arriver à l'hôpital. La belle-sœur de Denis est montée prendre Eva. Eva… ma victoire.

Denis continue à dire qu'il ne comprend pas, qu'un type qui fait ça il faut le buter, qu'il n'y a pas d'autre solution. Et moi je lui indique le chemin, « tournez à droite, prenez à gauche, attention au stop ». Je sens que je m'en vais. Je ne suis plus qu'une tache rouge, il faut qu'on s'arrête.

— Je suis désolée, mais si je ne comprime pas la blessure, je vais y passer.

On regarde, on n'a rien. Il a juste un tee-shirt sous son blouson de cuir. Alors il n'hésite pas, il se déshabille, me donne son vêtement encore chaud. Je me fais un tampon que j'appuie sur ma joue. On repart.

— J'ai perdu mon œil.

Je répète cette phrase tout le temps du chemin. J'ai perdu mon œil et j'ai perdu ma fille… Soudain, j'aperçois « Urgences », en lettres lumineuses. Je peux enfin me laisser aller.

Je me suis évanouie. Denis m'a portée. Il paraît que les urgentistes l'ont pris pour un loubard qui m'avait agressée. Pendant qu'il s'expliquait, on m'a emmenée dans la salle d'examen. C'est là que je me suis réveillée. J'ai très bien reconnu le médecin qui m'auscultait, une femme que nous avions vue passer en réa comme interne. Elle me tenait la main, mais sa main tremblait. Il fallait m'opérer d'urgence pour suturer la blessure, très profonde. Elle m'a demandé à quelle heure j'avais déjeuné. J'avais pris mon repas deux heures plus tôt, ce n'était pas assez pour une anesthésie.

Ils ont prévenu Bénédicte. Elle qui attendait mon coup de fil et m'avait suppliée de me faire accompagner ! Elle a tout de suite compris. Elle essayait de me rassurer, mais c'était elle qui était paniquée. Ils parlaient tous de ma blessure, moi je leur parlais de Sara. Ils pensaient à ma place, prenaient les décisions. Bénédicte avait fait prévenir le meilleur chirurgien de l'hôpital, pour la cicatrice. La cicatrice ? Ça me paraissait si anodin. Enfin, il ne fallait quand même pas que je fasse peur aux filles. J'entendais encore les hurlements de Sara quand j'étais sortie de la salle de bains.

Ma tension chutait, j'avais perdu deux litres de sang. Mes voisins, m'a-t-on dit plus tard, étaient déjà en train d'éponger les murs, les marches. Un vrai carnage. Je luttais pour ne pas m'évanouir à nouveau. Et je me raccrochais à ce que je connaissais le mieux : le métier.

Je posais toutes les questions techniques. Comment on allait m'opérer, quel type d'anesthésie j'allais recevoir. Le chirurgien, en effet, a dit qu'on ne pouvait plus attendre. Que c'était plus dangereux de continuer à me laisser me vider que de m'anesthésier. Il a dit qu'il prenait le risque. Et j'ai entendu : « Maintenant, il faut qu'elle dorme. » Où es-tu, Sara ?

*
* *

Je suis revenue à moi dans la salle de réveil de l'hôpital. Bénédicte était à mon chevet. Elle avait quitté son service pour rester près de moi. Elle m'a pris la main, m'a tout de suite expliqué que l'opération s'était bien passée.

Le chirurgien pensait qu'il avait réussi à sauver mon œil. A priori, le nerf optique n'avait pas été atteint. Le couteau était allé bien droit depuis le front, il m'avait découpé la paupière mais il avait ripé sur l'orbite, tournant autour du globe. La plaie touchait l'os, le couteau avait coupé une artère, des nerfs et une partie des muscles du côté gauche. J'aurais bien sûr une grosse cicatrice et même, pendant quelques mois, une insensibilité faciale. Il faudrait du temps, beaucoup de temps pour que certains réflexes reviennent, mais je m'en sortais bien. À quelques dizaines de minutes près, on n'aurait rien pu faire pour moi.

J'avais un énorme pansement. Je me sentais dans du coton. Comme moi, Bénédicte s'appliquait à éviter le ton dramatique. Nous nous efforcions de rester neutres, comme on nous avait appris à le faire avec nos malades. Nous parlions calmement, sereinement. Bénédicte essayait de me donner un peu de son énergie. Sa voix m'apaisait.

Elle racontait que le reste du service n'avait pas été mis au courant. C'était, dit-elle, pour limiter le nombre de gens autour de mon lit. « Tu comprends, il n'y aurait plus personne en réa, tout le monde aurait déserté pour venir te voir... » plaisantait-elle. Elle-même avait quitté son poste sans explication.

Au bout de deux heures, j'ai été transférée dans une chambre seule. Il me fallait du calme. Dans la soirée, une amie est passée. Elle était presque aussi livide que moi. Elle voulait me rassurer au sujet d'Eva que ma mère était allée récupérer. Maman n'avait pas voulu la laisser seule, c'est pourquoi elle n'était pas venue me voir à l'hôpital. Une de mes cousines lui avait prêté tout ce qui lui manquait : des couches, des vêtements, des petits pots, les biberons, un lit pliant... Ma fille avait dîné, maman était en train de la coucher. Elle avait décidé qu'il ne fallait pas prévenir papa tout de suite. Il était encore en chimio, trop faible pour affronter ce choc. Elle ne voulait pas qu'il me voie avant que je commence à me sentir mieux.

Il avait besoin de tout son moral pour se battre contre la maladie.

Lorsque le médecin est passé prendre de mes nouvelles, je n'ai pu m'empêcher de lui demander combien de temps j'allais encore rester ici. J'avais beau être une professionnelle, je me comportais comme n'importe quel patient. Il a souri : mon départ n'était pas une priorité. Le plus urgent était que je me rétablisse et que je passe une bonne nuit.

Dehors, mon avocat entamait les premières démarches. Il avait fait enregistrer à la préfecture de police la demande d'« arrêt aux frontières ». En théorie, si Habib se présentait à un poste de douane, il serait immédiatement reconduit à Nantes. Pure théorie. Je savais que pendant des mois Habib avait vécu entre la Belgique et la Suisse, qu'il y avait gardé ses adresses et qu'il lui serait facile de voyager sous un faux nom. De toute façon, il n'y avait pratiquement plus de contrôles aux frontières.

Mon avocat avait déposé une plainte pour « coups et blessures volontaires par arme blanche sur concubine ». Il fallait attendre qu'un juge me confie la garde de ma fille pour porter plainte pour « non-présentation d'enfant ». La loi française ne reconnaît pas l'enlèvement d'un enfant par un parent. D'un point de vue juridique, Habib avait tout à fait le droit de partir avec Sara.

Dès le lendemain de l'agression, j'ai essayé de me lever. La première tentative, je suis retombée sur mon lit. À la deuxième, j'ai fondu en larmes : je voulais courir après ma fille, et j'étais bloquée dans une chambre d'hôpital, les jambes coupées. Je ne pouvais pas supporter l'idée de rester sans rien faire. Je ne voulais pas attendre. Ma fille avait disparu, je devais me lancer à sa recherche, remuer ciel et terre pour la retrouver.

J'ai demandé à voir le psychiatre des urgences, celui-là même auquel j'avais déjà demandé conseil pour « une amie ». Je lui ai décrit le comportement de Habib dans les deux semaines qui avaient précédé le drame. Il ne parut pas surpris. Habib était passé à l'acte, voilà tout. Convaincu que je lui voulais du mal, il avait construit le piège où je m'étais laissé prendre. Il avait longuement prémédité l'agression suivie de la fuite avec nos deux filles dont – je l'ai constaté par la suite – il avait préparé tous les vêtements et même les peluches.

Les obsédés peuvent se révéler très ingénieux, très dissimulateurs pour arriver à leurs fins. Et ils peuvent devenir dangereux, pour eux-mêmes aussi bien. Une question justement m'empêchait de dormir, elle me taraudait depuis la veille : est-ce que Habib risquait de se suicider ?

Il m'avait dit à plusieurs reprises qu'il ne pourrait pas vivre sans ses enfants. Est-ce qu'après son acte, se sentant acculé par la justice, désespéré, il pourrait avoir envie de se donner la mort, et de la donner à Sara, en même temps ?

Le psychiatre n'a pas répondu immédiatement. Il réfléchissait, hésitait. J'ai répété mon interrogation, pas question qu'il se défile. J'avais trop besoin de savoir. Il n'a pas pu faire autrement que me dire qu'il y avait bien un risque. Mais, selon lui, dans la proximité immédiate de la crise de violence. Si Habib avait dû se suicider, pensait-il, ce serait déjà fait... Or, personne n'avait découvert son corps ni celui de Sara. C'était une raison d'espérer : sitôt qu'il se serait lancé dans la cavale, la nécessité d'organiser sa disparition et celle de sa fille le « divertirait » de ses pensées de mort.

Je trouvais le médecin optimiste. Moi qui connaissais la « neurasthénie » de Habib, je me fixai une limite d'un mois. Si, passé ce délai, aucune découverte ne nous apprenait qu'il avait choisi l'issue fatale, alors je pourrais souffler. Il n'aurait plus le courage de se tuer avec Sara.

Le psy m'a expliqué qu'il ne fallait pas que je me referme sur ce que je venais de vivre. Qu'il ne fallait pas que je tire le rideau sur ma tragédie. Au contraire. Je devais parler de l'agression dont j'avais été la victime. C'était le seul moyen de me débarrasser des images traumatisantes que j'avais vécues, et sur lesquelles je risquais de rester fixée, comme une mouche attrapée au fil collant de l'araignée. Si je voulais me libérer de cette hantise, si je voulais continuer à avancer, je devais raconter mon histoire.

Il a proposé de venir me voir tous les jours pour m'y aider, jusqu'à ma sortie de l'hôpital. J'ai accepté avec reconnaissance. Ces conversations douloureuses m'ont sans doute permis de réagir et de trouver la force. Je savais que j'en aurais besoin pour les quelques jours, les quelques semaines tout au plus où il me faudrait attendre Sara.

Deux jours après mon agression, maman est enfin venue avec Eva. Je le lui avais demandé, j'avais trop besoin de voir mon bébé, de le serrer contre moi. Eva me rappelait que j'avais déjà à moitié triomphé de Habib. Elle était ma première victoire, le signe de celle, définitive, que je remporterais bientôt, j'en étais sûre. La voir me redonnerait courage.

En même temps, dès qu'elle est entrée, c'est comme si son ombre lui manquait… Je cherchais sa sœur derrière elle. Eva était là, mais où était Sara ? Je ne pouvais voir Eva sans penser à Sara, et malgré ma joie, aussitôt, je me suis remise à pleurer. Il fallait pourtant que je m'arrête, c'était très mauvais pour ma blessure.

Mon visage me cuisait. Mon chagrin, vivant, battait sur ma joue déchirée.

Le lendemain, je ne pouvais toujours pas poser le pied par terre. J'avais perdu trop de sang. Dans les livres, pourtant, tout était expliqué. Il fallait au moins quinze jours pour reconstituer les doses de fer, les plaquettes, les globules. Ma petite usine fonctionnait à plein régime, mais je n'avais pas le temps d'être patiente. Je m'en voulais de ne pas me rétablir aussi vite qu'il le fallait. À trente ans, je découvrais que le corps n'obéit pas toujours à la volonté. J'éprouvais une faiblesse de vieillard. C'est dans ce moment de rage contre moi que j'ai vu la porte de ma chambre s'ouvrir. Papa, tout maigre, vieilli, sans cheveux. Mais plein de courage.

Il n'en fallait pas davantage pour me tirer de nouvelles larmes. Ma réserve de pleurs semblait alors inépuisable, intarissable. Je savais que même avec mon énorme pansement, mes hématomes, l'enflure de la moitié visible de mon visage, j'étais encore sa petite fille. Je lui avais fait du mal mais il ne m'avait jamais trahie, jamais oubliée, il avait toujours fait passer mon bonheur avant le sien. Mon père. Est-ce que ça existe encore, des pères comme ça ? Qui travaillent pour nourrir leurs enfants, et qui les aiment plus qu'eux-mêmes ? Ce modèle démodé...

Au moment de quitter l'hôpital, sa chimio terminée, dans ses habits un peu flottants, il s'était étonné de ne pas avoir eu la visite habituelle de sa fille. Personne ne voulait rien lui dire, mais il pressentait qu'il s'était passé quelque chose. C'est un ambulancier, ami de la famille, qui avait vendu la mèche. Aussitôt, papa s'était précipité pour venir me voir. Et c'était lui qui maintenant se sentait coupable. Il avait toujours su que mon histoire avec Habib finirait mal. Il s'en voulait de ne rien avoir fait pour empêcher tout ça. Il aurait voulu me protéger du drame comme au temps où j'étais son enfant. Et il se sentait malade, impuissant.

Mieux que quiconque, je savais ce qu'il éprouvait. Nous étions, lui et moi, devant le même échec. Il n'y avait plus, entre nous, cette distance qui, à l'âge adulte, sépare les pères de leurs filles, les parents de leurs enfants. Brusquement, j'avais retrouvé papa. Nous pleurions ensemble. Il a promis de venir me chercher à ma sortie et a caressé ma joue enflée.

Je recevais plusieurs visites par jour. Les filles descendaient souvent prendre leur pause dans ma chambre. J'étais entourée des miens, de gens qui me montraient leur affection et me parlaient avec tendresse.

Jusqu'au moment où j'ai reçu un appel téléphonique de Pascale, la femme de Mahmoud, mon amie de l'école d'infirmières qui m'avait présenté Habib. Alors j'ai changé de voix. J'aurais voulu les oublier, ceux-là... De quel côté était-elle ? Pourrais-je m'en faire une alliée ou faisait-elle partie des complices ? Je n'avais guère d'illusions. C'en était fini du temps de la douceur et de la tolérance, du temps des naïvetés. Pendant les dix jours qui avaient précédé le drame et au cours desquels Habib m'avait empêchée de voir mes filles, je les avais appelés, elle et Mahmoud, pour leur demander de m'aider. Qu'avaient-ils fait ? Il y avait maintenant deux camps. On ne pouvait plus mélanger les genres.

Froidement, j'ai essayé de lui décrire ce qui s'était passé. Comment Habib m'avait défigurée avant d'organiser sa fuite avec Sara. Puis je lui ai posé la seule question qui, désormais, m'importait. Celle à laquelle elle ne pouvait pas se dérober. Elle était la mère de trois enfants, elle devait me comprendre… Avait-elle des nouvelles de Sara ?

Elle a prétendu que non. Ça m'a suffi. Elle avait choisi son camp. Le reste n'était que balivernes. Mahmoud me faisait dire qu'il m'offrirait le meilleur chirurgien esthétique, qu'on pouvait faire des miracles avec une bonne opération… Comment pouvait-il se tromper à ce point ? Comment pouvait-il croire qu'un chèque m'achèterait, et que j'avais encore le souci de mon apparence quand on m'avait arraché la moitié de ma raison de vivre ?

Au quatrième jour, on m'a retiré mes bandages et j'ai enfin pu me lever. Pour la première fois, je pouvais marcher jusqu'à la salle de bains, un progrès non négligeable. Ce premier motif de satisfaction a vite été anéanti par le spectacle que j'ai découvert dans la glace.

D'abord, je ne me suis pas reconnue. Cette face de Quasimodo, ce ne pouvait être la mienne… Un visage bouffi, couvert d'hématomes violacés qui me faisaient comme des lunettes noires, mais surtout barré par une cicatrice qui courait de haut en bas et dont les lèvres bien nettes étaient encore refermées par des fils noirs.

Je me regardais sans comprendre : faudrait-il que je m'habitue à ça ? J'avais vu de nombreux blessés, je savais qu'un visage se déforme plus vite qu'il ne reprend son apparence. Pourtant, je ne pouvais m'empêcher de penser que cet autre moi-même avec lequel j'étais habituée à vivre, la fille qu'on trouvait jolie, qui aimait danser, séduire, acheter de jolis soutiens-gorge… que cette fille-là, en moi, était morte. Celle qui avait pris sa place aurait toujours ce visage-là : celui d'un boxeur après un K.-O., celui de la morte vivante qui avait surgi d'une salle de bains reconvertie en abattoir, pour courir après son enfant, et qui ne trouverait le repos, et la vie, qu'après l'avoir retrouvée.

*
* *

Une seule chose pouvait désormais me distraire de mon chagrin : Eva. D'abord parce qu'elle était mon enfant, mais aussi parce que j'étais sûre qu'elle pouvait me comprendre, malgré ses neuf mois. Ne partagions-nous pas désormais la même douleur ? Comme à moi, on lui avait pris ce qu'elle avait de plus cher. Sa grande sœur dont les pitreries avaient éveillé ses rires, qui avait commencé à la faire manger à la cuillère, qui lui parlait, lui apprenait ses premiers jeux, celle qui l'initiait à sa vie d'enfant.

Je l'ai dit, je n'ai jamais voulu d'enfant unique. Mon père avait quatre frères et sœurs, ma mère deux, moi-même j'ai deux frères. J'ai toujours regardé les enfants qui grandissaient seuls comme des créatures étranges, qui ne pouvaient connaître aucun de nos jeux, aucun de nos rires, même pas nos disputes, presque des orphelins. Pourquoi n'y a-t-il pas de mots, d'ailleurs, pour dire ce que l'on est quand on a perdu une sœur ? J'avais construit une famille avec mes deux petites filles. Ma famille était brisée.

J'étais sûre qu'Eva cherchait sa sœur, et que c'était d'autant plus douloureux qu'elle ne disposait d'aucun mot pour le dire. Elle était trop bébé pour avoir une quelconque notion du temps. Il était impossible de la rassurer en lui disant que Sara allait bientôt revenir. D'ailleurs, n'était-ce pas déjà lui mentir ? Comment lui expliquer cette monstruosité, que son père lui avait pris sa sœur et que nous n'avions aucune nouvelle d'elle ?

Chacun venait me raconter un nouvel épisode de la vie d'Eva avec sa grand-mère qu'elle avait jusque-là si peu connue, et qu'elle découvrait tout d'un coup, dans cette ambiance de fin du monde. Elles s'apprivoisaient mutuellement. C'était la première fois que maman pouvait veiller entièrement sur une de ses petites-filles, j'aurais préféré que ce fût dans d'autres circonstances.

Je retrouvai ma nombreuse famille que j'avais si longtemps délaissée pour un homme qui m'avait tourné la tête. En même temps que j'éprouvais la honte d'avoir confié à cet homme ma vie et celle de mes enfants, je retrouvais l'affection des miens, notre connivence. Mes cousines faisaient cercle autour de mon lit. Elles s'étaient assises face à la porte, moi je les regardais.

Soudain, au milieu d'une phrase, elles se sont tues, interloquées. Je me suis tournée. Sur le seuil se tenaient la plus jeune des sœurs de Habib, Mary, et sa sœur aînée Fahimeh, qui avait mon âge et préparait son doctorat de physique-chimie. Elles avaient un énorme bouquet de fleurs, « de la part de toute la famille », me dirent-elles aussitôt. Elles arrivaient de Paris en train, pour me voir, et partiraient tout de suite après.

Les premières secondes d'étonnement passées, je leur ai demandé où était Habib, où était ma fille. Elles m'ont répondu qu'elles n'en savaient rien, mais je ne les croyais pas. Elles semblaient hypnotisées par mon visage. J'étais contente de ne plus avoir mon gros pansement qui dissimulait la moitié de ma figure. J'aurais voulu allumer une lampe de chirurgie pour qu'elles voient mieux ce que leur frère m'avait fait.

Allaient-elles continuer à dire que Habib était trop gentil pour faire une chose pareille ? Je ne voulais leur épargner aucun détail. Je ne savais pas encore qu'à ma sortie du bloc opératoire des photos avaient été prises, que je pourrais verser à mon dossier juridique. Cette marque d'infamie que Habib avait voulu me laisser se retournait déjà contre lui. Elle affichait son ignominie.

Leurs lamentations me mirent hors de moi. J'avais traité ces gens comme des membres de ma famille, mieux que les membres de ma famille. J'avais voulu que ma Sara apprenne le persan pour qu'elle se sente plus proche d'eux, j'avais respecté leurs traditions, aimé leurs coutumes. Et pour quel résultat ? Ils refusaient de me donner la moindre nouvelle de ma fille, de me dire même où elle était. Ils retrouvaient, pour protéger un des leurs, leurs habitudes de réfugiés politiques. Les précautions qui leur avaient permis de fuir la police des mollahs, c'est contre moi qu'ils les utiliseraient. Le silence, la dissimulation, la solidarité, tout ce qui leur avait permis de résister, d'échapper aux persécutions ou aux poursuites, ils allaient les employer à protéger le crime d'un des leurs.

La crise de violence de leur frère ne devait pourtant pas les étonner. Je ne leur avais caché aucun de mes problèmes avec Habib, ni à elles, ni à Mahmoud, ni à mon ancienne amie Pascale, ni à leurs parents. Alors... le bouquet de fleurs, la visite, la compassion, maintenant qu'ils m'avaient pris Sara, je les vivais comme une insulte.

Elles sont restées une vingtaine de minutes. C'était encore trop long. J'avais hâte de les voir refermer la porte. Tant qu'elles ne me donneraient pas des nouvelles de Sara, qu'elles ne convaincraient pas Habib de me rendre ma fille, elles pouvaient rester chez elles, la comédie était finie.

Au cinquième jour de mon hospitalisation, j'ai appris que j'allais sortir. J'avais l'impression d'être enfermée dans cette chambre depuis des semaines. Et en même temps, c'était comme si Habib m'avait agressée la veille. Le temps ne s'écoulait plus selon les lois universelles. C'était un temps à moi qui ne correspondait plus à celui du calendrier. J'ai soudain eu envie de retirer ma montre, je ne voulais pas voir les heures défiler. Des heures qui comptaient double, alors qu'en même temps l'horloge n'avançait pas. Tant que je n'aurais pas serré ma fille dans mes bras, tant que je n'aurais pas de ses nouvelles, un jour, un mois, un an, ce serait la même chose. Plus de passé, un présent qui fait mal, un avenir incertain. J'avais un aperçu de l'éternité.

Le médecin n'en finissait pas avec ses recommandations : j'étais encore très faible, je devais faire attention à moi, rester prudente, écouter la voix de l'infirmière que j'étais. Papa m'a installée dans la voiture comme il l'aurait fait d'un objet précieux. Il a lui-même vérifié si la ceinture de sécurité était bien bouclée et conduit en redoublant de prudence.

Nous étions tous les deux dans un triste état, tous les deux faibles et d'humeur sombre. C'est ainsi que je suis revenue à la maison. Enfin... chez mes parents. J'ai retrouvé la chambre où régnait l'ordre de maman, et où je pouvais revoir les objets, les meubles, le lit qui avaient accompagné mon enfance et mon adolescence. Mais surtout cette pièce où j'avais caché mes premiers émois pour Habib, quand il me semblait beau comme un prince et que je rêvais de le suivre au bout du monde. C'était huit ans plus tôt, la parenthèse était close. Il avait voulu biffer huit ans de ma vie au nom de ma prétendue trahison, et il me renvoyait à la case départ.

Maman avait donné à Eva la chambre des garçons, nous traitant comme deux sœurs. Mais j'ai voulu qu'on déménage aussitôt son petit lit pour l'installer près du mien. J'avais besoin de l'avoir près de moi, de l'entendre respirer, de sentir sa chaleur.

Avec des larmes dans les yeux, maman a tenté de me raisonner : pour bien dormir, mieux valait que je sois seule. Il ne fallait pas donner à Eva de mauvaises habitudes. Si la petite se réveillait, elle s'en occuperait elle-même. Dans deux ou trois jours, je pourrais la prendre avec moi, si j'en avais vraiment envie, mais pour le moment le plus important était que je me repose. Je retrouvais maman et sa rationalité habituelle. Elle avait raison, ses principes éducatifs étaient les meilleurs, mais moi j'étais en situation de survie. Et je voulais ma fille.

J'étais trop angoissée pour dormir loin d'Eva. J'avais besoin de m'assurer qu'elle était là, de vérifier que j'avais accompli au moins la moitié de mon devoir : protéger la plus jeune de mes enfants. Alors maman a déplacé le petit lit pliant pour le mettre à côté de mon lit de jeune fille.

Eva ne voit pas le pansement qui cache la moitié de mon visage. Mais elle n'oublie pas qu'il manque une branche à notre étoile.

En une semaine seulement, j'ai été défigurée, j'ai déménagé et j'ai perdu Sara. Mon visage me fait mal; mon cœur est amputé. Et il y a des gens qui disent : « Mais il vous reste une fille, pensez à elle. » Je voudrais leur demander ce qu'ils diraient si on leur arrachait une jambe. Diraient-ils : « J'ai perdu la gauche, mais il me reste la droite... » Non, ils s'écrouleraient, incapables de marcher.

Il n'y a pas de prothèse pour remplacer Sara. Le médecin m'a recommandé de rester calme, de me reposer, de dormir au maximum. Il m'a prescrit des somnifères et des antidépresseurs, mais je ne veux pas les prendre. Je refuse de me réfugier dans la somnolence. Je passe mon temps allongée sur le canapé. J'attends. Mon avocat est sûr que le juge des affaires familiales va me donner la garde de mes deux filles. Quelle veine ! Je vais pouvoir brandir la feuille où sa décision sera notifiée. Je pleure. Je désespère et puis, soudain, je reprends confiance. Les gendarmes me ramèneront Sara, Habib ira en prison. Je pleure toujours quand je m'endors, et dans ma nuit je revis en boucle la scène de l'agression.

C'est un mauvais rêve auquel il va falloir que je m'habitue. Je ne veux pas prendre mes cachets. J'ai besoin de garder l'esprit clair. J'ai besoin de toute ma tête pour réunir mes deux filles.

2

D'abord, c'est le vide, et le silence. Passé les premiers jours, les premiers appels, les premiers rendez-vous, les premières larmes, plus rien, l'océan se referme. À la maison, il n'y a plus la musique de deux enfants qui jouent, se chamaillent, je n'entends plus la petite voix qui raconte des histoires pendant qu'un bébé gazouille. Dehors, les gens n'osent plus prendre de nouvelles. Ils connaissent déjà la réponse. Ils font comme si...

— Alors ça va, Fabienne ?

La pire des menaces, celle contre laquelle il faut lutter pied à pied, comme un noyé pris dans la boue, c'est l'oubli. Oh, pas l'oubli pour soi. On n'oublie jamais, on apprend à se traîner comme on peut, lamentablement, mais l'oubli qui guette ma fille... Sara figée sur la photo de ses trois ans, comme si elle ne grandissait plus, comme s'il ne lui arrivait plus rien dans ce mystère où elle a basculé.

C'est cela, une disparition, rien, l'absence, l'impossibilité de faire son deuil. Et surtout cette inquiétude lancinante... Qu'est-ce qui lui arrive en ce moment ? Est-ce qu'elle me cherche, est-ce qu'elle a peur, est-ce qu'elle est heureuse ? Car finalement, on peut se faire à l'idée que son enfant est bien ailleurs, mais l'horreur c'est d'imaginer qu'elle a mal, qu'elle a peur, qu'on n'est pas là et qu'elle se demande, la nuit, dans la pénombre : est-ce que maman ne m'aime plus pour m'avoir abandonnée, est-ce qu'elle a préféré garder ma petite sœur pour me laisser partir avec papa ?

Comme les fourmis qui se dépêchent de nettoyer la pelouse après un pique-nique, mon frère Bruno, mes amis ont voulu vider l'appartement pour que je n'aie plus jamais besoin d'y remettre les pieds. L'appartement du passé avec Habib, avec Sara. L'appartement où j'avais tellement souffert après y avoir été si heureuse... Allez... on tire le rideau sur la scène, le spectacle est terminé. On va inventer une autre histoire, ailleurs, avec d'autres acteurs, dans un autre décor.

Bruno, le frère que j'avais renié au nom d'un amour barbare, avait frotté le sang sur les murs, la moquette. Mon appartement, d'où il avait été banni deux ans plus tôt, il le retrouvait maculé par la haine. Alors qu'il se reprochait, lui aussi, de ne pas avoir su trouver comment me protéger, il avait épongé mon sang en pleurant.

Tous ensemble, ils avaient déblayé les meubles, la machine à laver, la cuisinière, emballé tout ce qui me serait utile dans ma nouvelle vie, la vaisselle, les robots, les torchons. Ils avaient rempli trois remorques dont ils avaient rangé le contenu dans leurs garages en attendant que je m'installe. Un quatre-pièces se libérait au-dessus de chez mes parents. Trois semaines ne se seraient pas écoulées depuis ma sortie de l'hôpital que je pourrais m'y installer.

« Dans ma situation, évidemment... », l'office HLM de la ville de Nantes m'avait fait passer en priorité. L'ancien logement, dont j'avais toujours assumé les loyers, étant au nom de Habib, ils verraient avec lui pour se faire payer...

J'aurais voulu dire merci, montrer un peu de gaieté, d'enthousiasme. Les choses s'arrangeaient, au moins une partie d'entre elles, je n'étais pas condamnée, à trente ans passés, à vivre chez mes parents comme une débutante. Mais j'avais le cœur au bord des lèvres, un sentiment de nausée permanent. J'aurais voulu que le monde s'arrête. Tout mouvement m'était une épreuve, parce que cette vie qui avançait si vite m'éloignait de ma fille, j'aurais voulu rester au point fixe, un phare dans la tempête.

Je n'avais toujours pas eu le courage de prévenir Cedrick, mon petit frère. Qu'espérais-je ? Que Sara serait revenue avant que j'aie à lui annoncer la nouvelle ? Je savais combien ils s'aimaient. Il avait promis de lui apprendre à nager, de lui montrer les premières prises de judo...

Comme mon avocat l'avait prévu, le juge des affaires familiales m'avait accordé l'autorité parentale exclusive sur mes filles. Il avait délivré une ordonnance en référé. Dès lors, je pouvais enfin porter plainte pour non-présentation d'enfant.

Il fallait encore attendre un mois pour que la justice commence son travail. Un juge d'instruction allait être nommé, qui donnerait les ordres de recherche à la police, délivrerait le mandat d'arrêt, bloquerait les comptes en banque, et entreprendrait toute action utile à la recherche de mon enfant. Ma vie serait entre ses mains. Je voulais tout faire pour l'aider.

C'est pourquoi j'ai voulu retourner dans mon appartement vide. Pour y chercher des indices. C'est en tout cas le prétexte que je me donnais. Bruno m'avait dit que, pris par le désir d'aller vite, et le dégoût, ils n'avaient emporté que ce qui me serait utile... Les souvenirs, bons ou mauvais, ne faisaient pas partie du lot. Ainsi, ils avaient oublié de vider les placards.

Il n'y a rien de plus ennuyeux, dans un déménagement, que les placards à vider. Ces mille et une choses qu'on n'ose pas jeter, qu'on ne sait pas plier, ranger, dont on se dit qu'elles vous servaient déjà très peu, et qu'elles seront sans doute inutiles ailleurs, quoique... Et je ne parle pas des placards d'enfants, tous ces jouets qui s'accumulent, ces boîtes éventrées, ces poupées gribouillées, ces magazines dont il manque toujours une page... Mais quand votre enfant a grandi, quand votre enfant est parti, ce bric-à-brac vous étreint d'émotion. Alors pour moi... De Sara, il ne me restait que ça, ces presque rien. Je voulais les affaires de Sara.

Bénédicte, qui s'accusait tellement de ne pas être venue avec moi la dernière fois, a voulu m'accompagner. Il ne m'est pas venu à l'idée de refuser. J'aurais été incapable de pénétrer seule dans cet appartement. Je m'en suis aperçue en bas de l'immeuble, quand j'ai été prise d'un malaise. J'ai dû m'asseoir par terre le temps de me reprendre. Est-ce que les fantômes étaient plus effrayants qu'un homme en plein délire ?

Mon amie m'a proposé de monter sans moi, de faire le travail pendant que je l'attendrais dans la voiture. Mais je voulais voir, moi seule pouvais savoir ce à quoi tenait Sara, ce qui me parlait d'elle, de notre vie d'avant. J'ai commencé par aller remercier tous les voisins qui m'avaient secourue le jour de la fuite de Habib. Tous commençaient par regarder ma cicatrice, bien nette, étonnés de me voir revenir avec deux yeux et une figure presque humaine. Puis ils me demandaient des nouvelles de Sara. Je n'en avais aucune. Alors ils essayaient de me réconforter, de me redonner espoir, je préférais ne pas répondre, me sentant incapable de soutenir la conversation en retenant mes larmes. Il me restait le plus dur à faire. Affronter mon cauchemar.

Nous avons commencé à monter les marches. Deux étages, un calvaire. La main tremblante, j'ai réussi à ouvrir la serrure, on allait entrer. J'ai aperçu le couloir, la porte de la salle de bains, encore ouverte. Et je me suis écroulée. Mes jambes ne me portaient plus.

Les émotions me sautaient au visage. Des taches de sang séché maculaient encore le sol. J'entendais les hurlements de Sara, les insultes de Habib. Bénédicte a dû m'aider à me relever. Elle m'a guidée jusqu'à la chambre des enfants. Je me suis assise par terre pour échapper au vertige. C'était comme si mes filles avaient été emportées par un cyclone. Il restait quelques dessins par terre, des feutres. Bénédicte a ouvert pour moi les placards, Habib y avait laissé deux pyjamas et des affaires d'hiver. Or on était en février...

La panique m'est revenue. J'ai recommencé à pleurer. Il avait décidé de l'emmener très loin, sans doute, dans un pays où il ne faisait pas froid. Je ne connais pas le climat de l'Irak, mais il y a le désert, là-bas. Pour me rassurer, Bénédicte m'a dit que dans la précipitation, dans l'affolement de la fuite, il avait dû prendre des piles au hasard, sans faire attention. Une autre découverte semblait lui donner raison : il avait oublié les chaussures mais pas les peluches. Celles avec lesquelles mes filles s'endormaient.

Bénédicte avait apporté un rouleau de grands sacs-poubelles, nous avons tout ramassé, sans faire aucun tri. J'ai emporté tout ce qui appartenait à mes enfants. Tous les jeux que Habib n'avait pas pris. Il avait aussi laissé quelques pantalons qu'il ne portait plus mais je ne trouvai aucun de mes vêtements. Sauf une chaussette, perdue depuis longtemps. Pas le moindre papier, ni feuilles d'impôt, ni fiches de paye, ni factures et quittances diverses, rien de ce qu'on est censé garder avec soi toute sa vie, comme un prisonnier tire son boulet. Pendant les dix jours où il m'avait interdit de venir voir mes filles, Habib s'était acharné à détruire ce qui pouvait représenter mon existence, il avait dû s'en donner à cœur joie, lacérant, déchirant, jetant à la poubelle ce qui m'appartenait avant de s'en prendre enfin à moi, de m'attirer dans son piège pour exercer directement sa vengeance. Ce que la justice apparentait à des « coups et blessures », et que je ne pouvais m'empêcher de considérer comme un crime symbolique.

Il avait tout prémédité. Et surtout de m'enlever aussi Eva, puisqu'il avait pris son doudou préféré. Nous avons refermé la porte, nos sacs-poubelles à la main. Je n'avais pas eu le courage de retourner dans la salle de bains. Elle resterait pour l'éternité de mon existence le cabinet secret des contes qui font peur aux enfants. La pièce où l'on meurt, la pièce où le sang coule, et d'où l'on ne ressort jamais identique à soi-même. Au propre comme au figuré.

Bénédicte essayait de plaisanter : lors de notre prochaine sortie, nous irions faire les magasins, ce serait plus gai. J'allais pouvoir remplir mon armoire. La mode, oui, je me souvenais, quand Habib voulait faire de moi une femme élégante. Quand il voulait ouvrir le magasin le plus chic de Nantes, quand il voulait faire fortune à Los Angeles. Je me souvenais de la mode, oui, quand je faisais les boutiques avec Sara qui était tellement coquette et pouvait se changer trois fois par jour, qui ne voulait porter que des robes, même quand il faisait froid, même quand il pleuvait, même pour aller au jardin. Je me souvenais que dans une autre vie, j'avais aimé me regarder dans une glace. L'idée d'aller dans un magasin me donnait désormais la nausée.

Le 7 mars approchait : l'anniversaire de maman, le plus triste des anniversaires. Je ne pouvais plus reculer. Il fallait prévenir Cedrick.

Lâchement, j'ai demandé à Bruno de s'en charger puisqu'il passait le chercher en voiture, près de

Rouen. C'est ce qu'il a fait. Il était avec Sandra quand il lui a dit :

— On a une nouvelle à t'apprendre...

— Un bébé ? a demandé Cedrick.

Alors ils lui ont dit la vérité. Cedrick était stupéfait. Il nous reprochait de l'avoir écarté. Quand il m'a vue, il est resté médusé. Il a fondu en larmes en murmurant : « Sara. »

*

* *

Tout le monde s'est appliqué à installer mon nouvel appartement. En deux jours, Bruno, Sandra, Cedrick, Céline, des cousins, des oncles, des amis ont porté, monté, cloué, vissé, déballé, installé, rangé. Je me contentais de donner un avis, par pur esprit pratique, sans le moindre signe d'intérêt.

Quand ils sont partis, je me suis retrouvée seule, avec ma fille, pour la première fois depuis l'enlèvement de Sara. J'étais à la fois soulagée d'avoir retrouvé mon indépendance, d'être revenue dans ma peau de femme adulte, et terriblement angoissée par le sentiment de solitude.

Les premières nuits ont été difficiles. Pour moi comme pour Eva, qui se réveillait toutes les deux heures en pleurant. Quand enfin je parvenais à me rendormir, revenaient mon cauchemar et les hurlements de Sara.

J'aurais voulu rester là pour Eva, m'occuper d'elle qui était ma seule consolation, mais dans l'état où j'étais, mieux valait prendre du champ, retrouver mes occupations. Je revoyais la salle de réa, à l'hôpital, comme l'endroit où j'allais pouvoir respirer.

Tous ces malades qui souffraient, dont certains ne survivraient pas, étaient plus proches de moi que les gens heureux. Les soigner m'obligerait à fixer mon attention sur autre chose que ma fille disparue, ou son armoire close. Mais si je voulais reprendre mon poste, il fallait d'abord trouver quelqu'un pour garder Eva. À qui la confier ? Maman faisait les deux-huit, à l'usine. La police m'avait mise en garde contre une nourrice. Nous craignions tous un retour de Habib, il était capable de monter une opération commando pour m'arracher ma cadette.

Je ne sortais donc jamais seule avec Eva, j'étais obligée de chercher quelqu'un qui pourrait m'accompagner, mes parents ou des amis... Nous vivions en liberté surveillée. Eva devait être gardée dans un lieu sécurisé. Seule une crèche pouvait m'offrir ce genre de garantie. Celle de l'hôpital était malheureusement complète. J'ai pris mon courage à deux mains pour appeler le directeur du C.H.U. Je lui ai brièvement raconté mon histoire. Vingt-quatre heures plus tard, j'avais la place qu'on me refusait la veille.

Après avoir présenté Eva aux puéricultrices, à la directrice, au pédopsychiatre, j'ai pu reprendre mon travail. Je me sentais intimidée. J'étais partie comme une malade, je revenais comme une infirmière. Moins de deux mois s'étaient écoulés depuis l'agression, mais ils me semblaient une éternité. Le médecin avait trouvé que j'étais un peu trop pressée de reprendre mon activité. Il m'avait recommandé de ne pas insister si je me sentais faiblir. Mais moi, ce qui m'inquiétait le plus, c'était l'erreur.

Mon métier m'obligeait à une extrême concentration. Les doses de drogues à injecter pouvaient être mortelles. Je n'avais pas le droit de me tromper ni de penser à autre chose. C'est ce qui m'a sauvée. Et les habitudes sont revenues très vite. Quand je me penchais sur un de mes lits, je n'avais plus de passé. Mes malades croyaient que je les aidais, mais sans le savoir ils m'aidaient tout autant.

Seule ma blessure étonnait, surtout leurs visiteurs, car les patients étaient souvent en trop mauvais état pour y prêter attention. En revanche, ceux qui n'avaient souvent rien d'autre à faire, devant leurs proches sous assistance respiratoire, que de regarder le personnel, brûlaient d'envie de m'interroger. Quand on vient à l'hôpital, on ne s'attend pas à trouver une infirmière blessée, un médecin en mauvaise santé... comme si la blouse blanche avait le pouvoir d'immuniser contre tous les accidents de la vie.

Aucun de mes collègues n'ignorait ce qui m'était arrivé, ils ne posaient pas de questions, par discrétion, se contentant de surveiller mon alimentation au self-service, m'encourageant à reprendre du poids. Les visiteurs se montraient moins discrets.

À leurs questions je répondais, laconiquement, que j'avais subi une intervention chirurgicale. J'éludais, je fuyais les regards. Je préférais les gardes de nuit. Pendant ce temps-là, au moins, j'étais tranquille.

Je passais tous mes jours de congé en compagnie d'Eva. J'arrivais à jouer avec elle, à me détendre près d'elle, mais lorsqu'elle se mettait à rire c'était le drame : j'entendais le rire de sa sœur. Alors je sanglotais sans raison apparente, puis je serrais Eva dans mes bras et l'embrassais comme si elle venait d'échapper à la mort. Je ne voulais pas la laisser sans explication devant ces apparentes incohérences. Alors je lui parlais de sa sœur, j'allais chercher ses photos, je lui disais que je n'avais aucune nouvelle et que je m'inquiétais. J'étais sûre que, d'une façon ou d'une autre, elle me comprenait. Le pédopsychiatre m'avait encouragée à lui dire la vérité, à lui raconter les faits pour qu'elle ne finisse pas par se croire responsable de ma tristesse. C'est le mode de raisonnement chez les enfants : ils sont persuadés d'être au centre de l'univers, ils se sentent coupables de toutes les difficultés de leurs parents.

Dans mon nouvel appartement, il y avait trois chambres, une pour chacune. Je savais que Sara serait heureuse, à son retour, d'avoir sa chambre à elle toute seule. Je préservais son espace comme je lui aurais gardé sa place. Sandra et Bruno n'avaient pas voulu toucher à cette pièce, je l'avais installée moi-même, presque tout de suite. Tout était prêt, elle pouvait revenir quand elle voulait. Il y aurait seulement des détails à régler avec elle, elle avait un goût très affirmé, je ne voulais pas acheter sans elle la nouvelle lampe ou une table de chevet.

J'ai mis le petit lit dans le coin à côté de la fenêtre, placé à côté le portemanteau à l'effigie des *101 Dalmatiens,* recouvert la couette d'une housse assortie, mis en ordre tout ce qui restait de ses affaires dans une petite commode.

J'ai déballé les cartons, rangeant les livres d'images que nous regardions ensemble avant qu'elle s'endorme. Je contemplais comme des trésors des chaussettes, des barrettes, des fanfreluches de petite fille de trois ans. Ses puzzles qu'elle faisait avec tellement de concentration, ses jeux de construction dont elle surveillait la symétrie au cube près, étaient enfermés dans l'armoire. Une fois Eva endormie, je venais m'isoler dans cette pièce, je m'allongeais sur le lit de Sara, la tête sur ses peluches, pour penser à elle. Si je le faisais assez fort, elle finirait bien par m'entendre. Par sentir, en tout cas, la force de mon amour.

Toutes les fenêtres du nouvel appartement donnaient sur la Loire, d'un côté, et sur une petite école de l'autre. Rien ne m'était épargné de la cour qui se vide, puis se remplit, des gosses qui courent en hurlant, de leurs jeux, de leurs rondes. Je pourrais tous les voir grandir, sauf ma fille.

Plus les jours passaient, plus la crainte de sa mort s'éloignait. Mais plus les jours passaient plus sa présence s'amenuisait. Deux semaines, ce n'était pas si terrible. Une petite séparation comme pour une classe de neige. Trois semaines, ça faisait songer à un départ en colonie, quatre semaines, cinq semaines, six semaines... J'entrais dans la longue distance. Ce n'étaient plus des vacances, c'était un changement de cap.

Et la justice restait silencieuse. On me disait d'être patiente. C'était le prix à payer. Avec ce système, on s'apercevait que beaucoup d'affaires se réglaient toutes seules. C'était comme à l'hôpital, quand on donne les rendez-vous trois mois à l'avance. Un certain nombre de malades ne viennent jamais : ça doit s'être arrangé, à moins qu'entretemps ils ne soient morts...

J'ai espéré tous les jours jusqu'au 10 avril. Presque deux mois. Allez savoir pourquoi, à cette date, je n'ai plus eu d'illusions. Sara avait raté deux rentrées, celle de février, puis celle de Pâques. Son père n'avait aucune raison de la ramener désormais. Au moins pas avant septembre. Et je n'avais eu aucun signe, pas la moindre nouvelle. J'avais envie de hurler dans le vide. Alors, pour ne pas devenir folle, j'ai pris un cahier qu'elle avait commencé en y dessinant ses premiers bonshommes, et tous les jours, je me suis fixé un rendez-vous avec ma fille. Une demi-heure avec elle, dans sa chambre, où je lui écrivais, « chère Sara, je pense tellement à toi », des lettres que je ne pouvais envoyer nulle part, où je reprenais les formules que j'aurais pu lui dire au téléphone : « Ma chérie, c'est maman. » Une demi-heure pour lui répéter combien je l'aimais, ces gazouillis qui feraient ricaner n'importe quel individu raisonnable et que j'étouffais de ne pouvoir lui dire ; une demi-heure pour lui raconter les petites choses qui se passaient à la maison et dont elle ne serait jamais le témoin. Le premier jour où Eva avait marché, une dispute, un moment où nous avions dansé toutes les deux, la photo de Sara entre nous, tout ce monde qui persistait à exister sans elle. C'était ma façon de la maintenir en vie. Je continuais la réa, en quelque sorte. Moi toute seule.

3

Enfin, le juge m'a convoquée. Nous étions en mai. Trois mois s'étaient écoulés sans que j'aie reçu le moindre signe de la justice. Délai normal, me répétait-on. Malgré la trop longue attente, j'étais remplie d'espoir. J'avais soigneusement préparé mon dossier avec mon avocat. Le juge avait déjà reçu les pièces essentielles. Était-il soudain pressé de me rencontrer pour un détail qui lui manquait, était-il encore temps de faire bloquer le compte en banque sur lequel Habib disposait de nos quatre cent cinquante mille francs pour alimenter sa cavale ?

Sans doute le juge voulait-il aussi des éclaircissements sur les relations de Habib avec ses frères, surtout l'aîné qui vivait en Irak où il occupait des fonctions importantes ? Sans doute se demandait-il si ma fille était susceptible d'avoir rejoint ce pays ?

Je voulais lui demander d'interroger les R.G. Haut responsable des moudjahidine, le frère de Habib avait fait plusieurs voyages en France, notamment quand il y était porte-parole du mouvement de résistance aux mollahs. Mais que Habib ait rejoint l'Irak, où son aîné dirigeait des camps d'entraînement, finalement, me semblait improbable : là-bas, il n'était pas question de rester sans rien faire. L'exercice commençait à 5 heures, le matin. Je voyais mal Habib se plier à ce genre de discipline. En revanche, je craignais que les moudjahidine ne lui offrent leur réseau de protection. Ils avaient les moyens de le cacher.

Je voulais surtout rappeler au juge que mon ancien compagnon téléphonait à sa mère trois à quatre fois par jour, qu'il ne pouvait avoir rompu un lien aussi fort si soudainement, et qu'en surveillant la ligne téléphonique des parents on devrait pouvoir, rapidement, retrouver le fils... Bref, j'étais persuadée que le juge avait tout ce qu'il fallait pour démarrer son enquête et rattraper le temps perdu. Sara avait manqué un trimestre et demi, il ne fallait pas qu'elle rate la rentrée de septembre, elle était inscrite en moyenne section de maternelle.

Je suis entrée dans le cabinet du juge comme si je vivais le plus grand jour de ma vie. Comme si j'étais à l'aube de décisions capitales. Il m'a fait m'asseoir, nous regardant à peine, mon avocat et moi. Il avait plongé le nez dans le dossier à couverture cartonnée rouge sur lequel avait été soigneusement écrit au feutre : « Affaire Eghbal-Brin. »

Le dossier n'était pas bien épais. Nos lettres, le rapport des médecins de l'hôpital, des relevés de mains courantes, des copies de plaintes. Le juge s'est presque arrêté à la première ligne.

— Où est né monsieur Eghbal ? m'a-t-il demandé.

— À Téhéran, en Iran, ai-je vite répondu, en attendant les questions plus décisives.

Il a hoché la tête, l'air désabusé, tout en prenant soin de noter. L'air de dire : « Téhéran... en Iran... c'est pas la porte à côté, hein ? » Puis il m'a regardée, ou plutôt, ses yeux se sont déplacés sur la gauche de mon visage, suivant un rituel dont j'avais l'habitude. Il a commenté :

— Oh, c'est pas beau, ce qu'il vous a fait là... Ça, il n'avait pas le droit. Bon... je vous ferai signe. En attendant ne vous inquiétez pas, l'enfant est avec son père, finalement.

Et il nous montra la sortie. L'entretien était terminé. Notre rendez-vous n'avait pas duré plus de cinq minutes, je me retrouvai devant le palais de justice comme si on me jetait à la porte de chez moi, une nouvelle fois. Je n'avais pas eu le temps de dire une seule des phrases que j'avais préparées, et surtout, pas une seule fois, le juge n'avait prononcé le nom de Sara. Les quelques mots qu'il avait laissés tomber m'avaient fait entrevoir comment il abordait l'affaire. Et sans doute comment l'apprécieraient un certain nombre de bourgeois de la ville. Moi, une Nantaise, j'avais choisi un Iranien musulman pour être le père de mes deux enfants, sans même l'épouser ! En ne respectant aucune des conventions sociales, j'avais causé mon malheur.

Je me suis souvent demandé ce qui serait advenu de ma plainte si Habib ne m'avait pas soigneusement découpé le visage au couteau avant de partir avec Sara. Cette cicatrice était finalement ma seule arme contre lui. Sans elle, beaucoup de gens lui auraient trouvé toutes les excuses. Certains n'hésitaient d'ailleurs pas à laisser entendre que j'avais ma part de culpabilité dans le drame. Ne dit-on pas que dans tous les échecs sentimentaux il y a faute des deux côtés ?

Je découvrais que je vivais sur une île, entourée d'hypocrites. Je n'avais pas voulu voir les difficultés d'une histoire d'amour comme la nôtre, peut-être, mais j'ignorais encore que, lorsque le conflit éclate, c'est la loi du plus fort qui entre rapidement en vigueur. Et personne ne s'en offusque. Je croyais vivre dans une société éminemment civilisée où les femmes étaient libres, où elles n'étaient plus condamnées à vivre près d'hommes pour lesquels elles n'éprouvaient ni amour ni respect. Je m'étais trompée.

Après « l'accident », on n'avait plus besoin de prendre de gants pour faire mon procès. C'était finalement bien pratique, puisque l'autre n'était pas là. On ne se privait pas de me faire comprendre que j'avais agi à mes risques et périls. « Heureusement », il y avait ma blessure qui les empêchait de refermer mon dossier trop vite. Je devais m'appuyer sur elle pour leur rappeler quelques principes élémentaires, que nous vivions en république et que j'avais le droit de réclamer justice. Quitte à déranger tout le monde.

Ma cicatrice, le juge l'avait regardée avec attention, voire dégoût : « Il n'avait pas le droit de vous faire ça... » me répéta-t-il au cours des trois ou quatre rendez-vous qu'il m'accorda par la suite. Quant à l'enlèvement de ma fille, il n'en parla presque jamais. Ce qui était l'essentiel pour moi devenait, pour lui, secondaire. Elle était avec son père... après tout. Qu'on la prive de sa mère et de sa sœur pour la jeter sur les routes n'était qu'un détail accessoire. Tout au long de nos rencontres, il continua à ne jamais prononcer le prénom de Sara. Pour moi qui m'acharnais à la faire vivre, à la maintenir présente parmi nous, c'était un coup de couteau supplémentaire. Quant à trouver et bloquer le compte en banque de Habib – un moyen de le priver de subsides dans sa fuite –, il n'en était pas question.

— L'argent n'est pas au cœur de l'affaire, m'a dit le juge.

Il accepta néanmoins de convoquer Mahmoud pour un interrogatoire tardif. Aucun autre membre de la famille n'avait été inquiété. J'étais certaine pourtant que la maman était dans le secret. Un fils qui lui embrassait les pieds n'avait pu lui cacher ce qu'il avait fait ni où il se trouvait.

À la fin du mois de mai, le juge consentit à délivrer un mandat d'arrêt. J'ignorais à ce moment-là que celui-ci se limitait aux frontières de l'Europe.

Près de quatre mois s'étaient déjà écoulés pendant lesquels Habib avait eu le temps de se réfugier dans le pays de son choix. Avec l'aide des moudjahidine, il ne lui était pas difficile de se procurer des faux papiers. Il pouvait s'appuyer sur une communauté solidaire dans le monde entier. Je ne me cachais pas que le mandat d'arrêt arrivait un peu tard, mais je reprenais espoir. Malgré mes doutes, la justice avançait.

Moi-même, je ne me contentais pas d'attendre dans mon coin qu'on me communique un élément nouveau. Je téléphonais aux policiers, j'appelais le juge. J'avais réussi à obtenir de la secrétaire son numéro direct. À sa grande irritation. Je n'hésitais pas à lui demander où en était son enquête. Je m'appliquais à rester polie, je m'essayais à la diplomatie, moi qui ai le plus grand mal à cacher mes sentiments. Mais j'étais à cran, je ne pouvais plus supporter d'entendre cette réponse lancinante : on n'a pas le moindre indice, aucune piste à suivre, rien.

Ne sachant plus à quelle porte frapper, j'ai écrit une longue lettre au maire de Nantes, Jean-Marc Ayrault, qui était aussi le porte-parole du PS, un proche du gouvernement Jospin, pour lui demander son aide. Il m'a conseillé de lui envoyer un courrier destiné au ministre de la justice d'alors, Mme Élisabeth Guigou. J'étais prête à en appeler au président de la République et au pape, s'il le fallait.

*

* *

Et si j'enquêtais moi-même ? Au départ, je croyais que c'était l'affaire de professionnels, qu'on ne trouvait que dans les livres pour enfants des histoires résolues par des particuliers ; je me demandais maintenant si ma conviction, ma passion ne seraient pas de meilleurs outils que leur expérience, leurs diplômes et leurs compétences officielles. De toute façon je n'avais pas le choix. Je ne pouvais pas attendre sans rien faire. Ou j'allais devenir folle.

À force de parler à Cedrick, mon petit frère, de ce qui aurait dû être fait, des gens qu'il aurait fallu interroger, j'ai décidé avec lui de passer aux actes. Nous allions faire, tous les deux, ce que les policiers n'avaient pas entrepris : prendre sur nous des photos de Sara et interroger le voisinage des parents de Habib. C'était forcément par là qu'il aurait fallu commencer. Il n'était pas concevable que Habib n'ait pas filé chez les siens à un moment ou à un autre.

Avec ces photos, et la date de l'enlèvement, nous avons réalisé une petite affiche que j'ai commencé à placarder partout, même sur ma voiture. J'avais l'espoir que le hasard me mettrait sur la bonne voie. Je pouvais rencontrer quelqu'un qui aurait pu remarquer quelque chose, mais je pouvais surtout afficher le portrait de ma fille. Dire au monde que j'avais un autre enfant, et que j'en mourais de rester sans nouvelles d'elle.

Eva venait d'avoir un an et maman avait pris sa préretraite. Elle ne me l'a jamais dit, mais je crois qu'elle l'a fait pour être disponible afin de m'aider et de garder Eva quand ce serait nécessaire.

Eva est restée chez mes parents pendant que Cedrick et moi prenions la voiture pour rejoindre ce coin de banlieue, Saint-Leu-la-Forêt, où les parents de Habib vivaient avec leurs deux filles. Nous avons sonné à des dizaines de portes, nous sommes entrés dans des dizaines de boutiques, racontant l'enlèvement, montrant les photos, placardant notre affichette. Nous n'avons pas récolté la moindre information, nous avons seulement rencontré des gens qui ont fait la promesse d'ouvrir l'œil et de nous contacter au plus vite au cas où ils découvriraient quelque chose.

Pour savoir sur qui nous nous reposions pour retrouver Sara, nous sommes même allés au commissariat, nous présenter aux inspecteurs chargés de l'enquête. Ils ne pouvaient faire plus que ce qu'avait demandé le juge. Ils nous ont confirmé qu'ils n'avaient reçu qu'une seule mission : rendre visite aux parents de Habib pour leur demander où se trouvait leur fils. Comme s'ils allaient dénoncer leur enfant et donner gentiment son adresse ! Les policiers me confirmaient qu'il n'avait été établi aucune autre forme de surveillance.

Il nous restait à faire la même démarche dans le quartier où habitaient Mahmoud et Pascale : voisins, commerçants, fonctionnaires de la mairie, commissariat, en deux jours nous avons parlé à des dizaines de personnes, laissé nos numéros de téléphone à autant de témoins, susceptibles, un jour ou l'autre, d'apercevoir Sara. Je me sentais mieux.

Je n'avais rien obtenu de concret, pourtant, mais j'avais l'impression qu'enfin il se passait quelque chose. J'aurais dû commencer par là, ne faire confiance qu'à moi-même pour lancer les premières opérations. Il ne fallait pas laisser la matière devenir inerte, le monde du silence et de l'oubli enterrer ma fille. Il fallait faire du bruit, obliger les crocodiles à sortir du marigot. La réaction, d'ailleurs, ne se fit pas attendre : je reçus une lettre de Mahmoud. Une lettre dactylographiée, comme si l'on s'attendait à ce qu'elle rejoigne un dossier officiel.

Mahmoud m'écrivait pour me dire qu'il espérait que ses nièces retrouveraient vite leurs deux parents. Il voulait dire par là que si j'étais séparée de Sara, son frère, lui, était éloigné d'Eva. Comme s'il n'avait pas choisi lui-même cette situation en prenant la fuite avec notre fille aînée, alors que j'étais toute disposée à établir une garde conjointe de nos deux enfants...

Mais Mahmoud écrivait surtout pour me parler des prochaines vacances d'été... Comme chaque année, il irait avec Pascale et ses parents sur la côte Atlantique à une cinquantaine de kilomètres de chez moi, près de Pornic, dans la maison qu'il avait retapée avec Habib pendant nos derniers étés. Il me demandait d'y conduire Eva pour la leur laisser quelques jours...

Le piège était un peu trop gros. Comment pouvaient-ils croire que j'allais leur faire confiance ? J'ai vite compris qu'ils avaient établi leur tactique. Eux aussi cherchaient à montrer que j'avais ma part de culpabilité : le père ne voulait pas que je voie ma fille aînée, mais je ne voulais pas qu'ils voient ma cadette. Ils nous renvoyaient dos à dos en essayant de faire croire que je séquestrais Eva.

Mais au-delà, cette invitation absurde pouvait aussi passer pour une forme plus subtile de chantage, une forme bien déguisée qui ne relèverait d'aucune action en justice : « Si tu veux te réconcilier avec nous, montre-nous ta bonne volonté... Peut-être alors ferons-nous quelque chose pour toi, peut-être alors pourrons-nous te donner quelques nouvelles de ta fille... »

Me prenaient-ils vraiment pour une idiote ? Si je leur confiais Eva, je ne la reverrais jamais.

Mahmoud me proposait d'ailleurs de venir chez lui pour chercher la solution qui nous permettrait de nous réconcilier, Habib et moi. Il m'assurait qu'il n'avait aucune nouvelle de son frère, mais qu'il remuerait ciel et terre pour lui faire parvenir un « message pacifique ». Et pourquoi ne commençait-il pas par remuer « ciel et terre » pour avoir des nouvelles de Sara ?

Je n'ai pas répondu à la lettre de Mahmoud, je l'ai

simplement communiquée à la justice, avec mes remarques. Je voyais, avec terreur, arriver les vacances judiciaires. Ce moment de calme plat qui est la plaie des régatiers : « Monsieur Machin, désolé, est en congé... »

Cette lettre a décidé le juge à convoquer Mahmoud une nouvelle fois. Mais celui-ci s'est défendu d'avoir voulu exercer un chantage à mon égard. Il lui a suffi de protester, « non, non pas du tout, je n'ai jamais voulu dire cela, c'est un malentendu » pour que le dossier soit refermé.

Avant de rejoindre sa villégiature, le juge m'a quand même accordé ce que je lui demandais depuis le début de son instruction, la mise sur écoute des parents de Habib.

Près de six mois s'étaient écoulés depuis la disparition de Sara... Habitués à vivre sous les régimes policiers qui s'étaient succédé en Iran, les proches de mon ex-compagnon avaient appris à surveiller leurs gestes et leurs paroles, mais j'avais du mal à imaginer que leurs conversations et surtout la liste des numéros avec lesquels ils étaient en contact ne fourniraient pas un élément.

Enfin, le juge se penchait sur mon cas ! Je me doutais bien que mon affaire n'était pas la seule qu'il avait à traiter, il fallait aussi se mettre à sa place. Mais il restait un bon mois pour que Sara ne rate pas la rentrée de septembre et je ne pouvais baisser les bras. En mettant les bouchées doubles, nous serions réunies pour acheter cahiers et crayons.

Le mois d'août est arrivé. J'essayais de remplir les temps morts. Je profitais de mes congés pour faire régulièrement le voyage à Chauvé, le hameau où se trouvait la villa de Pascale et Mahmoud. Je passais, je regardais. Quatre maisons en tout et pour tout, ce ne devait pas être bien difficile de s'y terrer. Habib s'y était peut-être installé dans les premiers jours de sa fuite. Pourquoi n'y avais-je pas pensé plus tôt ? Depuis qu'il y avait fait des travaux, il en avait gardé la clé.

Les gendarmes avaient déjà interrogé les rares voisins et laissé les photos de Sara, sans résultat. Mais j'espérais encore que Habib ne résisterait pas à l'envie de venir embrasser ses parents, avec sa fille. Pendant que je cherchais, surtout, j'avais le sentiment que le lien avec Sara n'était pas rompu, j'avais l'impression de faire encore quelque chose pour elle.

La chaleur était caniculaire, Nantes s'était vidé au profit des plages. À l'hôpital, c'est l'époque où les malades sont le plus seuls. Moi aussi j'avais l'impression d'être la dernière à lutter, dans l'indifférence générale. Mais il en aurait fallu davantage pour me décourager. Le mois allait bientôt toucher à sa fin, le juge rentrer de vacances, alors j'aurais enfin des nouvelles de son enquête.

Et j'en eus, en effet, le lendemain de son retour, le 31 août... quand mon avocat reçut la notification l'avertissant que le juge mettait fin à son instruction. L'enquête, pour lui, était close !

Plein d'énergie, il avait fait le grand ménage dans ses dossiers. Il n'avait aucun regret, il était sûr d'avoir fait son travail : l'enregistrement des lignes téléphoniques n'avait rien donné. Non que la teneur des conversations se fût révélée sans intérêt. À vrai dire, on n'avait aucune idée de ce dont les Eghbal avaient bien pu parler... les bandes n'avaient pas été décryptées !

Les enquêteurs avaient d'abord fait appel à un interprète iranien qui s'était déclaré incompétent, puis à un traducteur turc qui n'avait pas fait mieux. Alors ils avaient classé les bandes et les avaient oubliées, sans que personne n'ait pensé à me consulter.

Pourtant je savais qu'entre eux les Eghbal employaient un dialecte des régions frontalières entre l'Iran et la Turquie, l'azéri. J'ai vérifié auprès de la cour d'appel de Rennes : ils avaient un traducteur assermenté dans cette langue. Je me suis empressée de transmettre ses coordonnées au juge.

Rien n'y a fait. J'ai alors pris mon téléphone pour lui parler directement. Il venait de rentrer de vacances, il ne pouvait avoir sérieusement relu le dossier, il y avait sans doute une autre procédure, mieux adaptée. Clore son instruction c'était se débarrasser de moi à la hâte, et déclarer vainqueur mon agresseur. L'homme qui avait failli me tuer, qui avait brisé l'enfance de mes filles, ne pouvait avoir agi en toute impunité, mener sa vie de hors-la-loi comme bon lui semblait, libre de ses mouvements. J'étais révoltée, c'était trop injuste, il y avait certainement encore des choses à découvrir, des moyens à employer, on en avait utilisé si peu jusqu'à présent...

Le juge l'a pris de haut. Il m'a reproché d'avoir fait intervenir le garde des Sceaux pour s'assurer que son travail était bien fait. Entre nous, le ton a monté. Il m'a demandé si j'avais une idée de ce que coûtait l'usage des écoutes téléphoniques. Sara avait-elle un prix au-delà duquel mon compte serait déclaré débiteur ? J'étais à bout, incapable de garder mon calme. Il a fini par me menacer d'outrage à magistrat. Je lui ai demandé de seulement s'intéresser à l'outrage dont j'étais la victime.

Une fois encore il n'y avait plus rien à dire, plus rien à faire. Je devais me résigner, m'habituer à l'idée que je ne reverrais pas ma fille, que je devrais attendre ses dix-huit ans pour la retrouver enfin, si elle en avait le désir, si elle gardait le souvenir de sa mère, de sa sœur, de notre amour. Si elle avait envie de traverser le gouffre de toutes ces années d'absence.

Et que retrouverais-je alors ? Une jeune fille, une inconnue, une étrangère ? Le juge était-il le maître de mon destin et de celui de ma fille pour me laisser ce seul espoir ? Était-il un dieu pour avoir droit de vie et de mort sur nous ? Car c'était bien de cela qu'il s'agissait : rester vivante bien que brisée, comme mes malades pétrifiés sur leur lit de réa qui ne gardaient plus de la vie que ses derniers symptômes, la respiration – parfois artificielle – et les battements du cœur.

Mais moi, contrairement à eux, je pouvais encore bouger, j'avais encore deux jambes pour me porter. J'avais été capable de prendre ma voiture pour faire mon enquête à Paris et à Chauvé. Depuis six mois, je tenais par le seul combat. Eva s'était mise à marcher, bientôt elle parlerait, un jour viendrait où elle serait ma plus sûre alliée dans cette guerre contre l'injustice. En attendant, il fallait tenir pour elle. Comment pourrais-je lui expliquer un jour que maman avait eu une fille qu'elle avait perdue, comme on perd son enfant au grand magasin, et qu'elle avait accepté d'arrêter les recherches ?

4

La rentrée scolaire que j'avais tant attendue et tant redoutée arriva. Il n'était pas possible d'y échapper. De tout l'été, je n'avais passé qu'une semaine au bord de la mer, avec Eva, mon frère Bruno et Sandra. La joie de ma petite fille à sauter dans les vagues me rappelait un autre temps, une autre joie. Je ne pouvais voir deux sœurs se tenir par la main ou construire ensemble un château de sable sans ressentir une contraction au ventre. Eva se précipitait vers les petites brunes aux cheveux coupés au carré, comme Sara. J'avais l'impression que toutes les familles étaient heureuses, sauf la mienne.

Avec l'école en bas de chez nous, j'étais bien obligée d'entendre les cris des enfants qui se retrouvaient. La classe de Sara se reconstituait sans elle. Pendant le dernier trimestre, je n'avais pu m'empêcher d'aller voir ce qui s'y passait. Retrouver ses petits camarades, c'était un peu la retrouver, mais surtout garder sa place en attendant qu'elle revienne. Je ne voulais pas qu'ils l'oublient.

Dans le même but, j'étais retournée voir Maël, son petit copain qui vivait autrefois à côté de chez nous. Sa mère m'avait confié qu'elle avait dû l'emmener chez un psychothérapeute pour enfant, la disparition brutale de Sara lui faisait faire des cauchemars. La première fois que je suis venue lui rendre visite, il m'a fait un dessin, me l'expliquant lui-même. Il avait dessiné un bonhomme derrière des barreaux : c'était

Habib quand il serait attrapé et puni. Maël et moi nous nous comprenions, j'avais gardé le sens de la justice qui habite les petits enfants.

Mais avec la nouvelle année scolaire, j'ai dû me résoudre à l'évidence. Maël avait une nouvelle fiancée, et il ne me parlait plus de Sara, ou si peu. Le temps accomplissait son œuvre de destruction. Non seulement il me fallait lutter contre l'administration et sa force d'inertie, mais contre ce lent étouffement dans la gangue de l'oubli.

Cependant, faire vivre Sara ne devait pas interdire à Eva de grandir. L'emmener pour la première fois au jardin des plantes de Nantes, où j'allais avec Sara donner à manger aux biches, m'avait mise au bord du malaise. Je serrais sa petite main dans la mienne, il m'en restait une autre, cruellement libre. Pourtant, je n'avais pas le droit de la priver du parc. Mais à chaque personne qui me disait :

— Oh ! la jolie petite fille que vous avez là...

... je brûlais de répliquer :

— Mais je n'en ai pas qu'une, j'en ai deux. Sa sœur a les mêmes fossettes et les mêmes grands yeux.

J'aurais eu envie de raconter ma vie à n'importe qui, juste pour parler de Sara.

Sa photo était toujours collée sur la vitre de ma voiture, elle se multipliait dans la plupart des lieux publics, à Nantes, Paris, Saint-Leu-la-Forêt. Pour la fête des Mères, en plein désarroi, je m'étais offert un bijou, moi qui n'en avais jamais acheté : une page de parchemin identique à celles sur lesquelles les Juifs représentent les Tables de la Loi, sauf que pour moi il y avait juste écrit dessus deux prénoms : Sara et Eva. Je voulais que chacun voie ce bijou, qu'il soit l'occasion de nouvelles questions, je voulais écrire le prénom de ma fille disparue où l'on ne pourrait jamais l'effacer, je ne pouvais porter une plaque de marbre autour du cou, alors j'ai choisi cette feuille d'or.

Mais il n'y avait pas que la poésie, il y avait l'état civil. Et notamment, le formulaire de renseignements des caisses d'allocations familiales. Depuis la naissance d'Eva, j'avais adopté un quatre-cinquième de temps, assimilé à un congé parental qui me donnait droit à une allocation. Mais il fallait mettre à jour les renseignements. À la question « combien d'enfants vivent sous votre toit ? » j'ai répondu « un », expliquant que ma fille aînée avait été enlevée par son père.

Une fois encore, l'administration n'utilisa pas de gants : on me supprima les allocations familiales, qui ne sont versées qu'à partir du deuxième enfant. Ce n'était pas la disparition des quelque sept cents francs par mois qui était le plus difficile à digérer. C'était de lire, à compter de ce jour, en haut des formulaires pré-imprimés, la mention : « Un seul enfant à charge. » L'administration, elle aussi, m'avait retiré ma fille.

Ouvrir le moindre courrier des allocs était si pénible désormais que je décidai de ne pas prévenir ma mutuelle de la disparition de Sara. Je continuais à payer plein tarif, pour la seule nécessité de voir les deux noms de mes filles sur ma carte de membre, à la place des ayants droit.

*
* *

Je ne savais plus quoi faire pour retrouver Sara, j'étais désemparée. Alors, avec ma belle-sœur Sandra, je suis retournée chez les parents de Habib.

Nos rencontres, la première et les suivantes, furent surréalistes. L'accueil ne réservait aucune surprise. Toujours le même

— Tiens, Fabienne, comment vas-tu, mais entre...

Et nous restions face à face, engagés dans un dialogue de sourds. Je leur demandais des nouvelles de Sara, ils me demandaient comment allait Eva. Désormais, je refusais leur verre de thé. Avec cette infraction aux usages de leur savoir-vivre, j'avais la maigre consolation de les déstabiliser.

Cette année-là, Sandra fut de tous les commandos, de toutes les folies. Elle était la sœur que je n'avais pas, celle qui partage et ne juge pas. Elle m'accompagna dans les magasins où j'avais l'habitude d'acheter les robes de Sara. Elle ne protesta pas quand j'en achetai de nouvelles « pour son retour ».

Ma mère, elle, était désespérée, sûre que j'entretenais mon mal plutôt que de le calmer. J'étais comme une droguée qui court à la recherche de son poison. Maman essayait de me raisonner, me répétait qu'il fallait regarder la réalité en face, qu'il n'y a pas de consolation dans l'illusion. Mais je ne voulais pas me consoler. J'étais comme ces amoureux éconduits qui cultivent leur douleur parce qu'elle est la dernière trace qui leur reste d'un ancien amour. Pendant l'absence de Sara, je voulais continuer à souffrir, c'est tout ce qui me liait à elle. Je pouvais passer des soirées entières, assise sur le canapé de mon salon, près d'une boîte de mouchoirs en papier, à m'enivrer de mes larmes.

Sous le prétexte que je ne trouverais plus rien passé les premiers jours de la rentrée, j'ai acheté la peinture, les cahiers, les crayons comme si le retour de Sara était imminent. À la caisse, je me mêlais au flot des mères comme si j'étais identique à elles. Je passais avec satisfaction près des caissières, sûre qu'elles pensaient que je préparais la rentrée. Et ça me faisait du bien. Je repartais avec mes paquets à la maison, et j'allais soigneusement les ranger dans l'armoire, nouvelles offrandes s'ajoutant à d'anciens souvenirs.

Chaque soir, après avoir couché Eva, j'allais ouvrir les portes de mon mausolée, comme pour vérifier que tout était bien prêt. Puis je les refermais soigneusement, comme s'il ne fallait pas laisser l'air emporter les derniers fantômes.

Et chaque soir recommençait le même calvaire : coucher une fille quand, quelques mois plus tôt, on en couchait deux. Vivre dans la solitude ce moment de la soirée qui avait été une parenthèse privilégiée de tendresse partagée, celle où je retrouvais ma Sara, pour écouter ses petites histoires, celle du dernier câlin avant de s'endormir. Eva était encore trop petite. Je la couchais, la bordais, un baiser sur le front et c'était fini. Même pas de livre à lire.

Eva approchait des dix-huit mois, elle avait les mêmes yeux que sa sœur, et c'était à peu près tout. Je ne retrouvais ni les cheveux de Sara, ni sa silhouette, ni même ses jeux. J'ai d'abord essayé de mettre à Eva les anciens vêtements de Sara, mais j'avais honte de vouloir la déguiser ainsi. Heureusement pour nous, ils ne lui allaient pas. De toute façon, Eva se moquait de ce qu'elle pouvait bien porter. À dix-huit mois... je me souvenais avec douleur comme j'avais été exaspérée de voir Sara changer plusieurs fois de tenue dans la journée, mêlant dans le même désordre vêtements à peu près sales et à peu près propres, maintenant j'essayais de convertir ma cadette au culte de la féminité. Sans aucun succès.

Sara était appliquée, concentrée, elle pouvait passer de longues minutes à assembler ses puzzles ou à construire ses villes en cubes. Eva était étourdie, remuante, un véritable garçon manqué dont la vivacité semblait inépuisable. Je me surprenais à lui dire « Tu pourrais faire attention ! » avec un peu trop d'agacement. Je me sentais coupable de lui reprocher de ne pas être sa sœur.

Ainsi la disparition d'un enfant perturbe-t-elle tout un équilibre familial. Mes parents me rappelaient à l'ordre : « Tu vois, Eva n'est pas Sara », me disaient-ils souvent quand je venais chez eux pour prendre un de nos trois ou quatre cafés quotidiens. Ils avaient raison, une fois encore. Mais leur bon sens ne m'était d'aucun secours. Je continuais à vivre avec Sara. Elle ne me quittait ni la nuit, ni le jour. Je suis retournée chez le coiffeur pour elle, parce que je savais qu'elle aimait quand je me faisais belle. Je l'ai même écrit dans le cahier, dans ces lettres que je lui adressais presque tous les jours, sans savoir où les envoyer. J'allais m'acheter des robes en pensant à elle. J'en faisais autant pour Eva. Pour que, dès son retour, Sara soit fière de nous. Seule, je n'aurais pas quitté mon vieux pantalon sur lequel je pouvais porter n'importe quel pull du moment qu'il était chaud, doux, et plutôt sombre. Un cocon contre le grand froid de l'absence.

Eva commençait à dire ses premiers mots. Il y eut « maman », bien sûr, puis très vite « Sara », auquel s'ajouta aussi rapidement « grande sœur ». « Papa », elle ne le prononça pas, ou très peu, ou personne ne voulut l'entendre. Ce moment que j'avais tant attendu où je pourrais enfin lui expliquer qu'elle n'était pas seule, et que je ferais tout pour retrouver sa sœur, approchait.

Ensemble, nous avions pris l'habitude de regarder les photos de Sara qui fleurissaient sur mes murs. Il me semblait qu'en gigotant dans mes bras, elle me poussait vers ces images qu'elle caressait de la main, comme je le lui avais appris. De la même façon que je parlais d'Eva à Sara, quand elle était encore dans mon ventre, je racontais à Eva Sara, l'autre petite fille que je portais dans mon cœur.

Quand je voyais Eva froncer ses sourcils en désignant les photos, j'avais l'impression qu'elle me demandait déjà où était sa sœur. Sans doute lui attribuais-je des pensées qu'elle ne pouvait encore avoir, mais j'étais certaine qu'elle ressentait la même chose que moi. Nous vivions en symbiose. Lorsqu'elle pleurait pour un rien, je savais qu'elle ne faisait que reproduire mes angoisses. Il fallait que je fasse attention. Elle était le baromètre de mes états d'âme, celui qui me forçait à revenir à la vie quand j'aurais pu si facilement sombrer dans la dépression.

Près d'un cadre où souriait Sara, j'avais pris l'habitude de poser, chaque semaine, une fleur. Cela n'avait rien de morbide pour moi. Je n'avais pas l'impression d'aller honorer un disparu dans un cimetière, au contraire, c'était une façon de montrer que ma fille était bien en vie. Elle continuait sans doute à aimer les fleurs dont le parfum, je l'espérais, arrivait peut-être jusqu'à elle. Car je pensais si fort à elle qu'elle ne pouvait pas ne pas m'entendre. Je lui donnais des conseils pour bien dormir, je m'étourdissais des petits mots que je lui aurais dits si elle avait été près de moi.

Je n'avais jamais cru en Dieu, ni en Diable, et pour la première fois de ma vie je me laissais aller à goûter les superstitions les plus critiquables. On m'avait envoyée chez un magnétiseur qui, s'il fallait l'en croire, travaillait pour le ministère de l'Intérieur. J'essayais de trouver, grâce au pendule, les réponses que personne ne voulait donner à mes interrogations. Je fus déçue. J'étais perdue, certes, mais pas au point d'ignorer que ce sorcier maladroit se contentait de me répéter ce que je venais de lui confier.

Mon voyage dans le paranormal se poursuivit avec les cartes. Le jeu de tarot que Louisette étalait sur la table de sa salle à manger ne m'apprit jamais grand-chose sur la suite des événements, mais au moins il me rendait espoir. Les cartes m'aidaient à retarder les échéances que je m'étais arbitrairement fixées. Nous avions raté la rentrée de septembre, peu importe. Sara serait là à la fin du mois, puis à la fin de l'année, puis... Au cours de nos conversations, au moins, je pouvais dire à ma chère voyante tout ce que je ressentais et que je ne voulais raconter à personne : ma fureur à l'égard de la justice, de la police, de tous ces gens qui ne voulaient pas m'aider à retrouver ma fille. J'étais prise par la nécessité de protéger mes proches. Je ne pouvais leur faire partager le goût amer de mes défaites.

Une année cruelle allait se terminer. Au milieu de tant de larmes et d'espoirs déçus, elle ne m'offrit qu'une seule bonne nouvelle : la tumeur de papa avait disparu. Pour les médecins qui ne s'attendaient guère à cette rémission, c'était le résultat de la chimiothérapie intensive qu'il avait suivie. J'y voyais surtout l'effet de la volonté et du courage dont il faisait preuve pour, un jour, revoir sa petite-fille. Il voulait tenir. Personne ne pouvait désormais imaginer une date pour le retour de Sara. Mais papa avait donné un sens à son combat contre la maladie.

Pour moi qui m'étais sentie si responsable de son cancer, cette amélioration presque inespérée sonnait un peu comme le signe du pardon, de la rédemption. Ce n'était pas seulement pour moi qu'il fallait retrouver Sara, mais pour tous ceux que j'aimais.

5

Maintenant que le juge avait décidé de clore son instruction, on marchait vers le procès. Mais peu m'importait, alors, la condamnation de celui qui m'avait fait tant de mal ; ce n'est pas de lui voir infliger une peine par contumace qui allait me faire retrouver Sara. Habib serait condamné, et alors ? Allais-je devoir m'en remettre au hasard pour le voir arrêter, et pour récupérer ma fille ? Faudrait-il qu'il brûle un feu rouge pour que ses papiers soient vérifiés et qu'on s'aperçoive qu'il était sous le coup d'un mandat d'arrêt ? C'était à devenir folle d'impatience et d'angoisse.

Il appartient seulement au juge de décider quand une enquête est terminée. Aucune procédure d'appel n'est prévue à l'encontre de sa décision. J'avais essayé de faire jouer la politique, mais l'intervention du ministre de la Justice, Mme Guigou, n'avait fait qu'irriter davantage le juge, sans rien changer.

J'allai voir mon avocat, avec la mine défaite du condamné qui sait son dernier jour arrivé. Il m'expliqua que tout n'était pas perdu, et qu'une procédure pouvait être relancée. Seulement, il me fallait trouver moi-même l'élément nouveau qui justifierait la réouverture du dossier. Pour cela, j'avais deux possibilités : la presse, à qui je devrais jeter mon histoire en pâture, mais qui ferait gratuitement le travail d'enquête, ou un détective privé, qu'il me faudrait rémunérer.

Le recours à l'opinion publique était à double tranchant. Raconter mon histoire aux journaux ne me gênait pas, je n'avais rien à cacher, au contraire, je voulais que tout le monde connaisse l'existence de Sara qui grandissait loin de moi et de sa petite sœur, je ne voulais pas qu'elle disparaisse de la surface de la Terre, c'est-à-dire de la mémoire des humains, mais j'avais peur des réactions de Habib.

Quant au détective privé, jusque-là il faisait partie, dans mon esprit, des scénarios de films américains. Je n'avais jamais imaginé qu'il pourrait faire irruption dans ma vie. C'était une révélation, la première éclaircie dans un ciel obstinément noir. Celle qui allait me rendre mes forces et mon courage. Tout n'était pas perdu puisqu'on pouvait encore ouvrir un nouveau front.

Mais mon avocat ne me cacha pas qu'il faudrait trouver de l'argent, beaucoup d'argent, et je n'avais plus rien. C'est lui qui m'expliqua l'intérêt d'une association. Ouvrir un compte au nom d'une association régie par la loi de 1901 me permettrait d'encaisser des inscriptions et des chèques de soutien. Il faudrait tenir une comptabilité rigoureuse, pouvoir justifier de chaque billet de banque auprès de l'administration fiscale, tenir des registres, des bilans...

Je ne m'étais jamais intéressée à ce genre de gymnastique, mais que n'aurais-je appris pour retrouver Sara ! Puisque l'argent était une arme essentielle, il fallait que j'apprenne à en gagner. Je n'étais qu'une modeste infirmière, mais je ne voulais plus me laisser faire, me mettre à la merci de la bonne volonté des uns et des autres. Enfin je comprenais comment j'allais pouvoir travailler pour Sara. Pour elle j'allais me faire comptable, directeur commercial, animateur de vente, chef d'équipe, rien ne me faisait peur.

Cedrick fut mon premier partenaire dans cette nouvelle aventure. Ensemble nous avons mis au point notre stratégie. D'abord, j'ai pris contact avec d'autres associations. J'ai trouvé des gens, comme moi, qui recherchaient des proches. Leurs témoignages m'étaient précieux. Le téléphone recommençait à sonner. Je sortais de ma coquille.

Le 26 octobre 1999, moins de deux mois après la fermeture du dossier de la disparition de ma fille, nous avons déposé les statuts de « Sara, tous ensemble pour te retrouver », une association dont le but, comme son nom l'indiquait, était de retrouver ma fille, et qui se dissoudrait automatiquement après sa réapparition. J'en devins la présidente, Cedrick le trésorier, et son amie Céline la secrétaire.

J'ai écrit aux journalistes locaux pour leur demander de raconter mon histoire, c'était la seule façon de trouver des adhérents. Nous avions volontairement choisi une cotisation très basse – cinquante francs –, de manière à réunir le plus de monde possible. *Presse-Océan* et *Ouest-France* – le journal le plus vendu dans ma région – m'ont immédiatement suivie. En très peu de temps, nous nous sommes retrouvés cent soixante-dix. Tout le monde me disait que c'était formidable. Je disposais déjà de huit mille cinq cents francs.

Je pouvais donc prendre rendez-vous avec un détective dont on m'avait vanté l'efficacité. Sa qualité d'ancien agent des Renseignements généraux m'a rassurée. Son agence, installée dans un beau quartier de Paris, était spécialisée dans la recherche de personnes disparues.

Lors de notre première rencontre, il m'a affirmé qu'avant un mois ma fille serait à la maison. Mon affaire était extrêmement simple, assurait-il. Un mois... En comptant large, ça serait Noël. J'aurais voulu l'embrasser. On m'avait dit qu'il pouvait aller au bout du monde pour retrouver des disparus. Son autorité n'incitait pas à mettre ses pronostics en doute. Pour la forme, car il m'était impossible de ne pas l'engager, je lui ai demandé quel serait le prix de ses services. Il a dit soixante-douze mille francs... le premier mois.

Je n'ai pas bronché. En faisant les fonds de tiroirs, je ne disposais pas du quart de la somme. J'ai bluffé, prenant l'air de trouver tout cela parfaitement normal, je lui ai seulement demandé de pouvoir régler en deux fois. Plus tard, j'apprendrais que certains parents avaient déboursé jusqu'à quatre cent mille francs pour retrouver leurs enfants. Ils ont vendu leur maison, se sont endettés à vie. Sans regret s'ils sont arrivés à leurs fins.

Le détective m'a fait signer un contrat pour un mois d'enquête « sans obligation de résultats ». Dans mon euphorie, je ne me suis pas arrêtée à cette phrase, elle était de pure forme, sans doute. Et je suis ressortie de l'agence, délestée d'une petite fortune que je n'avais pas, quelque six mois de salaire, et parfaitement enivrée. Je flottais. Il ne me venait pas à l'idée d'émettre la moindre critique sur le montant de l'addition ni sur l'optimisme de mon sauveur. Je n'avais qu'une idée en tête : trouver l'argent au plus vite et embrasser ma fille.

Début novembre, nous avons tenu la première réunion de notre association. À l'ordre du jour : faire le point sur les actions à mener. J'étais très émue de voir arriver autant de gens que, pour la plupart, je ne connaissais pas. C'était comme si Sara devenait la petite fille de toutes ces personnes prêtes à se cotiser pour me la ramener. Je comprenais que lorsqu'on touche à un enfant, c'est toute notre humanité qui est blessée, la part d'avenir que nous portons en chacun de nous.

Jusqu'à présent, bien que très entourée, j'avais été seule face à la justice, la police, seule avec mes interrogations et mes doutes. Cette fois, nous allions réfléchir tous ensemble. Cet élan de fraternité autour de moi était mon plus beau cadeau depuis la disparition de Sara.

Au cours de la discussion, nous avons envisagé plusieurs actions possibles. Nous étions à la veille de Noël, la meilleure époque pour les associations. Pas seulement parce que, à l'approche de cette fête, les gens ont envie de penser à ceux qui souffrent, mais parce qu'ils cherchent des idées de cadeaux. Si nous arrivions à réunir ces deux paramètres, nous trouverions l'argent qui me manquait.

Je ne sais pas qui a lancé l'idée des bonbons. J'ai tout de suite été séduite. L'investissement était minime, et tout le monde a envie de manger des bonbons au moment des fêtes. En plus, ça collait bien à une petite fille, les bonbons. Dès le lendemain, j'ai cherché dans l'annuaire un confiseur en gros.

Je me suis arrêtée à la confiserie Bonté, un nom qui paraissait de bon augure. Et j'ai fait affaire, le patron m'a même accordé cinq pour cent de remise, « à titre exceptionnel », a-t-il précisé. En fait, il a maintenu ses tarifs à la baisse à chacune de mes commandes.

Ensuite, il fallut trouver des points de vente où monter nos stands. Sur les conseils de mon frère Bruno, directeur de supermarché, j'ai pris contact avec toutes les grandes surfaces de Nantes : Carrefour, Super U et Intermarché m'ont donné leur accord. Je pouvais m'installer chez eux tous les samedis de novembre et de décembre. Mon bon ange commençait à s'intéresser à moi.

Bruno m'a enseigné les quelques principes de base qui me permettraient de réussir dans mon nouveau métier. Il fallait organiser notre « force de vente ». En clair, cela voulait dire prendre les planches et les tréteaux que me proposait un membre de l'association, pendant que la direction du supermarché où travaillait Bruno nous donnait des grandes feuilles jaune fluo, qui attireraient l'œil des clients. Le confiseur, lui, m'a appris à faire les paquets, il me conseillait aussi sur les mélanges qui se vendaient le mieux... Les bonbons pour enfants, aux couleurs vives, attrayantes. Enfin, il fallait faire imprimer les étiquettes. C'était le plus important. Elles portaient toutes le nom de Sara avec les coordonnées de l'association et le numéro de C.C.P. sur lequel on pouvait faire des dons. Sur les tracts que nous distribuerions, on pourrait trouver les premiers articles de *Ouest-France* et la photo de Sara.

Ma salle de séjour s'était transformée en atelier de confiserie. Dans la cuisine, j'avais entreposé des kilos de guimauves, pâtes de fruits, nounours, fraises et autres réglisses. Pour plus de commodité, j'en transvasais une partie dans de grands saladiers réquisitionnés chez ma mère et chez mes tantes. Au besoin des bassines faisaient l'affaire. J'avais poussé ma grande table contre le mur et je passais tous mes moments libres à préparer des paquets.

C'est devenu mon deuxième métier, dès que je rentrais de l'hôpital. Préparer les plannings de mes vendeurs, acheter la marchandise, la conditionner. Ma famille, mes cousines, mes collègues, tout le monde s'y est mis. Je n'ai jamais manqué de main-d'œuvre. Pour la cause de Sara, les amis n'ont pas manqué, les anciens et de nouveaux. Parfois, ils amenaient même leur famille, leurs voisins. Chaque papillote nouée autour d'un bonbon représentait un trésor de solidarité. Chaque paquet autour duquel nous nouions une faveur nous rapprochait de Sara. L'espoir renaissait.

Eva nous regardait avec des yeux ronds. Elle découvrait que des adultes pouvaient rire. C'est au cours de l'une de ces journées qu'elle a goûté les premières sucreries dont, par souci de discipline alimentaire, je l'avais jusque-là soigneusement tenue éloignée. J'entends encore maman lui dire : « Ne mange pas tous les bonbons de ta sœur ! » C'est bien la première fois que nous pouvions prononcer ce mot en souriant.

Au-dessus de notre stand était tendu comme un slogan le nom de notre association : « Sara, tous ensemble pour te retrouver ». Je m'arrangeais pour composer des équipes de vendeurs de manière équilibrée : jamais deux timides ensemble et si possible des gens avec un peu de bagout. Il ne fallait pas hésiter à émouvoir les acheteurs, à les aborder pour leur expliquer notre but.

J'avais établi des « binômes » qui assuraient, chacun, une demi-journée de vente. On faisait deux magasins par samedi : une équipe pour le matin, et une équipe pour le soir. Ce qui faisait seize personnes réquisitionnées tout au long du week-end. Avec un roulement pour que ce ne soient pas toujours les mêmes.

Papa, qui se remettait de sa chimiothérapie, était encore trop faible pour tenir un stand, alors il assurait le ravitaillement des équipes. J'avais récupéré, à l'hôpital, les cartons des poches de perfusions. Avec leur taille moyenne et leurs poignées, c'était les plus pratiques des sacs à provisions.

Pendant la semaine, les cartons s'entassaient dans mon entrée. On achetait des sacs de bonbons par deux kilos, qu'il fallait répartir en paquets de cent cinquante grammes. C'est fou, le temps que ça prend. Pour en gagner, on s'était organisé une petite chaîne. Le vendredi tous les paquets étaient prêts, le samedi soir ils étaient tous vendus. Au portable, on se tenait informé de l'état de nos stocks, papa courait de l'un à l'autre.

Mais ce n'était pas encore fini. Restait le dimanche pour faire les comptes, mettre les pièces en rouleaux. Comme les paquets coûtaient de quinze à vingt francs, on croulait sous les pièces de monnaie. Ensuite, il fallait porter la recette à la banque.

En moins de deux mois, nous avons récolté près de cinquante mille francs, avec la vente des paquets et les dons. J'étais épuisée mais j'avais de quoi payer le détective.

J'arrivai pleine d'espoir dans son cabinet. Il avait fait surveiller les résidences des parents de Habib et de son frère, Mahmoud, il avait procédé à des filatures, cherché du côté des ventes publiques de voitures d'occasion. J'avais imaginé des dizaines d'hommes en noir lancés à la recherche de ma fille et il me montrait des photos de garages... Noël approchait, mais pas Sara. Et j'avais déjà dit à tous les miens que le dénouement arrivait. Devant ma déception, le Sherlock Holmes a consenti à faire un effort. Il travaillerait un deuxième mois sans supplément. J'ai accepté, bien sûr, mais le charme était rompu. Pourtant, il fallait que je m'habitue à ça aussi : garder l'espoir, même quand le rêve s'effondre.

Pour Sara, pour Eva, pour mes parents, mes frères, pour tous les membres de l'association, je me devais de ne pas perdre confiance. Je n'étais plus seule en cause. Je me forçais à me souvenir combien nous avions avancé depuis la création de l'association. Des gens qui jusque-là n'avaient jamais entendu parler de Sara commençaient à s'intéresser à elle. J'étais sur la bonne voie. Mais avec ce nouvel échec, je réalisais combien j'étais à bout.

Depuis trois mois, je n'avais pas eu une journée de repos. Dès que je sortais de l'hôpital, je me précipitais à la maison pour mener mon entreprise. Je voulais me rattraper de n'avoir pas su protéger Sara. À l'avenir, je me promettais de faire davantage confiance aux autres, d'accepter plus facilement leur aide. Heureusement, il y avait le souvenir de tous les bénévoles, de leur gentillesse, de leur générosité. Cedrick et sa compagne, Céline, qui venaient de Rennes presque tous les week-ends pour m'aider. Mes collègues qui oubliaient leur famille, leurs problèmes respectifs pour me donner un coup de main. Tous ces gens qui n'hésitaient pas à tout lâcher pour remplir des paquets de bonbons dans mon salon, ceux qui avaient créé mon site Internet et me faxaient, un par un, les mails parce que je n'étais toujours pas abonnée... Il me faudrait des mois avant de rencontrer Thierry et Laurent qui s'étaient attelés à cette tâche et me consacraient, au téléphone, des heures dérobées à leur vie de famille.

Et puis il y avait Eva qui me prenait par la main pour que je l'emmène au parc. Elle s'était découvert un amour pour les poneys et je l'avais inscrite dans un club dès ses dix-huit mois. J'étais heureuse de faire ça pour elle. Finalement, dans cet endroit, personne ne connaissait notre drame. J'étais une maman qui élevait seule sa petite fille et qui l'attendait au milieu d'autres mamans, avec leurs préoccupations quotidiennes. Les courses, les emplois du temps à faire coïncider. Eva m'obligeait à vivre, à ravaler mon chagrin, à sourire.

Maintenant, il fallait choisir son cadeau pour Noël. J'avais attendu jusqu'au dernier moment, mais il n'était plus possible de reculer. Le premier Noël sans Sara.

Malgré l'optimisme du détective, je m'étais forcée

à ne pas imaginer la fête avec Sara retrouvée, mais sans doute mon inconscient l'avait-il déjà fait à ma place. Une fois de plus, la gorge serrée, il fallait renoncer. Sara ne serait pas là à Noël. Pourtant, en allant acheter le cadeau d'Eva, je n'ai pas pu résister. Je lui ai choisi un livre que j'ai fait emballer, comme pour les autres enfants, seulement je ne le mettrais pas au pied de l'arbre, je le rangerais dans l'armoire. Avec le reste.

J'ai attendu le dernier moment pour installer le sapin. L'année précédente, Sara l'avait décoré avec moi. Elle était encore à mes côtés alors que je sortais les boules, les guirlandes. Je revoyais sa joie lorsque les petites lumières s'étaient mises à clignoter. Est-ce qu'elle avait un sapin, là où elle était ? Est-ce qu'elle aurait des cadeaux ? Sa famille lui manquerait-elle ? Je n'avais pas le cœur à la fête, mais je ne voulais pas priver Eva de son premier vrai Noël.

J'ai décoré l'arbre pendant son sommeil, pour qu'elle ne me voie pas pleurer. Au matin, mon trésor applaudissait de ses petites mains. Elle était si heureuse. Elle regardait les boules avec émerveillement, voulait toucher les guirlandes. Ma mère était rassurée. Ce sapin disait que, pour Eva, la vie continuait et que mon amour pour elle n'était en rien diminué.

Je garde un souvenir étrange de ce premier Noël sans Sara. Nous avons tous fait l'effort de ne pas montrer notre déception. Et du fond de notre malheur, l'ambiance était chaleureuse. Jamais nous ne nous étions sentis si proches les uns des autres. Nous étions dans l'état d'esprit de braves soldats qui sont partis au combat, la fleur au canon, et qui savent désormais que la guerre sera longue. Pour chasser les idées noires, mieux valait essayer de remplir les caisses de l'association. Il n'y avait rien d'autre à faire.

*
* *

On ne pouvait pas vendre des bonbons éternellement. Cedrick proposa des soirées dans des boîtes de nuit de Nantes. J'essayai, mais je me trouvais trop loin des enfants au milieu de ces jeunes que l'histoire de Sara ne concernait pas. J'avais du mal à parler de ma fille dans cette ambiance, entre rap et disco, au milieu de couples qui se cherchaient, qui ne connaissaient de l'amour que sa face la plus séduisante.

L'hiver n'en finissait pas. Le détective m'adressa un nouveau rapport de deux pages auquel il avait joint les photos d'un garage qui trafiquait des voitures d'occasion. J'étais déçue. Au point de remarquer à peine un détail : il avait la preuve que Habib avait passé la frontière belge en juillet 1999.

Je ne voyais pas vraiment l'intérêt de cette trouvaille. Pour moi, nos bonbons, toute notre bonne volonté, étaient partis en fumée. Mais mon avocat, lui, était satisfait : avec cette preuve, il tenait l'élément qui lui permettait de relancer l'affaire. Même s'il estimait que ça m'avait coûté très cher !

Je savais déjà que la justice était lente, que beaucoup d'argent n'avait pas apporté beaucoup de résultats. Je compris soudain qu'il me fallait lutter, aussi, contre les « à quoi bon » que je sentais poindre au fond de moi. Il fallait que je trouve le moyen de donner du courage aux miens quand j'en avais si peu pour moi. Feindre l'enthousiasme quand ils me demandaient : « Tu es sûre que cela peut servir à quoi que ce soit ? »

Non, je n'étais sûre de rien, sauf d'une chose. Jamais je ne renoncerais.

Je n'avais pas fêté les quatre ans de Sara, je n'achetais plus de vêtements, plus de crayons. Je ne fêterais pas les cinq ans de ma fille. Alors, de rage, j'ai décidé de donner une fête gigantesque. Une infirmière, Maïwen, m'avait raconté qu'elle avait un voisin qui jouait du jazz manouche. Jusqu'ici elle s'était plutôt plainte du bruit qu'il provoquait, mais cette fois elle est allée frapper à sa porte pour lui demander de l'aide. Il n'a pas hésité. Il est venu avec tous ses copains. Deux cents personnes ont assisté à notre soirée.

Ce premier concert, je l'ai fait dans la joie. C'était le seul remède qui me restait contre le désespoir : faire comme si, continuer à sourire, garder la tête haute. Ce jour-là j'étais joyeuse, non seulement parce que j'avais récolté dix mille francs pour mon association, mais parce que j'avais l'impression que Sara allait entendre la musique, les applaudissements des gens qui étaient venus pour elle. Je m'étais fait le plus jolie possible. J'avais répété le petit discours que j'avais l'habitude de tenir, j'ai raconté notre combat. Un premier juge qui n'avait rien fait, la police qui ne cherchait plus, et Sara qui nous attendait. J'ai dit que j'avais encore besoin de tout le monde. Nous avons pleuré, ramassé des inscriptions, encaissé les chèques...

*

* *

Peu après, nous sommes passés à l'an 2000. Dans l'excitation. Certains redoutaient une catastrophe, la chute de météorites, des tremblements de terre, et je ne sais quoi. Moi, l'an 2000, je l'ai attendu en salle de réa. Je m'étais proposée pour être de garde. Au menu, nous avons eu une aile de poulet et des pâtes, avec une petite bûche pour le dessert.

Cette nuit-là, je me souviens que des gens sont morts, des gens ont souffert, comme d'habitude, les scopes ont continué à marquer le rythme des cœurs qui s'épuisent, fatiguent, montent encore à l'assaut. Dehors, pour d'autres, il y avait des feux d'artifice, du champagne et des fêtes. Je me souviens d'un patient tétraplégique, un ancien ingénieur informatique victime d'un grave accident de voiture. Grâce à un petit ordinateur, il arrivait à s'exprimer en donnant les impulsions sur un clavier avec son menton. Il avait su pour mon association, et m'avait fait un don important. Les gens qui souffrent sont les plus sensibles au malheur des autres.

6

Toute l'année 2000, j'ai été traînée d'audience en compléments d'information et en renvois. Les semaines et les mois se sont écoulés sans rien m'apporter d'autre que le sentiment d'être prise dans un piège dont personne, sur le plan judiciaire, ne voulait m'aider à m'extraire. Enfin, le 8 janvier 2001, eut lieu le procès par contumace de Habib Eghbal devant la première chambre correctionnelle du tribunal de grande instance de Nantes, le T.G.I.

Trois magistrats s'étaient réunis pour juger l'affaire, le président de la première chambre correctionnelle et ses assesseurs, deux femmes. Ma famille, mes amis, soit une cinquantaine de personnes, assistaient à l'audience. Ils occupaient les bancs du public. Du côté de Habib, il y avait Mahmoud, sa femme, et ses sœurs.

Je suis venue au tribunal avec un espoir, une attente. Je voulais qu'avec tout le décorum de la justice soit proclamé que Habib Eghbal avait enlevé notre fille. Je voulais entendre le nom de Sara, prononcé ici sous les lambris de la République.

Je savais que les décisions du tribunal ne me rendraient pas ma fille, mais je voulais que le droit soit établi. J'avais aussi l'espoir de faire avancer l'enquête. Mahmoud était venu témoigner pour son frère. Si l'on arrivait à prouver qu'ils s'étaient vus depuis la disparition de Sara, on pourrait peut-être l'obliger à dire où se cachait Habib...

Après la plaidoirie de mon avocat, Me Ballereau,

qui m'assistait depuis que Habib m'avait jetée dehors, le procureur commença son réquisitoire. Habib n'avait pas jugé nécessaire de se faire représenter, il n'y avait donc pas de défense.

Le procureur réclama cinq ans de prison ferme, le maximum de la peine encourue. Trois ans pour coups et blessures sur concubine, deux ans pour non-présentation d'enfant. Puis le président du tribunal appela à la barre Mahmoud, pour l'entendre comme témoin.

La nuit était tombée depuis longtemps, Mahmoud vociférait encore. Il a hurlé pendant une heure et demie, sans que personne n'intervienne. Pour démonter l'acte d'accusation, il utilisait les arguments les plus absurdes. D'abord il voulut établir que j'étais une mauvaise mère, une mauvaise femme, mais surtout il entendait faire croire que Habib n'avait pas voulu me défigurer, qu'il s'agissait d'un accident : c'était moi qui, en me précipitant sur lui avec un couteau, avais voulu le tuer. Pour se défendre, il avait bien été obligé de m'arracher mon arme ! Dans la bagarre, j'étais tombée, et je m'étais blessée au visage. Pour un peu, c'est Habib qui aurait dû porter plainte...

Pour appuyer sa démonstration, Mahmoud affirmait qu'il avait vu son frère « quelques jours plus tard » avec une cicatrice de dix centimètres au bras... J'ai sursauté. On allait l'interroger, lui demander où était Sara ce jour là ! Mais il a continué. Le président ne l'a pas arrêté, n'a pas repris ses propos. On le laissait vomir ses mensonges alors que j'attendais qu'on me retrouve ma fille. À la fin, excédé, le procureur a ordonné :

— N'inventez pas n'importe quoi ! Vous n'assistiez pas à la scène, si votre frère a quelque chose à déclarer pour sa défense, conseillez-lui plutôt de se présenter devant le tribunal.

À 10 heures du soir, la séance fut levée. Elle avait

duré quatre heures. Mais quatre heures pour quoi ? J'étais frustrée. Le premier juge à qui j'avais eu affaire m'avait déçue, mais ceux que j'avais vus ici, au procès, m'avaient semblé émus, touchés par ma douleur. Et pourtant, je n'avais rien obtenu de ce que j'étais venue chercher : ils n'avaient pas relevé les propos de Mahmoud, ils n'avaient pas cherché à lui faire dire où se trouvait son frère. Pire, personne n'avait jamais prononcé le nom de Sara.

Qu'était cette petite fille au regard froid du droit qui ne reconnaissait pas l'enlèvement parental ? Pour un tribunal, un père qui faisait disparaître sa fille n'avait pas commis un crime, il s'était seulement rendu coupable de « non-présentation d'enfant ». « Présenter », qu'est-ce que cela veut dire ? Ce n'est pas vivre avec, aimer, partager, élever... Ce n'est rien, une présentation, c'est comme un rendez-vous qui n'est pas honoré. On présente un billet dans le train, on se présente à ses nouveaux voisins... un père ne présente pas un enfant à sa mère ! Avec le coup de couteau, Habib avait voulu tuer mon image de femme, mais la justice se moquait des crimes symboliques. Il avait prémédité son geste, mais aux termes de la loi la préméditation ne comptait pas s'il n'y avait pas assassinat. Il m'avait arraché ma fille, m'avait enlevé la moitié de ma vie, avait brisé l'enfance de Sara et d'Eva. Mais on continuait à considérer ce drame comme une affaire de famille...

Huit jours plus tard, le verdict fut rendu. Habib était condamné à trois ans de prison, deux de moins que ce que le procureur avait demandé. J'étais scandalisée. Au nom de quelle circonstance atténuante n'avait-on pas suivi le procureur ?

— Pour laisser à l'accusé la possibilité de s'exprimer, m'expliqua le président du tribunal.

— C'est le meilleur moyen pour l'inciter à revenir se présenter devant ses juges, insista mon avocat. S'il fait opposition au jugement, alors le procès sera refait, et on verra si la peine reste la même. Le plus important n'est-il pas qu'il rentre avec Sara ?

Comment ne pas répondre par « oui » à cette interrogation ? Seulement, le problème ne se posait pas. Je savais que Habib ne reviendrait jamais de son plein gré.

J'avais obtenu une petite satisfaction. Habib était aussi condamné à deux cent cinquante mille francs de dommages et intérêts. Cette somme comprenait un dédommagement pour mes filles de cinquante mille francs chacune. Pour la première fois dans ce genre d'affaire, j'avais obtenu que soit reconnue leur souffrance. La douleur morale d'un enfant existe désormais pour la jurisprudence. Le symbole était fort, mais ils auraient pu m'attribuer cinq cent mille francs, un million, des milliards, Habib n'avait pas un sou, il ne paierait jamais. Et Sara valait tellement plus que tout ce qu'on pourrait me donner.

Pour le reste, Habib pouvait être content. Il était condamné mais libre. Toute recherche était suspendue.

Pour que l'affaire continue à exister sur le plan judiciaire, j'ai déposé, le 14 mars 2001, une deuxième plainte pour non-présentation d'enfant, selon la formule que j'exécrais.

Le président du T.G.I. m'avait donné l'espoir qu'un nouveau juge serait nommé. Ce devait être M. Coulon, qui prendra effectivement mon dossier plus au sérieux. Mais il fallait attendre le 24 avril pour qu'il puisse commencer son travail. Trois mois après le procès, il ne s'était toujours rien passé. On m'abandonnait, me laissant le soin de faire respecter la loi, de trouver le moyen de faire appliquer les décisions du tribunal. Je me sentais trahie par mon pays.

La justice est comme une chaîne qui, de maillon en maillon, relie l'accusé à la victime, le crime à la punition. Mais on dirait, parfois, que la chaîne se désagrège, les maillons ne sont plus solidaires les uns des autres. À titre individuel, les hommes en noir pouvaient s'émouvoir. Mais cela n'augurait en rien de leur capacité à prendre des décisions. Comme s'ils faisaient confiance au temps pour dénouer les affaires à leur place. Les années passeraient, ma fille grandirait. Et continuerait à s'éloigner tous les jours davantage. Se souvenait-elle encore de moi ?

De la décision du juge dépendait tout le travail des policiers. S'ils n'avaient pas reçu les ordres, en bonne et due forme, ils ne pouvaient pas agir. On s'en prenait à eux quand, souvent, ils n'étaient que la partie visible de l'iceberg, cette montagne de glace sur laquelle se brisaient tant de victimes qu'on n'entendait pas, à qui on refusait justice.

Ma petite tragédie personnelle n'était pas au cœur de l'actualité, elle n'attendrissait pas les institutions. La machine était trop lourde.

Grâce aux soixante-douze mille francs versés au détective, j'avais seulement réussi à savoir que le père de Sara avait passé la frontière belge... Mon avocat me prenait les honoraires minimums, mais en deux ans j'avais déjà dépensé plus de cent mille francs pour courir, sans succès, après ma fille. Mon dossier se couvrait de poussière et Me Ballereau me répétait qu'il n'y avait plus qu'une solution, celle qu'il avait déjà préconisée un an et demi plus tôt et que j'avais repoussée de peur des réactions de mon ex-compagnon : l'appel à la presse.

Je n'avais plus le choix. Si je voulais hurler que j'étais victime d'une injustice, si je voulais qu'on m'entende, si je voulais que le monde entier sache qu'un homme m'avait pris ma fille, qu'elle était en danger et que personne ne m'aidait, il fallait que je m'expose.

*
* *

En février 2001, pour le deuxième anniversaire de la disparition de Sara, j'ai décidé de me lancer sur cette troisième voie avec l'énergie du désespoir. C'était ma dernière chance.

Je m'étais toujours méfiée des journaux et de la « presse à scandale », j'imaginais un monde infâme où l'on se réjouissait des malheurs qui allaient faire les grands tirages, je croyais que les reporters n'avaient qu'une obsession, traquer la vie privée pour alimenter un voyeurisme malsain. J'allais bientôt changer d'avis.

Mon avocat sut me convaincre. À travers moi, je ferais œuvre pour les autres. J'avais besoin de l'opinion publique pour me protéger de l'indifférence des institutions. Si je ne voulais pas qu'on me renvoie à ma tristesse, à mes échecs, avec ce hochet d'une condamnation qui n'était pas appliquée, il fallait que la presse témoigne.

Sans savoir à qui m'adresser, sans rien connaître de l'organisation des journaux, je me suis lancée dans la réalisation d'un « dossier de presse » destiné à qui voudrait m'entendre, des grandes chaînes de télévision aux magazines nationaux. Nous en avons envoyé une quarantaine d'exemplaires. Gaëlle ma cousine – la nouvelle secrétaire de l'association – et moi-même piochions des adresses dans les pages jaunes ou sur Internet. C'est ainsi que nous sommes entrées en contact avec Olivier Pighetti, un réalisateur free-lance qui préparait un « 52 minutes » sur les rapts parentaux d'enfants pour « Envoyé spécial », sur France 2.

Mais Olivier me précisa que je ne rentrais pas dans son cadre. Il s'appliquait à montrer, dans son émission, les difficultés de ceux qui savent où sont leurs enfants et qui n'arrivent pas à les récupérer, n'hésitant pas, parfois, à engager des mercenaires pour y parvenir.

Faire enlever son enfant... Cela m'aurait paru monstrueux quelques années plus tôt. Aujourd'hui, je savais que je n'hésiterais pas, moi non plus, si c'était la seule solution. Mais je n'en étais, malheureusement, pas là : j'ignorais où se trouvait Sara.

Olivier Pighetti comprenait mon désarroi. Pour m'aider, il commença par me donner des coordonnées d'associations, des numéros de gens qui avaient vécu mon calvaire. Et il promit de me rappeler, pour prendre des nouvelles.

Après deux ans de recherches, je savais que mon principal ennemi, c'était le désespoir. Cette envie de ne pas passer un coup de téléphone supplémentaire parce qu'on en a déjà passé dix, cent ou mille, tous inutiles. Autour de moi, ils étaient de moins en moins nombreux à faire semblant de croire à l'utilité de mon combat. Chaque personne qui m'encourageait à me battre était la bienvenue.

J'ai immédiatement senti qu'Olivier ferait partie de celles-là, sans se poser plus de questions, parce que c'était son métier, parce qu'il savait que la vie n'est pas seulement un bonbon sirupeux qu'il s'agit d'apprécier sans s'abîmer les dents. Il avait appris que le malheur ne prévient pas, et que contre lui les larmes ne peuvent rien, qu'il faut passer à d'autres types d'actions.

Et effectivement, il m'a rappelée, tous les quinze jours d'abord, pour me demander ce qui se passait, si les policiers avaient avancé. Il me conseilla de ne pas les lâcher, d'exiger des choses précises. À sa manière, lui aussi me relançait en me parlant des gens qu'il suivait, de leurs mésaventures et des solutions qu'ils avaient trouvées.

De notre côté, nous continuions notre chasse au reporter. Avec l'aide de journalistes de *Ouest-France* et de *Presse-Océan*, nous avions amélioré nos dossiers de presse et continué à les expédier. Après avoir frappé à des dizaines de portes, au hasard, j'ai appris que « Zone Interdite », sur M6, préparait pour le mois de mai une émission intitulée : « Mes parents divorcent ». Si je m'y prenais bien, c'était pour moi.

Aussitôt, j'envoyai la copie des articles déjà parus, les photos de ma fille, et j'y joignis un véritable appel au secours, leur demandant de placarder des photos de Sara et de son père sur le plateau pour susciter des témoignages. J'avais trouvé l'occasion de faire une campagne d'affichage géante qui atteindrait des millions de téléspectateurs, dépassant largement le nombre des personnes qui pouvaient voir la vitre arrière de ma voiture où était toujours scotchée la photo de Sara avec l'appel à témoins.

— Ma fille est en danger, écrivais-je. Aidez-moi !

Une rédactrice en chef, Marine Vogel, m'a d'abord contactée pour me dire que mon appel les avait touchés mais que, malheureusement, l'émission était déjà bouclée. Je me suis débattue, j'ai insisté. On ne se débarrassait plus de moi aussi facilement, je sentais qu'elle était troublée, elle a fini par promettre de chercher une solution et de me rappeler.

Cette phrase, je l'avais entendue trop souvent pour qu'elle me fasse beaucoup d'effet. Après avoir raccroché, j'ai pensé qu'il fallait tirer un trait sur cette nouvelle occasion et en chercher une autre. Mais dans l'heure qui suivit, Bernard de La Villardière, journaliste-animateur de l'émission, m'appela pour me proposer de venir témoigner sur le plateau.

À sa voix, j'ai senti que lui aussi était ému. Cela m'a étonnée, je n'imaginais pas qu'un professionnel des médias pût encore faire preuve de sensibilité. Pour des questions juridiques, Bernard de La Villardière hésitait à passer les photos de Habib. Je lui ai expliqué que Habib avait été jugé, condamné, et que j'assujettissais ma présence à la diffusion de ces photos. Nous nous sommes mis d'accord, j'avais enfin trouvé ma tribune.

*
* *

Je suis arrivée à Paris le 27 mai, quelques heures avant l'émission, pour être sûre qu'un retard de train ou quelque autre incident imprévisible ne me ferait pas rater mon rendez-vous. Papa m'accompagnait. Je me suis présentée à l'accueil de M6, à Neuilly-sur-Seine, un peu inquiète.

Mais je n'étais pas intimidée. J'avais vu dans ma vie des choses plus importantes qu'une caméra, des choses qui soulevaient une angoisse justifiée, comme la fragilité d'un patient, les doses de drogue qu'il fallait lui administrer et avec lesquelles il ne fallait pas se tromper. Quand on a côtoyé la mort des autres, il y a des valeurs, des priorités qui s'imposent. La télé n'était qu'un outil dans ma longue quête. J'étais bien trop imprégnée de ma cause pour avoir des pudeurs de débutante. Ce n'était pas ma vanité qui était en jeu, c'était mon enfant.

Mon nom était inscrit sur la liste des invités. Jusque-là, tout allait bien. On m'a fait passer en salle de maquillage, on m'a expliqué que l'émission était enregistrée dans les « conditions du direct », et qu'aucune coupe ne serait envisageable. Le programme comprenait un reportage sur Amélie Guillot – dont les enfants, de l'âge des miens, avaient disparu avec leur père –, puis des témoignages après lesquels j'interviendrais. Il fallait donc commencer par suivre, depuis les coulisses, le film sur cette jeune femme.

Je me suis assise, sans préjugé, devant l'écran mis à la disposition des invités. J'ai regardé cette inconnue, et j'ai tout de suite compris, assimilé son regard perdu, sa voix blanche. Je m'étais préparée à être forte. Depuis deux ans, j'en avais fait, des discours, et raconté, des péripéties... Le temps était fini où je m'écroulais à chaque souvenir pénible. Je croyais même que d'avoir tant pleuré avait vidé mes réserves de larmes pour le reste de mes jours. Mais d'entendre mon histoire dans la bouche d'une autre... ça ne m'était jamais arrivé.

Tout ce qu'elle disait je l'avais vécu, je connaissais sa souffrance. Mes larmes se sont remises à tomber, pas une petite larme qui coule lentement sur la joue en vous chatouillant à peine. Des larmes par flots ininterrompus, ces torrents que j'avais crus taris à jamais, et qui bouillonnaient comme aux premiers jours.

Je sanglotais, j'étais incapable de me contrôler, alors que j'étais maquillée, prête pour passer devant les caméras dans les vingt minutes qui suivaient. Au point que j'ai dit à La Villardière :

— Je suis désolée, je vais partir, je ne peux pas me montrer dans cet état.

Devant le poteau d'arrivée, je déclarais forfait ! C'est lui qui m'a retenue, convaincue, m'assurant qu'il me faisait confiance et que j'allais y arriver.

Je m'étais battue pour être là, j'avais prévenu le juge que j'allais passer à la télé, il avait même accepté de rebrancher les écoutes sur la ligne téléphonique des Eghbal, spécialement pour l'occasion, au cas où ceux-ci voudraient prévenir quelqu'un de mon passage à l'écran. Je savais qu'aucun tribunal ne me donnerait jamais une audience pareille... Alors tant pis, malgré mon visage défait, je me suis dirigée vers les caméras. Même si je me sentais vraiment bête de continuer à pleurer sans retenue alors que j'essayais d'expliquer clairement mon drame.

À l'hôpital, on nous a appris à nous contrôler, à ne pas tomber dans le pathos, à ne pas laisser monter l'émotion devant les tragédies, et l'on nous dit d'aller nous mettre à l'écart si on n'y arrive pas. Là, il fallait que je fasse front. Mais rien n'y faisait. Je me désolais de rendre mon histoire incompréhensible. Les cinq minutes d'interview qui m'étaient consacrées m'ont semblé une éternité. J'avais tout raté et je devais quitter le plateau.

Mon père, qui m'attendait en coulisses, eut beau me raconter que tous ceux qui étaient près de lui avaient été bouleversés, qu'ils essayaient de retenir leurs larmes, que même La Villardière avait du mal à poser ses questions, à la fin j'étais furieuse après moi. Ce n'était pas de l'apitoiement des autres, que j'avais besoin, c'était de renseignements ! Nous sommes partis à la gare pour rentrer directement à Nantes, j'étais épuisée. Sûre que tout cela n'avait servi à rien, que j'avais laissé passer la chance en gâchant mon temps d'antenne.

*
* *

Quelqu'un a écrit que la vie n'est jamais aussi belle qu'on l'a imaginée, jamais aussi cruelle non plus. Dès le lendemain de l'émission, le standard de la chaîne communiquait à l'association S.O.S. Enlèvement international d'enfants, que j'avais choisie comme intermédiaire, les numéros de téléphone de deux Iraniens de passage à Paris : ils affirmaient que Habib avait séjourné à Vancouver, au Canada.

Depuis deux ans, j'avais appris à être méfiante, à ne pas m'emballer sur un faux espoir. Je ne faisais plus confiance d'emblée. J'ai demandé à rencontrer ces deux hommes mais je restais sceptique. Je redoutais un coup monté par mon ancienne belle-famille.

Ils ne se connaissaient pas l'un l'autre et leurs informations pourtant se recoupaient. L'un d'eux affirmait que Habib et Sara avaient habité chez un de ses cousins, à Vancouver, en novembre 1999. C'était très plausible : à Vancouver, au Canada, s'est regroupée la plus grande communauté iranienne du monde avec celle de Los Angeles, aux États-Unis. Habib pouvait y bénéficier d'appuis solides.

Je leur demandai s'ils étaient prêts à témoigner devant un juge... Ils acceptèrent. Parce qu'ils avaient des enfants, me dirent-ils, et qu'ils comprenaient ce que je ressentais. Au nom de tous les Iraniens, ils voulaient m'aider.

C'était vrai. J'allais bientôt recevoir des informations d'Iraniens du monde entier, des États-Unis, du Canada, et même de Téhéran. Exacts ou erronés, leurs renseignements me prouvaient qu'ils savaient faire passer l'exigence de justice avant leur solidarité d'exilés.

Les deux Iraniens ont répété leur témoignage devant le nouveau juge. Je m'étonnai alors que, malgré le mandat d'arrêt, Habib ait pu franchir la frontière.

Le juge Coulon, désormais en charge de mon affaire, m'expliqua. Je n'y avais pas fait attention à l'époque, mais son prédécesseur avait seulement émis un mandat d'arrêt « européen ». Habib avait donc pu voyager en dehors de l'Europe sans être inquiété. Je ne pouvais pas admettre que l'absence d'un simple bout de papier, un mandat d'arrêt international, soit responsable de l'échec de nos recherches.

Une fois encore, j'avais pâti des procédures officielles. Il ne me restait qu'à ravaler ma rage en me jurant que cela ne m'arriverait plus. Très vite, cette fois, le juge Coulon a obtenu confirmation, auprès des autorités canadiennes, du passage de Habib à Vancouver. Il y avait bien séjourné de deux à trois semaines, oubliant même une valise chez ses hôtes. Mais ensuite toute trace de lui avait disparu.

Les deux témoins iraniens ne s'étaient pas contentés de me parler de Habib. Ils m'avaient donné les premières nouvelles de Sara. Elle n'était pas passée inaperçue lors de ce séjour, parce qu'elle pleurait, ne dormait pas la nuit, au point que les gens qui les logeaient, au bout de trois semaines d'insomnie, avaient demandé à Habib de trouver un autre domicile.

Sur le moment, je fus tellement étonnée que je n'osai en demander davantage, mais très vite je rappelai. Qu'est-ce qu'ils savaient de plus ? Pourquoi pleurait-elle ? Que disait son père ?

Ils me racontèrent que Sara me réclamait. Nuit et jour. Au point que les gens avaient demandé à Habib pourquoi il ne téléphonait pas à la mère de l'enfant. Il avait répondu qu'elle travaillait, et qu'il avait besoin de faire un break.

Pendant des nuits j'ai imaginé les sanglots de ma fille, pendant des nuits je l'ai entendue pleurer alors que je ne pouvais aller la consoler. Pensait-elle que j'étais morte, que je l'avais abandonnée, que je préférais Eva ? Ne rien savoir était une souffrance ; en savoir si peu, une torture.

Vancouver est à douze heures de vol de Nantes.

Pour la première fois j'avais une destination en vue, je cherchais déjà les horaires d'avions, les correspondances. Je rêvais devant les noms des compagnies aériennes qui assuraient la liaison. Avec mon père et mon jeune frère Cedrick, nous sommes allés ensemble à la préfecture pour nous faire établir des passeports. Papa, qui n'avait jamais pris l'avion, qui n'était jamais sorti d'Europe, voulait venir avec moi.

Mais où aller ? Que chercher ? On nous dissuada de partir. Plus d'un an s'était écoulé depuis ce séjour. Sara avait dû sécher ses larmes. Au moins, je savais qu'elle n'avait pas disparu dans un de ces pays musulmans où les pères ont tous les droits sur leurs enfants.

Je lui parlais dans la nuit. Elle se rapprochait. Elle était restée dans mon siècle, dans ma civilisation. Je ne savais pas où elle était, mais elle me semblait presque à portée de main. Pour la première fois, le 28 mai 2001, soit deux ans et trois mois après son enlèvement, j'avançais vers elle. Je l'annonçai à Olivier Pighetti.

Aussitôt, il a proposé de venir me voir à Nantes. Il partait justement en reportage à Bordeaux, nous n'étions qu'à trois cents kilomètres ... Je lui ai proposé d'aller le chercher à la gare, espérant qu'il saurait me reconnaître puisqu'il m'avait vue sur M6. Il est descendu du train, sa caméra sous le bras.

Pendant quatre ou cinq heures, nous avons parlé avec tant de passion que je ne me suis pas aperçue que le temps de dîner était passé. Olivier me donnait ses trucs d'enquêteur, insistait pour que je me montre plus directe avec les policiers. Il était normal que je sois là, sur leur dos, quitte à faire avancer l'enquête à leur place s'ils piétinaient.

Il me raconta ses reportages au Liban, en Amérique.

— Là-bas, m'expliqua-t-il, il y a une association, soutenue par l'État, qui jouit d'un grand pouvoir et retrouve des milliers d'enfants chaque année, le « National Center of Missing and Exploited Children » ou N.C.M.E.C., c'est-à-dire le Centre national des enfants disparus et abusés. Si tu peux former l'hypothèse que Habib a fui aux États-Unis, ils se lanceront sur sa trace. Ce sont les meilleurs chiens de chasse que je connaisse.

En France, il fallait trois mois pour qu'une enquête commence, j'étais bien placée pour le savoir... Là-bas, m'expliqua Olivier, la prise en charge était immédiate. En quarante-huit heures, l'enquête pouvait démarrer. Dans un immense building de Washington, des centaines d'employés, administratifs, psychologues, spécialistes des écoutes, membres du F.B.I., travaillaient de concert. Personne dans le monde n'avait des moyens comparables. Je me méfiais des solutions miracles, mais celle-là, pourtant, me plaisait. Dès le lendemain, j'appellerais au numéro qu'il m'avait laissé.

Au moment de me quitter, Olivier m'a dit :

— Je ne suis pas certain de pouvoir te faire entrer dans mon reportage, mais si tu permets, je vais quand même te suivre.

Avant de le ramener à son hôtel, je l'ai présenté à mes parents, fière de leur montrer que j'avais trouvé quelqu'un pour m'aider en chemin.

Olivier Pighetti entrait dans un combat qui était toute ma vie, je voulais qu'il connaisse ceux qui y participaient au plus près. Il devait partir à 5 heures le lendemain matin. Nous nous connaissions depuis une après-midi seulement mais j'avais le sentiment d'avoir fait une rencontre qui allait changer mon destin.

Olivier n'aurait pas les mêmes préoccupations que les gens qui m'aimaient, qui avaient toujours eu peur que j'en fasse trop, que je me fatigue inutilement, qui avaient peut-être fini par ne plus croire en mon combat. Il m'encouragerait à foncer, pas à ralentir, à attaquer, pas à me protéger. Son expérience me ferait gagner un temps précieux.

Sous l'œil de la caméra, je comprenais que moi, la petite infirmière de Nantes qui jusque-là n'avait impressionné personne, surtout pas la justice ou la police, je pouvais devenir un personnage qu'il faudrait écouter et que, devant cette nécessité, tout pourrait s'accélérer.

*
* *

Grâce aux contacts qu'Olivier m'avait laissés, j'ai trouvé très vite la personne à qui m'adresser, à Washington. Leila ben Debba, vingt-six ans, d'origine tunisienne, était responsable des disparitions dont l'histoire était liée à la France. Elle avait elle-même ses raisons de se sentir concernée par ces problèmes. De chaque disparition d'enfants, elle faisait une affaire personnelle.

Elle m'a expliqué que la multiplication des enlèvements, aux États-Unis, avait suscité la création de leur association. Je n'étais pas la seule à avoir fait l'expérience d'une rupture dramatique. La bonne éducation, l'égalité des sexes trouvaient sur ce sujet leur limite. Chaque année, l'association ramenait chez elle quelque trois cent cinquante mille enfants. Aux États-Unis, la hantise de ces disparitions était telle qu'un retard de quelques heures pouvait provoquer l'arrivée du F.B.I.

Je lui ai raconté où j'en étais. Nous savions seulement que le père de ma fille avait séjourné à Vancouver où nous avions perdu sa trace.

— Ne t'en fais pas, je cherche, m'a-t-elle aussitôt

répondu avec cette familiarité chaleureuse qui raccourcit les distances.

Deux jours plus tard, elle avait trouvé les noms de Habib et Sara dans la liste des passagers contrôlés à leur arrivée à Seattle, en juillet 1999 !

— Si la justice française avait fait son boulot, on les aurait eus, a-t-elle ajouté.

Habib avait poursuivi son rêve d'émigrant. Il avait tenté sa chance de l'autre côté de l'Atlantique. En France, il avait brûlé ses vaisseaux, alors il avait voulu recommencer sa vie, avec Sara, très loin. Je pensais à nos amis américains, à leurs maisons de Los Angeles et San Diego où il aurait pu trouver refuge. La facilité avec laquelle il avait jusque-là passé les postes de douane avait dû lui donner confiance.

Pourtant, Habib ne s'était pas arrêté dans l'État de Washington. Deux jours plus tard, il partait pour Vancouver, deux cents kilomètres plus au nord, de l'autre côté de la frontière canadienne. Et c'est là que le destin m'avait laissé une nouvelle chance.

On ne sait pas pourquoi, mais Habib y avait été arrêté, sans doute pour un problème de papiers qui n'étaient pas en règle. Il avait passé cinq jours derrière les barreaux avec ma fille. Il lui avait fallu trouver l'argent de la caution : cinq mille dollars pour sortir de prison.

Il eût suffi d'un mandat d'arrêt international pour que, dès l'été 1999, au poste de douane de Seattle, ou à la prison de Vancouver, je retrouve Sara. Il eût suffi que le compte de Habib soit bloqué pour qu'il ne puisse pas entrer au Canada. La justice m'avait volé plus de deux ans de la vie de ma fille.

7

J'avais presque laissé tomber le cahier d'écolier sur lequel j'écrivais des lettres à Sara qui ne partiraient nulle part. J'en écrivais à peine une par mois, lasse de toujours répéter les mêmes plaintes. J'aurais pu consigner, dès le mois de mai, après l'intervention des Iraniens, ma première bonne nouvelle, mais je ne l'ai pas fait, comme s'il ne fallait pas soulever un faux espoir. J'avais peur de brusquer le destin, de faire tourner la chance.

Je m'étais contentée d'installer sur son lit toutes les peluches qui étaient, jusque-là, rangées dans l'armoire. Le lion Simba, un grand dalmatien, un caniche blanc, le saint-bernard. Eva les observait, les câlinait, et me répétait :

— Sara bientôt dans la chambre de Sara ?

Pourtant, il fallait encore être patiente. Continuer à attendre. L'été arrivait. Depuis deux ans, c'était ma terreur...

À cette époque de l'année, il ne se passe plus rien, comme pendant les grands week-ends, les jours de fête, autant de moments où il est impossible de trouver quelqu'un au bout du fil, d'avoir une information, d'obtenir un dossier. Après le 14 juillet, plus rien n'a d'importance en France. Seulement la météo.

Pourtant, le 17 juillet 2001, à l'hôpital, mes collègues me passèrent une communication que je n'attendais pas. Mme Biondi, responsable du Bureau d'entraide judiciaire international, le BEJI, au ministère de la Justice, à Paris, me déclara tout de go :

— Madame Brin ? Votre fille a été retrouvée ! On vient de recevoir un fax du ministère de la Justice, au Canada.

J'essaie de me calmer, je prends des précautions. Elle me répète :

— On a retrouvé Sara, oui, on sait où elle est.

Et je sens déjà ma fille près de moi, sa chaleur entre mes bras. J'imagine les mots, nos retrouvailles. Je suis ivre, je perds la tête, je titube.

Il me reste quelques heures à passer à l'hôpital. Ma collègue du poste central me laisse sa place. Les trois lignes du service de réa sonnent bientôt pour moi. Le procureur, le juge qui remplace M. Coulon – parti en vacances –, tout le monde m'appelle, me rappelle, me conseille d'y aller, me dit quels papiers emporter, la condamnation, l'attribution de garde, le passeport.

Ce jour-là, je devais finir à 21 heures et aller chercher Eva qui m'attendait chez mes parents pour la ramener à la maison.

Dans cinq heures je serais à la maison. Je suis restée assise, incapable de réfléchir à autre chose qu'à cette nouvelle incroyable. Deux mois après mon passage sur M6, on me retrouvait ma fille.

Les mains tremblantes, je commençai à téléphoner à mes proches. Je me répétais :

— Je n'y crois pas, je n'y crois pas...

Mais c'était tout le contraire ! J'y croyais furieusement, et partout, autour de moi, c'était la même stupeur.

J'appelai papa, maman, mes frères, mes cousines, Olivier... tous étaient bouleversés. Olivier a tout de suite dit qu'il se chargeait des billets d'avion pour le lendemain, j'étais trop émue pour m'occuper de choses raisonnables. Cedrick voulait venir avec nous, mais il n'y avait que deux places disponibles. Et puis je préférais être seule pour retrouver Sara. Il a fallu le consoler, lui dire qu'Olivier filmerait tout.

Olivier faisait son boulot pour la télévision, bien sûr, mais moi je pensais d'abord à ma famille, mes amis, à tous ceux qui avaient adhéré à l'association : je voulais qu'ils partagent ces moments avec moi. Grâce au film d'Olivier, ceux qui m'avaient accompagnée dans le malheur, qui avaient été là depuis le remplissage des paquets de bonbons jusqu'à l'écriture des dossiers de presse, seraient les témoins de ce miracle : Sara dans mes bras. Je voulais qu'ils connaissent tous les détails.

Je pensais aussi à mes filles, et à moi. Ces quelques minutes, je savais que j'en aurais besoin pour le reste de nos jours. Pour que Sara sache, pour que Eva comprenne. Déjà, je sentais qu'il faudrait qu'elles soient consignées quelque part pour être sûre qu'on ne les oublierait pas, jamais, que personne ne pourrait nier leur existence. Il faudrait se rappeler pour toujours ce mauvais rêve. Et sa conclusion. Un présent forcément trop bref, après des années d'attente, qui se figerait en images pour l'éternité de ma vie.

J'ai tout de suite prévenu l'hôpital qu'il fallait me remplacer, j'ai fait le tour de mes malades, j'ai vérifié les scopes en marchant sur un nuage. J'avais retrouvé ma fille, j'allais la chercher le lendemain même. On me félicitait, on m'embrassait, je passais de bras en bras. J'avais oublié que le bonheur aussi pouvait faire pleurer.

Arrive 20 heures. Dans une heure je rentre à la maison. Et le ministère me demande une deuxième fois. Je me précipite sur le téléphone, fébrile, radieuse, mais j'entends une voix bizarre. Elle n'est plus la même. Je reconnais ce ton, c'est celui qu'on emploie pour annoncer un accident.

— Madame Brin, asseyez-vous, dit Mme Biondi. Vous allez prendre une douche froide. Je viens d'avoir un appel du policier qui s'occupe de votre dossier, au Canada. Il semble qu'il y ait eu un malentendu. Il ne sait pas qui a pu envoyer ce fax. Parce qu'ils n'ont pas retrouvé votre fille... Seulement une valise de M. Eghbal.

Je tremble de partout, je n'existe plus. On vient de m'enlever Sara pour la deuxième fois.

J'ai raccroché, muette. Dans une heure, je dois aller chercher Eva chez mes parents. Je n'ose pas leur téléphoner, les prévenir, je ne sais pas comment leur dire qu'il y a une erreur, qu'il faut oublier la joie. Je retrouve ma peau d'errante, je redeviens ce fantôme qui avance sans savoir où il va. Par habitude. Incapable de prononcer un seul mot, de regarder en face ceux qui sont encore convaincus que l'aventure est terminée.

J'ai sonné à la porte de mes parents sans avoir réussi à leur dire la vérité. Papa m'a ouvert, euphorique. Il m'a aussitôt serrée dans ses bras, lui aussi. Pour la première fois depuis la disparition de Sara, il m'a dit :

— Que je suis fier de toi ! Ce que tu as fait est formidable !

Il m'a félicitée alors que j'avais honte de ne pas trouver les mots pour lui avouer la vérité. Et je pleurais, mais papa et maman croyaient encore que c'était d'émotion. Eux aussi avaient les larmes aux yeux, jusqu'à ce que j'arrive à leur dire :

— Rien n'est sûr encore. Le ministère de la Justice m'a rappelée, il semble qu'ils soient allés un peu vite, ils ont bien une trace, mais rien de plus...

Ce fut comme un tremblement de terre. Ils sont restés médusés.

— Mais j'ai déjà appelé tout le monde ! a dit maman, comme si on ne pouvait pas lui faire ça, comme si la déception de nos proches était plus forte que la mienne. Comme si nous avions perdu la face.

Et moi je restais tétanisée, muette.

— Bon, ça ne fait rien, a-t-elle ajouté très vite, je vais les rappeler.

Eva était là, dans mes jambes. Elle aussi avait cru que sa sœur était retrouvée. Elle ne comprenait plus rien. Je l'ai serrée à l'étouffer sans parvenir à lui parler. Puis je suis montée chez moi, toute seule.

J'ai rappelé le ministère de la Justice. Il était près de 22 heures, Mme Biondi était toujours à son bureau. Pour elle aussi, c'était un coup dur. Elle se sentait responsable d'avoir répercuté la nouvelle sans l'avoir vérifiée. Sa voix se faisait hésitante. Il lui fallait bien confirmer, pourtant, l'erreur :

— Le policier responsable de l'enquête m'a expliqué qu'une débutante du service des enfants disparus avait envoyé le fax sans rien comprendre à ce qu'on lui avait demandé.

La valise qu'elle m'annonçait avoir retrouvée était celle que Habib avait laissée chez ses logeurs en novembre 1999. Vraisemblablement, le rapport d'enquête venait seulement d'être transmis à leur service. Ils n'avaient pas regardé la date et avaient cru à un fait nouveau. Et personne ne m'appelait pour s'excuser. On me traitait comme un simple numéro sur un dossier.

Cette erreur lamentable me donnait pourtant l'occasion de joindre le policier canadien responsable de l'enquête, Jason Daigle.

Sans savoir qu'il occupait un bureau à Ottawa et répercutait les informations qui lui arrivaient de

Vancouver, à trois mille kilomètres à l'ouest, j'allais le harceler jusqu'à ce que, enfin, j'aie l'impression qu'il se mettait à chercher. Je l'ai menacé de tout raconter à la presse, de provoquer un scandale. Les Canadiens avaient contracté une grosse dette à mon égard. Ils pouvaient compter sur moi pour le leur rappeler.

En attendant, il n'y avait plus qu'à tout annuler, les fêtes, les rêves et les billes d'avion. Une fois encore, je me sentais coupable d'avoir donné de faux espoirs à ceux que j'aimais.

Sur le moment, je ne réalisai pas que cette fausse nouvelle avait eu au moins un énorme avantage : sûr que ma fille était retrouvée, le juge de remplacement s'était dépêché de transmettre, aux États-Unis et au Canada, le mandat d'arrêt international sans lequel Habib ne pouvait pas être extradé. Mais où se trouvait-il ?

Heureusement, à Washington, il y avait Leila. Je lui expliquai ce qui s'était passé. Elle mit les bouchées doubles. Elle chercha à savoir si Habib avait de la famille aux États-Unis. Elle lui découvrit des cousins à Los Angeles, m'appela pour me donner leur nom, leur identité, leur âge, le montant de leur fortune, l'état de leur casier judiciaire. Elle me ramenait à la vie, me prouvait qu'on pouvait encore se battre.

J'avais réussi à obtenir par un moyen détourné la liste des numéros de téléphone avec lesquels, le soir de l'émission de M6, les Eghbal étaient entrés en communication. Trois fois ils avaient appelé le même abonné aux États-Unis.

En France, il m'aurait fallu au moins un mois pour obtenir de France Télécom, à partir de ce numéro, le nom de leur correspondant. J'ai confié la mission à Leila. En quelques heures, elle a découvert que l'abonné s'appelait Farshad Haghighi.

Ce nom à consonance iranienne ne me disait rien, mais ça ne l'a pas démoralisée. Elle a continué à chercher. Par l'administration de l'état civil, elle n'a pas eu de mal à trouver : cet homme venait d'épouser Mary, la jeune sœur de Habib, celle que j'avais vu débarquer à l'hôpital de Nantes un bouquet de fleurs à la main. D'ailleurs plusieurs Eghbal s'étaient déplacés de Paris pour venir à la noce. Sur les photos, on trouverait sûrement le visage de ma fille.

J'appris également que Mary avait trouvé un travail, surveillante dans une école pour jeunes enfants où l'on donnait des cours en plusieurs langues, dont le français. Je sursautai. C'était évidemment... l'école de Sara !

Leila était de mon avis : nous avions une piste sérieuse. Elle voulait l'exploiter. Elle pensait avoir trouvé le relais qui permettait aux Eghbal de correspondre dans les situations d'urgence et moi j'espérais avoir l'adresse de Sara, quartier de San José, à San Francisco, où résidait Mary.

Toutes les informations de Leila, je les transmettais désormais à la justice française. Depuis la grande déconvenue de juillet, nul ne savait plus quoi faire pour moi.

Le juge Coulon prenait des notes, affichait sa bonne volonté. Les gendarmes de la brigade de recherches de Nantes me communiquaient le maximum d'informations. Ils m'avaient tout de même fait remarquer qu'ils reprenaient l'enquête avec deux ans de retard, et qu'ils faisaient ce qu'ils pouvaient, avec les moyens du bord, c'est-à-dire pas grand-chose.

La famille Eghbal avait été remise sur écoute mais on n'avait pas les moyens techniques de chercher s'ils correspondaient par un téléphone portable.

En chef d'orchestre, Leila dirigeait l'enquête à plus

de cinq mille kilomètres de distance. Je transmettais les informations qui me venaient des États-Unis, je prévenais le juge Coulon des décisions que je prenais.

Autour de moi, on ne me disait plus : « Repose-toi un peu, Fabienne. Es-tu sûre que tout ce que tu fais va servir à quelque chose ? » L'espoir avait chassé la fatigue. Les concerts que j'avais organisés prenaient un nouveau sens. J'avais des réserves financières pour assumer des voyages. Parce que j'étais sûre de bientôt partir. Et cette fois, ce serait la bonne. J'attendais un coup de fil de Leila.

Même Eva avait appris à dire « États-Unis », et elle demandait qu'on lui montre sur la mappemonde où était sa sœur. Elle avait trois ans et demi, et savait déjà que la Terre est ronde. Elle apprenait la géographie à travers le manque de Sara. Avec ses orteils, elle s'amusait à attraper les objets par terre. Comme le faisait Sara à son âge. J'y voyais comme un signe que lui adressait sa sœur, comme si elle avait recommencé à lui apprendre des choses.

Leila, pourtant, ne voulait pas que je vienne. Elle n'avait pas assez de renseignements, me disait-elle. Et puis il ne fallait pas gâcher nos chances en éveillant les soupçons. Mais chacun de ses coups de fil nous rapprochait de Sara. Je savais que les Américains la cherchaient, j'étais sûre qu'ils ne me laisseraient pas tomber.

*

* *

Sara avait eu six ans sans moi. J'avais manqué le troisième gâteau d'anniversaire, la troisième fête des Mères. Bruno avait longtemps attendu, mais il ne voulait plus différer son mariage avec Sandra. Elle attendait leur deuxième enfant. Jusqu'à dix jours avant la cérémonie, j'ai reculé le moment d'acheter la robe d'Eva. J'aurais tellement voulu prendre le même modèle en taille six ans ! Puis il a fallu s'y résoudre. Et souhaiter à mon frère d'être heureux.

Je ne sais pas combien nous étions ce jour-là, mais il manquait une personne. C'est au moment où le bal s'est fini que Bruno et moi sommes tombés en larmes dans les bras l'un de l'autre : « J'aurais bien aimé qu'il y ait Sara », a dit mon frère.

La rentrée scolaire approchait. La cour de récréation en bas de mon appartement allait se remplir, et Eva ferait son entrée à la maternelle. Il me faudrait affronter tous ces visages d'enfants qui avaient l'âge de ma fille aînée au moment où je l'avais perdue. J'avais besoin de passer à l'action pour ne pas devenir folle.

On sait bien qu'il ne faut pas laisser la troupe trop longtemps inactive. Quand ils n'ont pas de guerre à mener, les petits soldats vont à la manœuvre, pour se maintenir le moral. Olivier et moi, nous avons décidé de commencer l'entraînement. Rien n'avançait assez vite. Je résolus d'aller provoquer la famille, certainement ils réagiraient. Ils appelleraient Habib pour lui dire : « Elle te cherche encore. »

Olivier m'a suivie avec sa caméra jusqu'à leur porte, il a dissimulé un micro sous ma veste. Je me suis retrouvée devant l'immeuble où j'avais vécu tant de moments heureux avec l'impression d'entrer en territoire ennemi.

J'ai sonné, ils m'ont ouvert. J'ai dit que je voulais avoir des nouvelles. Comme d'habitude, ils m'ont répondu qu'ils n'en avaient pas. J'ai joué la mère à bout. Je n'ai pas eu de mal, je n'avais pas besoin de creuser longtemps pour faire surgir cette émotion-là.

Dans l'appartement, il y avait Atéfeh et ses parents. Le mauvais français de ces derniers les mettait à l'abri de mes questions comme il les avait mis à l'abri de celles des policiers. C'est la sœur aînée de Habib qui me parlait.

Tous se montraient pourtant aimables, continuaient à m'offrir le thé, les petits gâteaux, et moi je continuais à ne toucher à rien. Ils me disaient qu'ils aimeraient bien voir Eva, au moins en photo. Puis Atéfeh m'a parlé doucement, calmement, comme si elle suivait une tactique longuement mûrie, mise au point en famille, face à un être fragile qu'il fallait manipuler avec délicatesse. Elle m'a laissé entendre, à mots couverts, qu'elle pourrait peut-être me donner des nouvelles de Sara... si je retirais ma plainte.

J'étais ravie que notre conversation soit enregistrée. Je répondais sur le même ton, je lui disais que, peut-être, je pourrais accepter, mais qu'il fallait conclure le marché très vite, parce que dans les quinze jours qui suivaient, je devais participer à une émission avec Mireille Dumas, pour France 3. Et je comptais bien diffuser de nouvelles photos pour relancer l'appel à témoignage.

Là, Atéfeh a failli s'étrangler. Songeait-elle à la bonne opinion de ses relations ? Cela ne faisait pas très bien d'avoir un frère qui défigure sa femme avant d'enlever leur fille... Elle m'a demandé de respecter sa famille, d'imaginer la honte des Eghbal... Je l'imaginais très bien, justement, et j'espérais les acculer à la faute... Mais je n'en laissais rien paraître. Je jouais mon rôle, celui de l'idiote, de la naïve. Était-ce la présence du micro ? Je me sentais très forte.

Je n'hésitais pas à en rajouter dans la faiblesse, je laissais entendre que je pourrais me laisser fléchir. Il faudrait bien qu'elle se mette en contact avec Habib pour lui raconter tout ça... Mais comment faire si je me trouvais, par ce marché, dans l'obligation de retirer ma plainte ?

Dès le lendemain, le juge de Nantes me rassura. Même dans ce cas, il pourrait maintenir ses poursuites. On m'avait mise dans l'obligation de mentir, de ruser.

Devant la caméra d'Olivier, je me sentais devenir une autre que je regardais jouer son rôle, presque étonnée, moi qui savais si mal cacher mes pensées et qui n'avais aucun talent de diplomate. Derrière l'œil de sa caméra, le regard d'Olivier me soutenait. J'avais un coach pour moi toute seule.

Mes émotions, il n'était plus question de les maîtriser, elles étaient ma meilleure arme à l'écran. J'avais vendu des bonbons, organisé des concerts, s'il fallait repasser à la télévision pour attirer l'attention, continuer l'enquête, j'étais prête à le faire. Au bout du chemin, il y avait Sara. Mais au bout du chemin, y aurait-il Vancouver ou San Francisco, le Canada ou les États-Unis ?

Quand la nouvelle des attentats du 11 septembre est arrivée à l'hôpital, je n'ai d'abord pensé qu'à elle, à Sara. On annonçait alors plus de quatre mille morts, en une heure à peine. On voyait des couples sauter du haut des tours pour échapper aux flammes. Et si ma fille faisait partie des victimes ? Et si elle avait eu une quelconque raison d'être au World Trade Center ou dans un des avions transformés en bombe volante, ce jour-là ?

C'est un malade qui nous avait prévenus. Avec les autres infirmières nous nous étions réunies dans sa chambre pour regarder les premières images de cette guerre que personne n'attendait. Les images de la terreur bouleversaient les patients mais, pour nous, l'imagination se faisait plus précise. Je connaissais les souffrances des grands brûlés, les manifestations de l'étouffement, je pouvais imaginer le travail des sauveteurs, des médecins, des infirmières. Tous, nous aurions voulu aider, mais moi je me demandais s'il n'y avait pas sous cette montagne de gravats une petite fille perdue qui était la mienne. Et je n'avais aucun renseignement à donner sur son adresse, aucune raison de croire qu'elle pouvait être à Manhattan, ou ne pas y être.

Voilà ce que fut d'abord pour moi le 11 septembre 2001, une image de plus sur un cauchemar. La matérialisation géante de la haine que j'avais éprouvée dans ma chair, deux ans et demi plus tôt.

Mais Leila, elle, avait déjà tiré de cette tragédie une autre conséquence. Cette évidence, je ne l'ai pas vue tout de suite. Comment aurais-je pu imaginer que d'une si grande catastrophe allait naître pour moi un avantage décisif ?

Leila l'avait tout de suite compris : d'abord l'Amérique allait fermer ses frontières, ensuite il ne serait plus possible d'y être musulman, réfugié politique iranien, sans se retrouver sur une liste de suspects éventuels.

Habib avait désormais de nombreuses raisons d'intéresser le F.B.I. Il avait eu beaucoup de chance jusqu'ici : maintenant, c'était fini.

8

En m'envolant, ce jour d'octobre 2001, de l'aéroport de Nantes, je laissais derrière moi deux ans et demi d'échecs et de souffrance. Je n'étais plus celle qui attend, attachée à son téléphone comme à un boulet. Je regardais l'horizon avec une âme de conquérante. Trois lettres magiques éclairaient désormais mon combat : F.B.I.

Avant mon départ, Leila avait organisé une conférence téléphonique, qui avait duré près de deux heures, avec des agents fédéraux. Iranien, musulman, animé d'une haine profonde envers une Occidentale, révolté contre le sort que lui avait réservé la société, Habib avait toutes les caractéristiques pour figurer sur la liste des personnes à surveiller étroitement. D'ailleurs, parmi les dix-neuf hommes qui avaient embarqué à bord des avions de l'horreur, deux venaient du Canada.

Dans les jours qui avaient suivi les attentats, des milliers de musulmans avaient été arrêtés, interrogés. La police ne voulait négliger aucune piste, si ténue soit-elle. Les Américains étaient pressés de retrouver le père de ma fille.

Je n'avais pas vu Habib depuis près de trois ans, comment aurais-je pu savoir de quelle façon il avait évolué ? Je savais seulement qu'il avait beaucoup changé pendant nos huit ans de vie commune. Qu'il s'était mis à pratiquer sa religion, à lire le Coran, qu'il passait des journées entières sur le Net, et bien sûr, que notre relation s'était terminée par un déchaînement de haine. Son amour déçu pour moi et pour l'Amérique, où ses rêves avaient échoué, la violence qu'il avait exercée à mon égard avaient-ils pu en faire une bonne recrue pour les terroristes ? Je n'en savais rien, je ne lui connaissais aucun lien avec des mouvements islamistes.

J'avais seulement indiqué aux Américains, par téléphone, que son frère occupait des fonctions importantes en Irak, d'où il organisait la résistance iranienne au régime des mollahs. Cette mention de l'Irak souleva un peu plus encore l'intérêt de mes interlocuteurs : pour eux, Saddam Hussein restait l'ennemi à abattre.

Bref, la police voulait retrouver Habib. Quel que soit le motif de cette enquête, j'y trouvais mon compte. C'est ce qui s'appelle se faire un allié objectif. Le sort me donnait le plus puissant dont on pouvait rêver. J'étais pressée d'arriver aux États-Unis.

Tous les passagers des vols pour Washington, à l'époque, montaient dans l'avion avec un pincement au cœur. Quatre Boeing avaient disparu le 11 septembre, dont un qui visait la Maison-Blanche et s'était abattu sur le Pentagone. Les mesures de sécurité n'avaient jamais été aussi extrêmes. Leila avait de nouveau tenté de me dissuader de venir. Les services du F.B.I. étaient débordés, ils avaient perdu des collaborateurs au Pentagone, il leur semblait qu'une nouvelle attaque pouvait commencer n'importe où, n'importe quand aux États-Unis. Leila me déconseillait de venir dans ce climat de guerre, personne ne pouvait être sûr de l'avenir, mais moi je n'avais pas peur. Depuis que Sara m'avait été enlevée, je ne craignais plus rien. Que pouvait-on me prendre ? On m'avait déjà pris la moitié de ma vie...

Dans mes bagages, j'avais mis tous les papiers nécessaires au retour de Sara, ceux dont on m'avait dressé la liste au moment du faux espoir de juillet. J'avais aussi emporté des photos, pour montrer à ma fille aînée ce qu'était devenue la famille en son absence, et surtout à quoi ressemblait désormais sa petite sœur qu'elle avait connue bébé. J'emportais le sourire d'Eva.

Cette petite fille de trois ans était désormais ma force. Comme ces enfants malades que nous croisons tous un jour ou l'autre à l'hôpital, elle me donnait une leçon de courage. Sa joie de vivre et sa foi dans le retour de Sara étaient mes meilleures alliées. Même s'il avait été cent fois différé, elle continuait à croire à ce retour avec la même force, à l'attendre avec le même enthousiasme. Eva savait que j'avais voué ma vie à la recherche de sa sœur, que je travaillais le jour et la nuit pour la retrouver. Mais elle savait aussi que c'était pour elle que je voulais réunir ma famille, pour que « Sara revienne dans la chambre de Sara », à côté de la sienne.

Dans la voiture de location qui nous conduisit de l'aéroport de Washington à l'ambassade de France, je n'eus pas le temps de m'extasier sur la beauté de l'été indien, sur les grands marronniers des larges avenues qui s'étaient embrasés de rouge, je ne voyais que les voitures de police aux sirènes hurlantes, les flics avec leur casquette baissée sur les yeux. L'Amérique était en état de choc. Les passants ne courraient plus, fébriles, après leur emploi du temps débordé, ils avançaient comme des automates encore sonnés.

Des cordons de sécurité étaient dressés autour du Pentagone éventré. La méfiance était partout, la rage aussi. Ces visages durcis, déterminés, éprouvés ou hagards, me ressemblaient tous, d'une façon ou d'une autre. J'étais passée par chacun de leurs états d'âme.

Comme dans ma salle de réa, à l'hôpital de Nantes, quand j'occupais ma place aux côtés de ceux qui luttent pour survivre, je me sentais proche de ces Américains victimes de la terreur. Ils devaient pouvoir me comprendre. Ma vie aussi avait explosé, moi qui avait été réduite en miettes par la haine d'un homme, moi aussi je lui avais déclaré une guerre qui ne se terminerait qu'avec mes retrouvailles avec ma fille.

Toutes les mesures de sécurité qui avaient ralenti notre descente d'avion, notre passage au poste de douane, je les avais accueillies avec soulagement. Enfin un peuple qui avait pris la mesure de la tragédie contre laquelle il fallait se battre : nous étions au diapason.

J'avais d'abord rendez-vous avec le représentant de la police française à Washington, celui qui était chargé de faire le lien entre les deux administrations et à qui le juge avait adressé la commission rogatoire qu'il devrait faire suivre au F.B.I. Ensuite, j'allais retrouver Leila dans le building du National Center of Missing and Exploited Children, le N.C.M.E.C.

Au juge de Nantes, j'avais exposé mon plan, élaboré pendant la conversation téléphonique avec les Américains.

Puisque Habib avait un contact – sa sœur – aux États-Unis, il fallait à tout prix obtenir d'elle des informations. Les Américains étaient prêts à l'interroger, à perquisitionner dans ses albums de famille, dans ses photos de mariage pour trouver le visage de Sara, mais il ne fallait pas qu'elle puisse avertir son frère de ce qui se passait à San Francisco.

C'est pourquoi je tenais à ce que l'interrogatoire de la famille Eghbal, en France, soit mené de façon concomitante. C'était fondamental pour moi, je jouais mes dernières cartes. J'étais sûre que si Habib arrivait à s'échapper du piège, nous ne le retrouverions plus.

Il y avait des problèmes pratiques à résoudre. Dix heures de décalage séparaient Paris de San Francisco. Mais les Américains étaient prêts à faire tous les efforts possibles. J'avais seulement besoin qu'ils reçoivent de façon urgente la commission rogatoire qui leur permettrait d'interroger Mary dans le cadre d'une procédure française. Ce genre de formalité, normalement, prend des semaines, mais M. Coulon me promit de l'obtenir sous huit jours. Je ne lui avais pas caché que mon aventure américaine serait filmée par un journaliste de la 2. En cas de difficulté, l'image de la justice française ne sortirait pas grandie du reportage.

Olivier avait en effet décidé de participer à mon périple sans savoir s'il allait me consacrer une émission particulière ou si mon voyage en Amérique compléterait les reportages sur les autres parents qu'il suivait depuis plus d'un an. Sa technique était simple. Il m'accompagnait partout avec sa caméra. Il n'organisait rien, ne fabriquait rien, sa présence était à la fois légère, discrète et réconfortante.

Il me traitait comme la représentante d'une cause qui méritait tout son respect, et la partenaire d'une aventure journalistique. Son expérience sur le terrain, sa pratique de l'anglais et les contacts qu'il avait déjà sur place étaient pour moi d'une grande utilité. Il me montrait les portes qu'il me fallait pousser.

*
* *

Nous entrâmes ensemble dans un petit salon de la très élégante ambassade où m'attendait le policier français responsable des relations entre les institutions françaises et américaines.

Satisfait de sa position, il attendait de ses visiteurs qu'ils lui marquent une déférence convenable. Mais je n'avais aucune envie de perdre mon temps en mondanités. La fatigue, l'impatience, l'exaspération me faisaient un peu plus directe qu'il ne l'aurait fallu. Et puis j'avais hâte de rencontrer les agents du F.B.I. qui étaient sur la piste de la belle Mary.

Le policier français aurait bien voulu éloigner Olivier, un témoin qui s'annonçait encombrant. Les fonctionnaires n'aiment pas entendre leurs propos diffusés sur une chaîne de télévision.

Et nous ne nous comprenions guère, lui et moi. Lui voulait faire une démonstration d'autorité, moi je demandais de la rapidité. Il me parlait dossier, je parlais de ma fille. Il fut choqué que je lui donne mon point de vue sur « son » enquête. Il aurait bien voulu me prouver que j'avais atteint mon niveau d'incompétence. Malheureusement pour lui, je le pris vite en flagrant délit d'ignorance.

Quand je lui annonçai la mise au point d'interrogatoires simultanés, en France et en Amérique, il me considéra d'un air amusé, me laissant entendre que je ne connaissais pas les rivalités entre les deux pays. Et que je n'étais pas au bout de mes peines. Je l'avertis tout de même que j'avais contacté le F.B.I., les télévisions et même le président de la République : ce n'était pas lui qui me ferait renoncer. Je prendrais mes informations auprès du juge ou de mes amis américains, directement, sans passer par lui. Je l'ai laissé médusé. J'avais perdu deux heures.

Le voyage commençait mal. Mais je n'avais pas le temps de pleurnicher. Olivier nous fit conduire dans l'immeuble du N.C.M.E.C. qu'il avait déjà fréquenté au cours de ses précédents reportages. J'allais enfin rencontrer Leila, cette voix qui, depuis quatre mois, m'avait tellement donné de courage.

Nous restâmes ensemble pendant quatre heures. À chaque question que je lui posais, elle prenait son téléphone et obtenait une réponse. Elle mettait un point d'honneur à ne rien laisser au hasard.

Leila a repris tout ce qu'ils avaient trouvé, où habitait Mary, comment elle gagnait sa vie, l'école où elle travaillait. Elle m'a expliqué comment fonctionnait la justice aux États-Unis, qui j'allais devoir rencontrer, comment avancerait l'enquête.

En France, pour voir un juge, il faut prendre rendez-vous au moins un mois à l'avance. Là-bas, tout paraissait simple. J'arrivais, je n'avais prévenu personne, Leila décrochait son téléphone et, dans les heures qui suivaient, j'étais reçue.

Je rencontrai ainsi toute une série de responsables, de Washington à San José, le faubourg de San Francisco où vivait Mary. J'appris vite qu'ils attendaient toujours la commission rogatoire sans laquelle ils ne pouvaient rien faire. J'appelai directement M. Coulon. Le juge réussit à débloquer la situation en vingt-quatre heures. Le ministère de la justice avait changé de rythme. J'étais portée par les événements.

Je devais rester quelques jours à Washington, puis rejoindre la Californie. Leila m'avait demandé de ne rien entreprendre toute seule, de leur faire confiance. On s'était mis d'accord. Je lui ai promis de ne rien lui cacher de ce que je faisais. J'agirais de mon côté mais, comme en France, dans la transparence.

Dès mon arrivée à San José, je me suis présentée au procureur. Il avait déjà fait venir dans son bureau les deux membres du F.B.I. qui devaient s'occuper de l'interrogatoire de Mary. C'est ainsi que je fis la connaissance de Stacey, jeune agent fédéral d'une trentaine d'années, spécialisée dans les recherches d'enfants.

Stacey n'était pas une femme flic ordinaire. Habituée à vivre avec le pire, elle avait gardé son idéal. Dès que je commençai à lui raconter mon histoire, je vis ses yeux briller sous les larmes. Cela me bouleversa. L'Amérique n'avait pas encore enterré ses morts, et l'enlèvement d'une seule petite fille avait le pouvoir d'émouvoir un de ses policiers.

On dit que celui qui sauve un enfant sauve toute l'humanité, mais voir un flic pleurer pour mon enfant à moi, ça ne m'était encore jamais arrivé. L'Amérique avait une âme. Est-ce parce que nous avions le même âge, parce qu'elle était une femme ? Stacey et moi, nous nous comprenions.

Pour préparer son interrogatoire, Stacey avait besoin d'avoir le plus de renseignements possible sur Habib, sa fuite, ses activités, sa famille. Chaque information, même la plus minime, pouvait lui permettre un recoupement, il ne fallait rien laisser de côté. Olivier m'aidait. Il assurait la traduction quand je perdais pied, gardait ses distances quand j'étais trop prise par mes sentiments.

Je l'avais présenté comme un ami qui m'aidait à chercher ma fille, ce qu'il était véritablement devenu, et ils avaient accepté qu'il participe à notre entretien, lui demandant seulement de poser sa caméra.

Les Américains n'avaient pas voulu me donner l'adresse exacte de Mary. Ils avaient peur qu'en tentant un coup d'éclat, je les empêche de travailler. Mais avec les informations que j'avais réussi à glaner, je n'ai pas eu de mal à trouver cette adresse dans un annuaire.

J'ai pris mes précautions. Sur les conseils de Leila,

j'ai acheté une perruque blonde et bouclée... elle me permettrait de faire le guet devant la maison de Mary.

Quand il m'a vue dans mon déguisement, Olivier a été pris d'un fou rire. L'idée n'était pas si bonne. Mary ne me reconnaîtrait pas, certes, mais elle s'étonnerait peut-être de trouver une Marilyn Monroe à sa porte... Après une demi-heure sous ce déguisement, je décidai de me rabattre sur les simples lunettes de soleil.

Nous sommes restés planqués dans la voiture, garée dans le quartier élégant où Mary habitait. De larges villas entourées de pelouse à la taille réglementaire... je savais que l'endroit était très protégé, qu'il y avait des gardiens partout. Je n'ai pas voulu pousser trop loin la curiosité. Mais je sursautai à chaque passage d'enfant. Saurais-je reconnaître Sara ? Comme disent les petits quand ils jouent à colin-maillard, je sentais que je « brûlais » : ce paysage si américain, sous le soleil californien, ce quartier bourgeois et tranquille avait tout pour plaire à Habib.

Pour que la police française puisse opérer en même temps qu'eux, en raison du décalage horaire, les Américains attendirent 22 heures pour débarquer chez Mary. Elle dut bien obtempérer et les suivre. Son mari était stupéfait. Il ignorait tout de l'histoire de son beau-frère, d'une agression au couteau, d'un enlèvement d'enfant. Il était furieux. Il a commencé par s'en prendre à sa femme et par la menacer de divorcer si elle ne disait pas la vérité. C'était une mauvaise époque pour les musulmans, aux États-Unis. Ils étaient tous prêts à donner le plus de gages possible de bonne conduite.

Au même moment, à Paris, soit à 8 heures du matin heure locale, les gendarmes de la brigade de recherches de Nantes faisaient irruption chez les parents de Habib et chez leur fils aîné, Mahmoud. Je l'ai su par la suite car les gendarmes ne m'appelaient pas, alors que Stacey me tenait au courant heure par heure de l'évolution des déclarations de Mary.

Elle m'avait recommandé de me tenir à sa disposition dans ma chambre de motel, l'endroit le moins cher que nous ayons trouvé et qui ruinait déjà mon budget. Elle pouvait avoir besoin de moi à tout moment pour déceler les contradictions de la jeune femme.

D'abord Mary, comme Mahmoud au procès, a dit que son frère ne m'avait jamais agressée. Devant la photo que Stacey avait extraite de mon dossier – ma sortie du bloc opératoire, le visage livide coupé en deux parties inégales –, elle a répété que son frère n'avait pas pu faire ça, qu'il s'agissait d'un accident. On lui a rappelé qu'elle était venue me voir à l'hôpital, elle a dit qu'elle n'en avait aucun souvenir.

Les Américains ne plaisantent pas avec les faux témoignages. Alors ils ont recommencé l'interrogatoire depuis le début, avec l'aide du détecteur de mensonges, cet espion des pulsations cardiaques qui traque, avec plus ou moins de fiabilité, l'émotivité des suspects.

La séance a duré quatre heures. À 2 heures du matin, quand Mary est rentrée chez elle se coucher, elle avait avoué qu'elle avait reçu des coups de téléphone de Habib, qu'elle avait eu Sara au bout du fil trois mois plus tôt, en juillet, a l'époque de son mariage. Et qu'elle lui avait envoyé un paquet par la poste. Elle avait précisé que Sara ne parlait plus français.

Elle a dit aussi que les appels téléphoniques venaient de Toronto, au Canada, où elle avait d'ailleurs envoyé le cadeau pour Sara, mais qu'elle ne savait rien de plus : elle avait perdu l'adresse et le numéro où les joindre.

La piste dans laquelle j'avais placé tous mes espoirs s'effondrait. Je m'étais tellement fixée sur les États-Unis que je n'envisageais même plus cette nouvelle issue canadienne. Pour moi qui espérais tant que Sara était cachée chez sa tante, la déception était cuisante.

Après la promesse de la retrouver en juillet, après le fol espoir d'octobre, Sara m'était enlevée pour la troisième fois.

Il était impossible de me résoudre à ce que je considérais comme un échec. D'abord, je me révoltai. J'étais sûre que Mary avait dit que Sara ne parlait plus français uniquement pour me faire du mal, pour me montrer que ma fille avait tiré un trait sur notre vie, oublié ses racines, son passé.

Je me suis mise à détester cette femme qui mentait, et qui surtout avait pu parler à ma fille, ce qui m'était interdit depuis trois ans. J'étais prise d'une jalousie féroce, imprévisible. J'avais mal.

Stacey avait demandé à Mary si Sara allait à l'école. Elle avait répondu qu'elle n'en savait rien. Stacey lui avait aussi indiqué que j'étais aux États-Unis et que je souhaitais la rencontrer. Elle avait farouchement refusé.

C'était son droit le plus strict. D'ailleurs son mari avait précisé :

— Si Fabienne Brin veut nous obliger à la voir, nous appellerons la police.

Mais Stacey avait déjà compris que ce genre de menaces ne suffirait pas à me dissuader. Alors elle m'a donné sa carte :

— En cas de problème, n'hésitez pas à vous en servir, m'a-t-elle lancé.

Il était 3 heures du matin, à San Francisco, quand j'ai appelé mes amis de la brigade de gendarmerie de Nantes. Ils étaient mon dernier espoir. Je me raccrochais à l'idée folle qu'ils avaient obtenu des déclarations qui pouvaient tout changer, qu'ils avaient trouvé un indice déterminant.

J'appris qu'ils s'étaient présentés chez Mahmoud comme convenu. Mais – et je ne peux pas encore y croire – parce que Mahmoud et Pascale avaient un rendez-vous urgent... l'interrogatoire avait été reporté au début de l'après-midi, ce qui leur donnait largement le temps de mettre Habib sur ses gardes. Le juge n'avait pas donné aux gendarmes le papier qui seul leur aurait permis de les obliger à les suivre.

J'étais suffoquée. Pendant que les Américains allaient au bout de leur mission, les Français reculaient. C'était facile, en France, d'échapper à la police, il suffisait de dire qu'on n'était pas libre !

Les gendarmes, néanmoins, me rassurèrent : ils avaient procédé à la perquisition. Et avaient trouvé une lettre, expédiée de Toronto en décembre 2000, à la veille du procès. Mais quand je demandai qu'on la communique aussitôt aux Américains, on me dit que c'était impossible : elle avait été placée sous scellés, non traduite, suivant une procédure immuable. Les gendarmes avaient d'autres affaires à traiter à Paris, ils promirent de la faire traduire à leur retour. Si tout allait bien, nous découvririons son contenu dans les semaines à venir...

Un jour, en effet, j'apprendrais que cette lettre prodiguait toute une série de recommandations de Habib à Mahmoud en vue de préparer son faux témoignage pour le procès du mois de janvier 2001. Il s'agissait de bien expliquer au tribunal que j'étais une moins que rien, une mauvaise mère qui couchait avec toute la ville, et de quelle façon je m'étais blessée au visage. La lettre était signée « Hossein » : Mahmoud affirma qu'il n'avait aucune idée de qui pouvait l'avoir expédiée. Les gendarmes de Nantes m'ont demandé par la suite si je pouvais authentifier l'écriture. Sur l'enveloppe écrite en français, je n'ai eu aucun mal à reconnaître celle de Habib.

*
* *

Il me restait encore des endroits où fouiller. Je voulais être sûre que Habib n'était pas tout simplement caché dans la maison que nous avions occupée au temps de la Coccinelle repeinte en orange, à Los Angeles.

Olivier m'a filmée au volant, devant le paysage qui défilait. Une petite bonne femme qui cherche son enfant dans la gigantesque Amérique. Qui aurait pu croire qu'à la fin elle gagnerait ?

J'avais retrouvé le chemin de Woodlands Hills, à Los Angeles. J'ai sonné aux portes, présenté aux voisins de la villa où j'avais vécu avec Habib les photos de Sara et de son père. L'enfant ne leur disait rien, mais l'homme leur rappelait un étranger qui avait occupé notre ancienne maison. J'ai vite pu vérifier qu'il ne s'agissait pas de Habib. À cette époque, les Américains étaient prêts à voir de dangereux Orientaux derrière toutes les chevelures noires.

Il était 11 heures du soir quand je me suis affalée dans un restaurant iranien du boulevard Ventura où j'avais dîné avec Habib du temps où il cherchait du travail outre-Atlantique.

J'étais à bout. Encore une fois nous avions frappé à des dizaines de portes, posé des dizaines d'affiches dans les magasins d'alimentation, les loueurs de cassettes pour enfants et les marchands de tapis... je demandai quand même au garçon si le visage de cet homme, là, sur la photo, lui disait quelque chose.

J'expliquai de nouveau pourquoi je le cherchais et le suppliai de prévenir la police s'il le voyait.

— La police, ce ne sera pas nécessaire, me dit-il, scandalisé. Je m'en occuperai tout seul.

C'est lui qui me conseilla d'enregistrer un message sur la chaîne de télévision locale qui était regardée par tous les Iraniens de Los Angeles. Il me trouva même l'adresse. J'avais encore des rendez-vous à prendre. Demain, il faudrait encore se battre, car pour le reste je devais bien l'accepter : la journée était terminée pour moi. J'étais incapable de rien faire d'autre qu'aller m'allonger sur un lit de motel en tentant de trouver le sommeil.

Encore deux jours et je reprendrais le chemin de la France, sans Sara, sans l'adresse de Sara. Ce n'était pas possible. Je ne pouvais pas renoncer, pas maintenant.

Après avoir communiqué à la télévision iranienne des photos de Sara, avec un nouvel appel à témoins, nous avons dû quitter Los Angeles. Notre retour était prévu pour le mardi après-midi, depuis San Francisco.

Il fallait bien se résoudre à téléphoner à Eva. Quand j'entendis sa petite voix me demander : « Maman, t'as retrouvé Sara ? » je m'effondrai. Non, je n'avais pas Sara, et je n'avais aucun doute non plus : Habib savait que nous étions à ses trousses. Il me restait encore deux jours avant de reprendre l'avion pour Nantes, jusque-là je ne m'avouerais pas vaincue, mais après ?

Déjà papa et maman m'avaient demandé de me préserver, de ne pas trop me fatiguer, déjà ils pensaient que je devais rentrer, revenir auprès de ma petite Eva. J'entendais bien ce qu'ils voulaient dire : ils ne croyaient plus à l'utilité de mes démarches.

J'ai attendu le moment du départ pour régler mon dernier compte en territoire américain. Je ne voulais pas quitter ce pays sans avoir eu, face à moi, celle qui avait parlé à ma fille. Celle qui, d'un mot, aurait pu mettre fin à mes tourments. Je ne pouvais pas partir sans faire face à Mary.

Je connaissais son nom d'épouse, je savais où elle habitait, et qu'elle travaillait dans une école. Il suffisait de prendre l'annuaire, d'y relever tous les noms d'écoles à San José, de téléphoner et de dire :

— Bonjour, je suis une amie de Mary Haghighi et, comme je suis de passage à San Francisco pour l'après-midi, j'aurais aimé la rencontrer. Pouvez-vous me dire si elle est là ?

En dix minutes, j'ai réussi à savoir où elle exerçait et appris qu'elle quittait son travail à midi. Il nous restait un quart d'heure pour la trouver, trois heures pour nous présenter à l'enregistrement de nos bagages.

À l'accueil de son école, j'ai donné mon vrai nom. Les Américains ne supportent pas le mensonge. J'ai fait le pari qu'elle ne serait pas prévenue de ma visite. Ils m'ont remis un badge visiteur et m'ont indiqué la cour où elle surveillait les petits.

Au passage, j'ai pris le temps de poser quelques affiches avec le portrait de Sara, au cas où elle serait passée par ici, et puis aussi pour laisser un souvenir de moi dans la vie et la de Mary Haghighi. J'en avais aussi collé des dizaines devant son domicile, sur chaque poteau, chaque panneau.

Olivier m'avait mis un micro, malheureusement le retour n'a pas marché et notre conversation s'est perdue. J'aurais voulu pouvoir tout faire entendre à mes proches.

Mary est une très jolie fille, grande, brune, avec des yeux immenses, une Shéhérazade idéale que je n'avais jamais vue perdre son allure. Quand elle m'a aperçue, pourtant, elle a viré au vert.

— Qu'est-ce que tu fais là ? a-t-elle crié. Je ne veux pas te voir !

Je n'ai pas eu le temps de lui expliquer qu'elle était la seule personne au monde qui avait avoué avoir parlé à ma fille, et que je ne voulais pas partir sans savoir tous les mots que Sara lui avait dits. Les plus anodins, qui ne représentaient rien pour elle et tout pour moi, parce que depuis trois ans il n'y avait pas la moindre chose de la vie de Sara que je n'ignorais pas, et que j'étais comme un type perdu dans le désert qui allait mourir s'il n'avait pas le verre d'eau dont il n'osait même plus rêver.

Je n'ai pas eu le temps de lui expliquer tout ça parce que Mary hurlait, appelait au secours et avait déjà composé sur son portable le numéro d'urgence de la police. Un instituteur s'est dirigé vers nous. Je n'étais pas mécontente de lui dire :

— Je suis la femme de son frère, il m'a défigurée avec un couteau avant de me voler ma fille. Et je veux seulement qu'elle me dise où il la cache.

Les gens étaient décontenancés, ils voyaient mon badge de visiteur, considéraient l'hystérie de Mary, mon calme, ils en avaient assez des barbares qui surgissaient de partout pour s'en prendre aux valeurs sacrées de l'Amérique. Ils se méfiaient de tout le monde, ne savaient plus qui croire.

On m'a ramenée à l'accueil avec ménagement. Déjà les sirènes signalaient l'arrivée de la police. Trois voitures se sont arrêtées dans un crissement de pneus sur le parking de l'école.

Olivier assistait de loin à la scène, sans savoir s'il devait intervenir ou rester à l'écart, pour pouvoir m'aider si ça tournait mal.

Les flics me reprochèrent de ne pas avoir prévenu

le directeur de ma visite. Je leur ai dit que mon avion était dans moins de trois heures et que je n'en avais pas eu le temps. Et je leur ai tendu la carte de Stacey, avec son numéro au F.B.I.

Pendant qu'ils s'éloignaient un peu pour lui téléphoner, j'ai montré au directeur de l'école où travaillait Mary les photos de Sara. Il m'a écoutée attentivement, il m'observait. Les flics sont vite revenus, presque en s'excusant. L'un d'eux m'a souhaité bonne chance...

9

Je suis montée dans l'avion pour la France avec le sentiment d'abandonner Sara. J'avais joué le tout pour le tout et j'avais perdu. J'étais certaine que son père allait choisir la fuite pour un endroit où on ne le trouverait pas.

Autour de moi, c'était la consternation. Il n'était pas difficile de comprendre que plus personne n'y croyait. Excepté Olivier, exceptées Leila et Stacey qui me parlaient des pistes de Toronto, plus personne ne croyait que j'avais encore une chance de retrouver ma fille. Le courage, dorénavant, c'était de se résigner, de penser à Eva, de vivre pour elle. Elle ne devait pas être sacrifiée au fantôme de sa sœur. Ainsi en avaient décidé mes parents.

Et je n'étais pas loin de les suivre. Je ne sais pas ce qui m'a permis de tenir à mon retour, mais j'ai encore réussi à remplir tous les papiers que me demandaient les autorités canadiennes, à traduire des documents, j'ai encore travaillé le soir passé minuit, et le lendemain, dès 5 heures, puis, quand tout a été terminé, je me suis effondrée.

Un matin, je n'ai pas réussi à me lever. Le médecin n'a pas eu de mal à trouver la cause de ma faiblesse. Ma tension était tombée à 7. Il m'a mise en congé maladie, et je suis restée couchée. Pendant quatre jours je n'ai pas pu quitter mon lit. Je ne pouvais même plus m'occuper d'Eva. Maman a été obligée de la prendre chez elle.

Dans mon lit, je broyais du noir. Je revoyais mon départ pour l'Amérique, plein d'espoir, plein d'illusions. Il me semblait que j'étais la victime d'une malédiction. Quoi que je fasse, j'arrivais toujours après Habib. Cette fois, il avait encore trois mois d'avance sur moi. Désormais, il savait que nous étions derrière lui, de Vancouver à Toronto et San Diego. Où allait-il aller si toutes ses caches étaient brûlées ? Pourrait-il rejoindre un de ces pays où je ne le retrouverais jamais ? J'aurais dû continuer à le filer, ne pas le laisser récupérer son souffle et j'étais clouée dans mon lit. Ce que je ne faisais pas, personne ne le ferait. La maladie avait eu raison de ma détermination.

Mais Leila ne me lâcha pas. Elle continua à me téléphoner, pour parler de « Réseau enfant retour Canada », leur antenne canadienne. Elle me raconta qu'elle avait transmis mon dossier, m'assura que ses collègues étaient aussi efficaces à Montréal qu'à Washington.

Elle me parla de Patrick Bergeron, le responsable de l'association canadienne. Ses coups de fil me sortaient de la nasse, m'obligeaient à regarder devant moi, la piste que je n'avais pas choisie, bien sûr, mais qui n'était pas une impasse non plus.

Leila me donnait une leçon de courage, elle continuait à y croire alors que chez moi, au contraire, tous avaient baissé les bras, me parlaient désormais comme à une grande malade qu'il fallait ménager pour l'habituer à la triste vérité, petit à petit...

J'ai décidé de me relever. Les médicaments hypertenseurs commençaient à faire effet. Je retrouvais mes jambes, j'allais pouvoir repartir au combat.

Tout n'avait pas été perdu, pendant mon voyage aux États-Unis. Il fallait retrouver la cadence, reprendre ce galop qui me conduirait vers ma fille. Rien ne me serait jamais donné dans cette histoire, c'était à moi de foncer, à moi de prendre, à moi de vaincre.

Le sort de Habib était-il plus enviable que le mien ? C'était lui désormais qui était condamné à attendre, suspendu à des décisions qui lui échappaient. C'était lui qui ne savait plus comment agir, où courir. Dans cette partie de chasse qui durait depuis bientôt trois ans, j'étais devenue le chasseur et lui le gibier, un gibier aux abois qui avait aussi à ses trousses le F.B.I. Il ne pouvait pas ignorer que ses agents avaient consacré quatre heures au seul interrogatoire de sa sœur.

Il commençait à découvrir que, depuis le 11 septembre, les dimensions de la planète s'étaient réduites, que les mailles du filet s'étaient resserrées. C'était à lui de tourner en rond, comme un fauve qui s'est cru dans la jungle et se découvre dans un zoo, à portée de regard de chaque visiteur. Il ne fallait pas le laisser s'échapper. J'avançais à découvert, il fallait faire vite.

Trois semaines avant Noël, j'ai compris que je n'avais qu'un seul moyen de tenir désormais, une seule façon de vivre : la chasse. Pendant que les autres préparaient leur fête familiale, mijotaient pour leurs enfants des mises en scène pleines de rires et d'émotion, il me fallait passer ma rage dans l'organisation d'un prochain voyage.

Je devais repartir, c'était une question de survie. Et m'habituer à l'idée que ce ne serait peut-être pas la dernière fois, il fallait que je m'attende à tout. Je vivais pour rechercher Sara, sans cette recherche mon existence n'avait plus de sens. Eva le savait, qui disait à chacun :

— Maman n'a pas retrouvé Sara. Mais bientôt, bientôt...

D'abord, je devais me procurer de l'argent. Les caisses de l'association étaient presque vides. La mairie m'a prêté la salle Paul-Fort, une des plus grandes salles de spectacle de Nantes, pour un vendredi, le meilleur soir. Une faveur. Le musicien de jazz manouche Jean-Claude Girone s'est porté à mon secours pour la deuxième fois, avec tous ses copains. Il m'a offert une soirée exaltante qui s'est terminée au milieu de la nuit, un voyage à travers le jazz, le flamenco, la musique afro-cubaine.

Une veillée d'armes pendant laquelle j'ai raconté l'échec de mon premier voyage et la piste de Toronto. On a chanté tous ensemble, et trouvé les dix mille francs d'un billet pour le Canada.

Car désormais la destination ne faisait plus de doute. Les moments d'exaltation s'enchaînaient aux instants d'accablement, comme les deux faces d'une même monnaie. Je persécutais au téléphone le pauvre Jason Daigle, l'officier canadien avec qui j'étais en contact depuis le mois de juillet.

La télévision ne m'avait pas oubliée. En novembre était diffusée mon interview par Mireille Dumas. Mais sur intervention de sa famille, le visage de Habib avait été camouflé. Je m'étais dérangée pour rien. Un mois plus tard, le 6 décembre, « Envoyé spécial », sur France 2, racontait mon voyage aux États-Unis.

Notre échec ne justifiait pas un sujet à lui seul. Et le reportage avait pris place dans un magazine consacré aux recherches des parents pour retrouver leurs enfants.

J'étais de garde quand l'émission a été diffusée. J'ai pris soin de brancher le magnétoscope, et je l'ai regardée seule, sûre que j'allais pleurer devant tous mes espoirs perdus.

Et bien sûr, j'ai pleuré. Pourtant, en revoyant ces images, pour la première fois, il devenait évident que je n'étais pas partie pour rien, que l'enquête avait progressé lors de ce voyage.

Pour ma famille aussi, c'était important. Ces images, je les avais d'abord laissé prendre en pensant à eux, pour qu'ils soient les témoins de ce que je vivais. Ainsi découvraient-ils à leur tour que, pour la police américaine, mon affaire était sérieuse, que des professionnels lui consacraient du temps, y croyaient. J'avais pleuré seule, devant ma télé, et dès le lendemain j'ai eu la surprise de rencontrer des gens qui avaient partagé mon émotion sans me connaître, sans connaître Sara, des gens que notre séparation faisait également pleurer.

On m'écrivait, on m'adressait des mails, on me saluait dans la rue... J'étais encore plus touchée par les témoignages de solidarité qui me venaient des hommes. J'avais eu peur que beaucoup d'entre eux se sentent accusés par le comportement d'un seul, et se déclarent solidaires.

Je ne voulais pas croire en la guerre des sexes. Je continuais à penser, quelle que soit la fréquence des enlèvements, que mon histoire était exceptionnelle. Je refusais l'analyse féministe selon laquelle elle n'était qu'un épisode d'une rivalité fondamentale.

Bien sûr, dans les associations, on recensait plus d'hommes que de femmes qui enlevaient leurs enfants, mais les statistiques étaient trompeuses. Le plus souvent, les tribunaux confiaient la garde aux mères, et quand elles choisissaient d'aller vivre à des milliers de kilomètres, empêchant pratiquement le père d'exercer son droit de visite, n'était-ce pas aussi une autre façon d'enlever leurs enfants ?

Je me souviens qu'une fois, alors que je téléphonais dans la rue, sur mon portable, à l'une de mes cousines, un type s'est arrêté devant moi, sur le trottoir.

Il semblait m'attendre. C'était gênant, au point que j'ai dit à ma cousine :

— Je suis obligée d'abréger... Il y a quelqu'un qui m'observe, je ne sais pas ce qu'il veut

— Excusez-moi, a lancé l'homme, je voulais juste vous dire bravo.

Et il a applaudi, puis il a tourné le dos. Il est parti sans en demander davantage.

C'est le genre de chose qui me bouleversait. Parce que avec le temps, devant les épreuves d'une vie qui ne m'avait pas ménagée, ce qu'il y avait de plus beau dans l'humanité, le désintéressement, la compassion, la générosité, m'atteignait plus que la méchanceté, la jalousie, la violence ou la haine, contre lesquelles j'avais appris à me défendre.

Parmi toutes les histoires, tout aussi tragiques, diffusées à la télévision au cours de cet « Envoyé spécial », la mienne avait suscité de merveilleuses réactions. Talent d'Olivier ? Mystère d'une inexplicable télégénie ? Peu m'importait, je n'hésiterais pas à utiliser mes atouts. Je n'avais pas eu tellement de privilèges jusque-là, je n'allais pas négliger les premiers qui s'offraient.

*

* *

Pour le F.B.I., la piste de Habib Eghbal s'arrêtait désormais à Toronto. Son dossier avait été transmis à la police canadienne. Les Français étaient moins pressés. Une fois encore, c'était à moi de communiquer les informations dont les Canadiens pouvaient avoir besoin.

Je téléphonais désormais tous les trois jours aux hommes de la Gendarmerie royale du Canada, le G.R.C., plus connue sous le nom de « police montée ».

Je n'avais pas pu leur communiquer la lettre reçue de Toronto par Mahmoud, mais leur avais donné les numéros de téléphone trouvés sur un calepin appartenant au frère aîné de Habib.

Les Canadiens m'avaient promis de faire diffuser des portraits de Sara dans les écoles. Et aussi chez les médecins, ce qui est interdit en France, notamment parce qu'on estime que la santé prime la justice. Le secret médical doit permettre aux pires criminels d'avoir accès aux soins. Quitte à choisir, j'aurais moi aussi préféré que Sara soit soignée plutôt que son père arrêté... C'est depuis le jugement de Salomon, dans la Bible, l'indice le plus sûr de l'amour maternel.

Tous les trois jours, j'appelais donc le Canada. Je n'hésitais plus maintenant à « mettre la pression », comme disait Olivier. Là-bas, les policiers n'avaient pas oublié qu'ils étaient en compte avec moi, que trois mois plus tôt ils m'avaient laissé croire au retour de ma fille. C'est Jason Daigle, responsable de l'enquête, qui avait dû avertir le ministère de la justice français de leur erreur. Je le tenais personnellement responsable, désormais, des suites de l'enquête.

Je passais mon temps au bout du fil. Malgré ma petite Eva qui aurait bien aimé que je m'occupe d'elle davantage, qui détestait faire des puzzles et tout ce qu'un enfant peut trouver pour s'occuper tout seul. Qui inventait tous les prétextes pour me faire venir dans sa chambre et cherchait du haut de ses trois ans et demi à m'aider : en surveillant, par exemple, si j'avais reçu des messages sur le fax.

Je me sentais coupable de ne pas jouer davantage avec elle. D'ailleurs je me sentais toujours coupable, à l'époque. Quand je travaillais pour Sara je laissais de côté Eva, quand j'emmenais Eva à son poney-club je ne faisais rien pour Sara. Je serais écartelée entre mes deux amours tant que je n'aurais pas pu recoller les morceaux de ma famille.

Depuis Washington, Leila s'était mise en contact avec Patrick Bergeron, codirecteur du « Réseau enfant retour Canada ». Ils n'avaient ni les mêmes moyens, ni le même pouvoir que les Américains, et ne subsistaient que grâce aux dons des personnes privées. Mais ils étaient organisés sur le même mode, et travaillaient avec un membre de la police montée, Blinda Brossa, qui avait pour seule mission de coordonner le travail des enquêteurs.

Ils m'avaient proposé de faire une nouvelle campagne d'affichage, de Toronto à Montréal et Vancouver. Leila avait mis à ma disposition le logiciel informatique qui leur permettait de dessiner le portrait théorique de Sara à sept ans. Pour cela, ils m'avaient demandé des photos de Habib et de moi à son âge. Ils m'assuraient que les résultats pouvaient être surprenants et qu'ils me les transmettraient, très rapidement, par ordinateur.

Et effectivement, je fus saisie. Le visage que je voyais se dessiner sur l'écran n'était plus celui de ma fille. En quelques secondes, je vis qu'après trois ans d'absence cette enfant était devenue une étrangère.

Depuis notre séparation, je vivais avec ses joues rondes, ses yeux immenses, et je me retrouvais face à une inconnue. Je réalisais soudain qu'il fallait que je m'attende à ça, aussi : retrouver une inconnue. On avait tué l'enfant que j'attendais, que je cherchais. Si j'étais passée devant cette petite fille dans la rue, je n'aurais pas pris garde à elle... Comment chercher une enfant dont on ne connaît même plus le visage ?

J'ai paniqué, j'ai refusé cette solution, « leur » solution. Ce ne pouvait pas être Sara.

Ma fatigue est revenue, s'exprimant par de brutales

chutes de tension qui me coupaient les jambes dans les plus forts moments d'émotion, jusqu'à me laisser au bord de l'évanouissement. Ma famille s'inquiétait.

— Fabienne, pense à toi, pense à Eva. Repose-toi, répétaient-ils.

Moi, au contraire, je voyais dans cette exténuation une raison de plus pour m'acharner. Combien de temps pourrais-je tenir encore ? Il fallait vite arriver au dénouement.

Quelle que soit mon émotion, les avis de recherche porteraient désormais les trois photos : Sara à la veille de ses quatre ans, puis Sara avec le visage théorique de ses sept ans, et Habib.

Très vite, d'autres témoignages sont arrivés. Très vite aussi, j'ai senti que mes questions continuelles exaspéraient les policiers, que je commençais à devenir encombrante. En fait, tous les prétextes auraient été bons. Vivre ce troisième Noël sans Sara était intolérable. Je voulais partir pour le Canada le plus tôt possible.

*

* *

Olivier avait son plan de bataille. Il misait sur les médias pour nous faire gagner du temps. Il avait envoyé des dizaines de photos, de cassettes et d'articles de presse à tous les magazines et aux télévisions. Déjà des sujets étaient passés dans les journaux, présentant les photos de Habib et Sara. Depuis la diffusion d'« Envoyé spécial » sur la chaîne internationale TV 5, tout le Canada connaissait mon histoire. J'avais déjà reçu des centaines de mails de soutien et d'encouragements.

De mon côté je m'occupais des officiels. J'avais gentiment prévenu que je n'arrivais pas seule, mais avec un journaliste de France 2 qui allait tout filmer. Je leur avais rappelé, une fois de plus, l'accident de juillet... je comptais bien sur eux, cette fois, pour ne pas me donner de fausses joies.

Je les ai avertis que je ferais diffuser la photo de Sara à la télévision.

J'ai réservé ma place pour le dimanche 3 février 2002. Avant de partir, je tenais absolument à consacrer un peu de mon temps à Eva, à elle toute seule. Je l'avais prévenue que j'allais chercher sa sœur au Canada, que j'espérais bien la ramener mais que je n'avais toujours aucune certitude. Et le vendredi, nous sommes allées au poney-club.

C'est là que j'ai reçu, sur mon portable, un nouveau coup de fil de Leila.

— Prends une chaise et assieds-toi, a-t-elle commencé par me dire.

Je n'avais pas eu le temps de lui préciser que j'étais au milieu d'une clairière où des enfants s'ébrouaient sur leur monture. Le rythme de mon cœur s'est accéléré. Leila a prononcé, très calmement :

— On a retrouvé Sara et Habib.

Cette fois, je lui ai demandé de préciser.

— Retrouver, ça veut dire quoi ?

— On a leur adresse, leur faux nom...

Quelqu'un, un instituteur ou un parent d'élève, je ne l'ai jamais su, avait reconnu Sara à la télévision.

Les affiches n'avaient toujours pas été diffusées dans les écoles comme on me l'avait promis. Mais qu'importait, désormais ? Nous savions que nous étions à la recherche de Yones et Sara Kohan qui habitaient un pavillon à Toronto. Restait à les intercepter.

J'ai mis de nouveau dans ma valise les papiers officiels qui me permettraient de ramener Sara, les photos en vrac, et j'ai ajouté un petit chat en peluche auquel elle avait donné le nom iranien de « Pichi ».

À mon arrivée à Toronto, les journalistes m'attendaient, nombreux. Pour respecter les consignes policières, je me contentai de leur déclarer :

— Il y a toutes les raisons de penser que ma fille est actuellement au Canada.

L'un d'eux m'a interpellée.

— Ne savez-vous pas qu'ils ont pris la fuite ? On a le numéro d'immatriculation de leur voiture, une Pontiac bleue.

— Ah non ! Pas ça ! ai-je répondu, exténuée.

Le plus dur dans une guerre, ce sont les derniers jours.

10

Le cauchemar continuait. La police de Toronto rivalisait avec les gendarmes de la police montée. Un de leurs agents avait trouvé utile de donner une conférence de presse pour annoncer aux journalistes qu'il n'avait pas pu arrêter Habib parce que les gendarmes ne lui avaient pas communiqué le mandat d'arrêt qui lui était indispensable. Mais pour montrer son efficacité, il leur avait donné le numéro d'immatriculation de sa voiture.

J'étais furieuse.

J'avais suivi les conseils de la police montée qui me demandait de ne pas divulguer ses informations pour faciliter le travail des enquêteurs. Et maintenant, Habib n'avait plus qu'à louer une nouvelle voiture... Et à se brancher sur les radios pour savoir où en étaient les instances policières.

Chacun tirait à hue et à dia, n'hésitant pas à prendre des initiatives dans le seul but de faire sa propre promotion. Je me trouvais prise au piège des affaires publiques, dans une guerre des services de police.

Pendant que j'étais occupée à démêler l'écheveau des intérêts contradictoires, la presse maintenait son avance. Elle avait lancé une véritable campagne éclair qui me propulsait à la une de l'actualité. La photo de Sara s'étalait dans dix magazines. Toutes les télévisions du pays m'invitaient sur leur plateau, organisaient des débats sur les disparitions d'enfants, les différentes manières d'enquêter, tant en France qu'au Canada ou aux États-Unis.

Je ne m'étais pas attendue à un tel retentissement. J'étais dépassée par le mouvement que j'avais voulu lancer. Je ne maîtrisais plus rien. Et je n'avais plus le choix. Le meilleur atout de cette chasse à l'homme, c'était sa rapidité. La photo de Sara passait en boucle sur les télévisions. Sa recherche était devenue une affaire nationale.

Alors que je menaçais de révéler les dysfonctionnements d'une enquête qui m'avait une nouvelle fois éloignée de ma fille, Linda Brosseau – l'officier de la police montée déléguée auprès de l'association qui dirigeait les recherches – m'a téléphoné. Nous étions le lundi, au lendemain de mon arrivée. Je venais d'arriver, en train, à Montréal, et j'allais passer en direct dans l'émission de M. Maisonneuve, un des journalistes les plus puissants du pays, une vedette de Radio Canada.

Avant que j'entre sur le plateau, Linda Brosseau avait voulu me rassurer, me dire que la police travaillait. Ils avaient retrouvé la trace de Habib en Nouvelle-Écosse, dans une région de grands lacs célèbre pour ses îles perdues. Tous les policiers du coin étaient à ses trousses. Ils avaient son numéro de portable, celui de sa carte bancaire, ils le pistaient. Ses plaques minéralogiques de l'Ontario le rendaient facilement repérable. Ils savaient déjà qu'il avait passé une nuit dans un hôtel. Heure par heure, Linda ne m'a plus lâchée, comme Leila à Washington, comme Stacey à San Francisco. Elle m'appelait pour me communiquer chaque nouvelle information qui lui parvenait sur l'enquête. Il n'y avait pas de jour où nous ne nous croisions sur un plateau de télévision.

*
* *

Le mercredi 6 février, à midi, j'étais encore invitée à un direct sur R.D.I., « Dans la mire ». Olivier était resté dans les coulisses. Patrick Bergeron, le responsable du « Réseau enfant retour », et Linda, en uniforme bleu marine, m'avaient rejointe sur le plateau.

Après l'enregistrement, Linda a proposé de nous raccompagner à l'hôtel, Olivier et moi. Elle m'avait annoncé que Habib et Sara étaient maintenant localisés au Nouveau-Brunswick. Ils avaient fait au moins quinze cents kilomètres depuis leur départ, le vendredi, de Toronto.

En trois jours, Olivier avait tourné des heures de film. Cette fois, sa caméra était rangée dans le coffre. À quatre dans la voiture, nous manquions un peu de place.

Dans les rues enneigées de Montréal, où la température était tombée à moins 18 °C, nous poursuivions le débat commencé devant les caméras. Linda conduisait quand son portable a sonné.

Tandis qu'elle répondait, je la voyais m'observer dans le rétroviseur. Elle ne me quittait pas des yeux, au point que la voiture s'est mise à zigzaguer. Son uniforme ne suffisait pas à me rassurer, ses embardées devenaient inquiétantes. Je ne voulais pas être victime d'un accident. Pas maintenant, c'eût été trop bête. Olivier et Patrick continuaient à deviser. Je n'arrivais pas à comprendre de quoi Linda parlait à son correspondant, je la voyais seulement me regarder dans son rétroviseur.

Olivier a compris lui aussi qu'il se passait quelque chose. Mais il tentait de donner le change, comme si tout était naturel. Linda a enfin raccroché son portable. Je l'ai vue fermer le boîtier, le poser tranquillement sur la plage entre les deux sièges, elle s'est garée puis s'est tournée vers moi.

— Fabienne, on a ta fille.

Est-ce que je peux y croire, cette fois ? Je m'efforce de ne pas perdre mon sang-froid. Je m'applique à poser les bonnes questions, le plus calmement possible, moi aussi.

— Tu veux dire qu'ils savent où elle est, ou bien qu'ils ont arrêté Habib ?

— Ils les ont retrouvés tous les deux, ils ont installé ta fille dans un foyer et mis Habib en prison.

J'ai poussé la porte de la voiture, machinalement, sans penser à ce que je faisais. Parce que je ne pouvais pas rester enfermée, parce que j'avais besoin de respirer à l'air libre, comme si je n'avais pas respiré depuis trois ans. J'ai poussé la porte parce que la voiture était trop étroite pour contenir l'énergie qui surgissait en moi. Elle aurait explosé. Et comme un nouveau-né, j'ai hurlé. Je naissais une seconde fois.

Et on est tous sortis de la voiture comme des diables à ressort, des pantins désarticulés qui se mettaient à pleurer et à rire, à pousser des cris de Sioux, à essuyer leurs larmes. J'entends encore Olivier s'exclamer :

— Merde, je n'ai pas ma caméra !

Il pleurait lui aussi, autant que moi, en essayant de faire comprendre à Linda qu'elle devait ouvrir son coffre. Il me suivait depuis six mois pour filmer cet instant où j'apprendrais que je retrouvais Sara, il me filmait pour voir ce choc de la vie quand il emporte tout sur son passage, et il n'avait pas sa caméra ! Comme si le destin s'amusait à nous dire que le mystère du bonheur devait rester entier. Invisible à l'œil nu. Pourtant, aujourd'hui, le bonheur, je sais ce que c'est. Je l'ai rencontré sur le bord d'une route enneigée, le 6 février 2002, à 13 heures, alors que j'étais encore à Montréal et que Sara se trouvait à Halifax.

À quelque mille kilomètres l'une de l'autre.

*
* *

Linda nous a laissés devant l'hôtel, elle allait me rappeler pour me dire comment rejoindre Sara. En attendant, je ne savais plus où j'habitais. J'ai pris la rue dans le mauvais sens. J'ai tourné, incapable de fixer mon attention sur ce que je cherchais, un hall d'hôtel. La tête pleine de ma fille. Quand j'ai retrouvé l'entrée, la presse était là, m'attendant, me harcelant de questions auxquelles j'étais incapable de répondre. Mon histoire avait été évoquée jusque devant le parlement par un député. Mais finalement je ne savais rien, même pas si, comme les journalistes l'affirmaient, Habib s'était fait arrêter parce que Sara ne portait pas sa ceinture de sécurité.

Dix minutes après m'avoir quittée, Linda m'appelait. Je lui ai demandé si je pouvais parler à Sara. Elle pensait préférable que je la voie. Je lui ai demandé quand je partirais pour Halifax. Elle m'a annoncé que la Nouvelle-Écosse devait réunir un tribunal qui jugerait Habib et vérifierait mes papiers et mes droits. Cela pourrait prendre trois jours, pendant lesquels ma fille serait hébergée au centre d'aide sociale.

Sur le moment, j'étais prête à tout accepter. J'entendais, j'acquiesçais, mais est-ce que je comprenais ? Trois jours, trois ans... Bien sûr, je n'étais plus à trois jours près.

Une heure plus tard, je savais que je ne pourrais pas attendre, c'était impossible. Il était inconcevable que je reste séparée de Sara par une heure trente d'avion.

J'ai réservé ma place dans le premier vol pour Halifax, celui qui partait le lendemain matin à 6 heures.

J'avais pris dans ma valise tous les papiers officiels – ordonnance d'attribution de garde, condamnation de Habib, passeport avec la mention de mes enfants – et il était urgent que je porte le chat « Pichi » à ma fille.

Comme j'avais appris à le faire, je me suis contentée d'avertir les autorités que je serais dans le vol de 6 heures. Et j'ai demandé qu'on organise mon arrivée, pour qu'elle soit le plus discrète possible.

Je n'ai pas fermé l'œil cette nuit-là, d'abord parce que le téléphone sonnait désormais toutes les dix minutes, l'ambassade, le ministère, Linda, le juge... Les journalistes faisaient le siège devant ma porte. Ils avaient réussi à se glisser jusque dans le couloir devant ma chambre. Pour être sûre qu'ils ne m'entendraient pas donner mes rendez-vous, j'allais téléphoner depuis la salle de bains.

J'avais attendu d'être sûre et certaine pour appeler la France. J'avais attendu toutes les confirmations possibles que Sara était bien à Halifax, auprès d'une assistante sociale. Il était 8 heures du matin, à Nantes, quand j'ai pu enfin composer le numéro de mes parents.

C'est papa qui a répondu.

Je lui ai tout de suite demandé de me passer Eva et de brancher le haut-parleur. C'est à ma petite fille que je voulais annoncer la nouvelle en premier. N'étais-je pas son envoyé à elle, n'avais-je pas fait tout ça pour elle, avant moi ?

J'ai réussi à lui dire :

— Eva ? Ma petite puce ? Maman a retrouvé Sara...

Et je me suis écroulée en larmes sur mon lit. Des larmes de joie dans lesquelles se déversaient trois ans de souffrances.

Mais c'est resté un mystère pour ma plus jeune fille. Pourquoi, au moment où enfin on retrouvait Sara, son papy, sa mamie, sa maman, pourquoi tout le monde autour d'elle se mettait-il à pleurer?

— Tu sais ma chérie, on pleure aussi quand on est heureux, ai-je essayé de lui expliquer.

Mais cela, Eva était trop jeune pour le comprendre.

Pendant ce temps, Patrick Bergeron négociait pour moi. On m'avait déjà prévenue que Sara allait du mieux possible, mais c'est lui que je chargeai de répondre à cette question : ma fille se souvenait-elle encore de moi? On m'avait tellement mise en garde contre les retrouvailles difficiles, tellement prévenue contre l'hostilité supposée des enfants qui ont vu leur autre parent se faire arrêter par la police, j'avais tellement peur que Habib lui ait menti, lui ait dit que j'étais morte, ait évacué mon souvenir... J'avais besoin de me préparer...

Est-ce qu'elle se souvenait de moi? J'attendis la réponse comme au tribunal un accusé attend le verdict.

Mais oui, elle se souvenait, et de sa petite sœur aussi.

Ciel! En trois ans, je n'avais pas totalement perdu Sara.

Pour répondre aux attentes des journalistes auxquels je devais tant, Olivier m'a persuadée d'accepter d'apparaître dans le flash spécial que Maisonneuve voulait me consacrer. C'était l'occasion de remercier la presse, la police, et le pays qui m'avait rendu ma fille. Tout le Canada a alors appris que six semaines après Noël commençait pour une Française de Nantes, un de ces ports de France d'où des milliers d'émigrants étaient arrivés, quelques siècles plus tôt, le plus beau conte auquel il lui ait été donné de croire. Je n'avais pas encore vu Sara. J'étais dans un rêve. Me restait à affronter la réalité.

Elle se manifesta d'abord dans le reportage qui montrait Habib lors de son arrestation.

Il souriait, et déclarait :

— Je ne regrette rien, ma fille est un ange, et le Canada un pays merveilleux.

Il était resté le séducteur, le menteur, l'orgueilleux qui avait préféré briser les liens de ses enfants plutôt que s'avouer vaincu. Il n'avait d'ailleurs pas eu un mot pour Eva. J'avais tenté de le respecter, j'espérais que, quelque part au fond de lui, il regrettait ses fautes. À ce moment-là, j'ai su qu'il ne changerait jamais.

*

* *

Une heure de route séparait encore l'aéroport d'Halifax du foyer qui avait accueilli Sara. J'avais demandé qu'on me réserve une voiture à l'arrivée.

À ma descente d'avion, la police m'a dirigée vers la sortie V.I.P. qui me mettait à l'abri des reporters venus m'attendre. C'est le consul de France qui m'a accueillie, et m'a annoncé que, finalement, Sara m'attendait ici. Elle était dans un salon. J'ai balbutié je ne sais quoi.

Je l'ai suivi dans un couloir qui n'en finissait pas, j'avançais dans un silence étrange, je ne pensais plus.

Soudain, on m'ouvre une porte. Plusieurs personnes se retournent vers moi, certaines en uniforme. J'aperçois deux enfants. Une petite fille brune, aux cheveux coupés au carré, et une autre à la silhouette longue et maigre, avec deux fossettes et des yeux immenses et noirs, assise sur un canapé. Elle me regarde et ne bouge pas. Elle a l'air stupéfaite.

C'est le visage que j'ai porté en moi pendant trois ans moins trois semaines. Pas celui qui est apparu un soir sur mon écran d'ordinateur. Non, l'autre. J'avais raison de ne pas y croire : j'ai retrouvé Sara.

Contre cela aussi, on m'avait mise en garde. Les scènes où l'on voit les enfants se jeter dans les bras de leurs parents, c'est pour Hollywood ou pour la sortie des classes, quand tout va bien, quand on s'est quitté le matin et qu'on est pressé d'aller ensemble au jardin.

Dans les drames de la vie, il y a une pudeur, une timidité qui s'instaure, qui met une barrière entre ceux qui ont trop souffert, qui se sont longtemps manqué, qui ne savent plus où reprendre leur histoire, par quel bout rattraper le fil. Entre Sara et moi il y avait trois ans d'absence. Trois ans de silence, l'épaisseur du mystère, un père qui lui interdisait de parler de moi. Sara avait-elle le droit de venir vers moi ? Les policiers qui avaient emmené Habib étaient là, dans le salon. Elle attendait.

Qu'avais-je fait sans elle ? Qu'avait-elle fait sans moi ? Personne ne pourrait jamais remplir ce vide. Rien non plus, même pas le cahier d'écolier sur lequel j'avais tenté de consigner les mille et un petits événements qui avaient meublé notre quotidien quand elle n'était pas là et qui soudain se vidaient de leur substance, comme s'ils étaient inracontables, indicibles, comme si le présent avait cette particularité de se dissoudre dans les souvenirs pour se transformer en un passé que seule l'imagination pourrait ressusciter un jour, peut-être, mais jamais avec le même parfum, les mêmes couleurs, jamais dans sa parfaite vérité.

Pourquoi ai-je retiré mon manteau au moment où j'entrais dans ce salon d'aéroport ? Que voulais-je dire par là, que le voyage était terminé, que j'étais arrivée à ma destination finale ? Ou bien était-ce pour ne pas brusquer ma fille, pour faire comme si c'était normal de se retrouver ici après une si longue absence ? Je lui ai tendu les bras en me dirigeant vers elle. Elle ne s'est pas levée, c'est moi qui me suis assise, la serrant enfin contre moi.

Sur les images je revois mon visage, baigné de larmes, et le sien, étonné, presque froid, le visage d'une toute petite fille qui avait vu les adultes se déchirer, se poursuivre, et qui aurait peut-être voulu se trouver ailleurs, dans une vie plus simple, un monde avec moins d'émotions, où elle aurait joué avec d'autres enfants, où elle aurait joué avec sa petite sœur. Elle me regardait comme sa mère, mais comme une mère qui serait aussi une étrangère. Telle une enfant qui la nuit croit aux fées, mais le jour n'en est plus tout à fait aussi sûre. Existais-je vraiment ? Étais-je une illusion ? Où était la réalité ?

Sara m'a tout de suite donné le dessin qu'elle venait de faire en m'attendant.

Dessus, elle avait écrit : « *I love You, mummy.* »

Sara m'avait perdue jusqu'à perdre sa langue maternelle. Trois ans après m'avoir quittée, elle ne parlait plus le français, ne comprenait plus un seul mot. Mary n'avait pas menti. Habib m'avait effacée de sa mémoire jusqu'à lui arracher notre langue commune. Sara avait tout oublié de sa vie avant le Canada. Tout ? Pas tout à fait...

Après m'avoir répété qu'elle m'aimait, elle a ajouté :

— *I want Eva.*

*
* *

Les éducateurs avaient été surpris de me voir arriver suivie d'une caméra. Ils ont demandé à Olivier de ne pas filmer. Ils ont cru que la caméra allait faire peur à Sara, ils ont dû penser que ce type s'était faufilé derrière moi pour tenir un scoop. Ils ne comprenaient pas que ces images étaient déjà mes souvenirs, nos souvenirs.

Nous vivions le moment unique dont je n'osais même plus rêver. Et j'avais beaucoup de monde avec qui le partager : Eva, mes parents, mes frères, tous mes amis. Olivier est resté à quatre mètres de nous, puis il s'est effacé quand on nous a fait mettre à l'écart dans une petite chambre.

Nous étions toutes les deux, seules. Sara sur mes genoux, presque endormie sur mon ventre alors que je la berçais, accompagnant ce balancement d'un flot de paroles qui s'épuisait à tout vouloir lui raconter. Comme si on pouvait raconter le temps gâché. Je suis alors devenue mère pour la troisième fois, d'une grande fille de sept ans qui m'avait été enlevée trois années plus tôt.

Je voulais lui dire tout ce qui nous était arrivé pendant ce temps, le cousin qui était né, ses oncles mariés, ses tantes qui attendaient des bébés, papy, mamie... Elle acquiesçait quand je demandais :

— Tu te souviens ?

Mais je sentais que c'était pour me faire plaisir. Pourtant elle cherchait, comme une amnésique qui voudrait reconstruire son histoire. Je la serrais dans mes bras, je lui répétais que je l'aimais. N'était-ce pas cela, le plus important ? N'avions-nous pas toute la vie pour reconstituer le passé ? Elle écoutait comme si elle retrouvait un lointain sentiment, une sensation oubliée, le corps d'une mère.

Et je lui parlais d'Eva, pour lui dire combien elle avait grandi et qu'elle ne la reconnaîtrait plus.

— *I want Eva*, m'a-t-elle répété d'une petite voix plaintive.

Il a fallu lui expliquer qu'elle était trop petite pour

ce grand voyage et qu'elle nous attendait à Nantes. Mais je lui ai parlé des photos que j'avais apportées.

Et nous avons ouvert ma valise ensemble. Nous nous sommes agenouillées ensemble, comme si nous étions au pied du sapin. On n'avait plus besoin de chercher les mots. Devant les photos, nous nous retrouvions, avec nos souvenirs.

Sara était avide, elle voulait tout regarder, tout comprendre. Mais les images qui la captivaient le plus étaient celles où elle figurait avec sa petite sœur, bébé. Notamment celle où elles prenaient leur bain toutes les deux, et dont elle n'a jamais voulu se séparer depuis.

Elle m'a dit, à ce moment, que Habib avait une photo d'Eva qu'ils embrassaient, et puis, elle s'est précipitée à côté pour montrer triomphante, à l'éducatrice qui l'avait accueillie après l'arrestation de son père, l'image de cette petite sœur qui faisait d'elle une enfant comme les autres.

C'est alors que j'ai pu être présentée aux personnes qui attendaient dans ce salon.

En plus du personnel de l'aéroport et des fonctionnaires, je saluai les deux hommes qui avaient arrêté Habib. L'un d'eux était père de famille. Il avait amené sa plus jeune fille, celle de l'âge d'Eva.

Ma fille et la sienne oubliaient les grands drames de la vie pour jouer à cache-cache ou faire des dessins. Je regardais avec émotion leurs deux silhouettes comme l'annonce des deux sœurs que j'allais bientôt revoir ensemble pendant qu'il me racontait comment il avait arrêté mon ex-compagnon.

Bien sûr, il y avait eu le moment où il fallut arracher Sara aux bras de son père, mais ils avaient essayé que cela fût fait avec le maximum de douceur. Habib avait même dit ·

— Je savais que c'était fini.

Alors pourquoi continuait-il à me narguer ? Jusqu'où voulait-il aller? Ils avaient pensé à prendre la couverture et le doudou, un singe en peluche que Sara avait laissé à l'arrière de la voiture : la réplique de celui avec lequel elle avait tant joué à Nantes et qui avait appartenu à son oncle Cedrick. Le reste, les autres jouets, sa valise, me parviendraient bientôt, m'ont-ils promis.

J'ai demandé au policier comment Sara lui avait parlé de moi, quand ils s'étaient retrouvés sans son père.

— Elle m'a parlé du sang que vous aviez dans les yeux, et elle m'a dit que c'était votre faute, a-t-il répondu.

Sitôt que nous avions été seules toutes les deux, Sara avait soulevé la mèche de cheveux qui tombe désormais le long de mon visage. Elle avait suivi le tracé de la cicatrice avec son doigt, cherché dans mes cheveux si la blessure continuait, et elle m'avait dit :

— Il y avait du sang dans ton œil.

Elle voulait savoir pourquoi.

Il nous restait cinq heures avant d'attraper le prochain vol pour Montréal, cinq heures dans ce salon, hors du monde – comme un sas de décompression –, pour s'habituer à la vie sur Terre. La vie, c'est-à-dire pas ce que j'avais connu, cette petite mort quotidienne. Non, la vie ordinaire avec ses préoccupations de rien du tout, les petits soucis d'une mère qui doit organiser son retour avec sa fille.

Ma fille. Ma fille est à côté de moi, je lui beurre une tartine... À se demander si je ne rêve pas. Il fallait réapprendre les gestes simples, la tenir par la main, découvrir qu'il n'y avait plus à la déshabiller au moment de prendre la douche, ni à la laver. Apprendre qu'elle savait lire, écrire. Et qu'elle parlait beaucoup mieux l'anglais que moi, et pouvait me reprendre sur mon accent ou ma grammaire.

Je l'avais laissée cinq minutes pour saluer les journalistes en compagnie des deux policiers qui avaient arrêté Habib. Il n'était pas question de leur amener Sara. Moi j'avais pu m'exposer, mais j'étais redevenue mère, je voulais protéger mon enfant. Alors je leur ai apporté une photo Polaroid que l'éducatrice avait prise de nous deux. Une photo qui allait être reproduite dans toute la presse.

Puis je leur ai dit que je me dépêchais pour aller retrouver Sara. Alors ils m'ont applaudie, comme si le rideau tombait sur notre histoire d'amour. Comme si la pièce était achevée.

Elle l'était pour eux, le Canada avait puni le méchant et m'avait rendu ma fille. Mais moi, il me restait maintenant à réaliser mon rêve : réunir deux sœurs. J'étais partie le matin à 6 heures, je ne serais pas de retour à Nantes avant le lendemain 14 heures. Et je ne serais pas tranquille jusqu'à ce moment-là, quand, devant Sara, j'ouvrirais la porte de sa chambre, à côté de celle d'Eva.

11

Une heure trente d'avion séparait Halifax de Montréal, six heures Montréal de Paris, encore une heure de Paris à Nantes, plus les attentes, les décalages... Ce fut un long voyage, plus long pour nous que la distance réelle qui sépare les deux rives de l'Atlantique : nous courions après le temps, après l'amour, nous rattrapions l'absence.

Cette journée pendant laquelle nous rentrions à la maison fut celle des premières confidences. Grâce à Sara d'abord, puis grâce aux Canadiens, j'ai pu apprendre les premières choses sur les trois ans que ma fille avait vécus loin de moi et reconstituer peu à peu les cinq derniers jours de sa vie avec Habib, entre le moment où Leila m'avait téléphoné, au poney-club, et celui où je l'avais enfin serrée dans mes bras.

Le vendredi précédant la semaine de son arrestation, Habib a annoncé au propriétaire de son pavillon, à Toronto, qu'il partait en vacances avec sa fille. Il emportait toutes leurs affaires.

Pour obtenir le statut de réfugié politique, qu'il avait demandé en décembre 1999, Habib avait dû travailler. Il connaissait la tapisserie, il s'est aussi fait carreleur, spécialité à laquelle il s'était initié en restaurant la vieille maison de son frère à Chauve. Sara fréquentait l'école depuis un peu plus d'un an. Elle y était entrée au cours de l'année 2000, en grande section de maternelle. Après avoir appris l'anglais en six mois, elle était passée en cours préparatoire.

Elle n'avait jamais dit à personne qu'elle avait été enlevée. Elle ne parlait pas de sa maman. Elle était gaie, rien ne laissait deviner qu'elle avait vécu un drame.

Déjà, après l'interrogatoire de Mary, à San Francisco, en octobre 2000, Sara avait manqué l'école pendant quinze jours. Réapparue sans donner d'explication, elle avait seulement confié à son institutrice qu'elle avait pris l'avion. Et la voilà qui disparaissait de nouveau. Mais entre-temps ses camarades de classe avaient appris son histoire et son véritable nom à la télévision.

La cavale a duré cinq jours, pendant lesquels Sara n'a presque pas quitté la voiture de son père. La nuit, alors que la température descendait à moins 5 ou moins 10 °C, elle dormait dans un sac de couchage.

Depuis que Habib m'avait vue apparaître sur l'écran de télévision d'une chambre d'hôtel, il avait été obligé de dire à notre fille que j'étais à sa recherche. Qu'il ait eu peur d'être reconnu, peur d'être dénoncé par sa carte bancaire ou peur des questions de Sara, il avait choisi de vivre comme un fugitif, embarquant avec lui une enfant de sept ans sur les routes de l'hiver canadien.

Tout un pays était à sa recherche. Il ne pouvait pas s'approvisionner, de peur qu'un épicier les reconnaisse. Ils survécurent grâce à un sac de pommes qu'il avait jeté dans la voiture au moment de partir. Parfois, s'il croisait un self-service désert, ils s'arrêtaient pour boire un chocolat chaud.

J'avais eu raison quand, après l'échec de mon voyage aux États-Unis, j'avais craint qu'il ne disparaisse dans la nuit pour courir au bout de nulle part : c'est exactement ce qu'il avait fait. Quatre mois plus tard.

Il avait dit à Sara qu'ils allaient vivre une grande aventure sur une île perdue. Elle avait froid, elle avait faim, mais ces considérations ne l'arrêtaient pas. Habib continuait à l'entraîner dans son rêve, il avait depuis longtemps inventé un monde qui n'avait plus grand-chose à voir avec la réalité.

Déjà, lorsqu'il avait demandé à bénéficier du statut de réfugié politique, il avait expliqué que sa femme et sa plus jeune fille étaient en prison, en Iran. Peut-être y croyait-il, d'une certaine façon... N'étions-nous pas, dans son esprit, prisonnières de ses ennemis ?

Pendant toutes ces années, Habib n'avait jamais envoyé le moindre petit mot à Eva. Mais il avait dit à ses voisins qu'il espérait pouvoir récupérer sa plus jeune fille, celle qui était restée en Iran avec ses grands-parents. Un jour, en effet, il était parti en voyage. Avant de confier Sara à une vieille dame, il lui avait dit :

— Je vais partir pour essayer de récupérer Eva.

« Elle avait deux ans à l'époque », me précisa Sara.

Sa fille aînée était au centre de son univers, il lui passait tout sauf sur un sujet, mais sur celui-là, il était intraitable :

— Si je parlais de toi, maman, j'allais dans le noir.

Que se passait-il dans le noir, derrière les portes closes ? Sara, terrifiée, renonça vite à prononcer mon nom. Seulement, quand elle me retrouva, elle avait besoin de savoir. Comme si sa mémoire était restée bloquée à cet instant : tout ce sang, comment était-ce possible ?

Elle n'avait rien vu, finalement, de ce qui s'était déroulé derrière la porte de la salle de bains. Elle avait seulement emporté mon image de morte vivante, sanglante et effrayante.

J'ai mis trois jours à pouvoir prononcer les mots qu'elle me demandait. Je lui avais d'abord dit :

— C'est papa qui m'a donné un coup.

Mais comment un coup pouvait-il provoquer une telle blessure ? Elle ne comprenait toujours pas. Elle insistait, reposa dix fois la même question :

— Pourquoi tout ce sang, *mummy* ?

Je voulais la protéger, me protéger, mais c'est d'une explication dont elle avait besoin.

— Papa m'a fait ça avec un couteau, suis-je enfin parvenue à murmurer.

Son ricanement m'a fait froid dans le dos. Oui, Sara a ricané. C'était la défense d'une enfant qui découvre la monstruosité de l'homme qu'elle aime et, à travers elle, la cruauté du monde. La défense d'une petite fille qui veut à tout prix refuser l'horreur.

— Un couteau, c'est pour éplucher les légumes, a-t-elle laissé tomber.

Et elle n'en a plus jamais parlé. Au grand jour de la réalité, de la logique, le cauchemar avait perdu son emprise.

*
* *

Entre deux avions, j'ai redécouvert le bonheur de faire des courses pour ma fille. Je me souviens du premier livre, du premier puzzle que je lui ai acheté. Depuis deux ans je m'étais interdit ce plaisir. Le nombre de pièces avait augmenté mais Sara n'avait pas changé, elle continuait à aimer la logique et avait toujours bon cœur.

— Je veux acheter des cadeaux pour Eva, m'a-t-elle annoncé.

En feuilletant un magazine, je me suis aperçue qu'elle savait lire...

Nous ne nous lâchions plus, nous restions collées l'une à l'autre, dans le sommeil ou pendant les veilles.

Jusqu'à l'arrivée à Paris, j'ai eu peur d'être bloquée à une frontière. Je n'aurais le sentiment d'être chez moi qu'au moment de débarquer à Nantes. Ce dernier vol était celui du retour à la vraie vie.

Après tous les passagers, on nous a fait sortir. Ce fut le dernier couloir, la dernière foule entrevue au loin derrière des vitres. Seulement, sur toutes ces personnes qui attendaient sans oser s'approcher, je savais à chaque fois mettre un nom, un souvenir, un paquet de bonbons, un coup de téléphone, un chèque ou un baiser.

Maman m'avait demandé au téléphone :

— Est-ce que ça te dérangerait, si on était plusieurs à venir vous chercher ?

Bien au contraire, je voulais que toute la Terre soit là ! Pour que tous soient témoins de ce miracle, le retour de Sara. Alors ils étaient venus à deux cents au moins. Ma famille, mes amis, mes voisins. Vingt infirmières sur les trente-cinq du service de réa, les gendarmes de Nantes, des membres de l'association.

Mes frères ne lâchaient pas papa. Ils formaient un drôle d'ensemble, tous les trois, se tenant par les épaules en pleurant. Je crois qu'il a fallu ce moment pour que j'entrevoie enfin qu'elle avait été leur souffrance. Jusque-là, la mienne me cachait toutes les autres. Ma grand-mère avait sorti son mouchoir et baissé ses lunettes.

Depuis l'enlèvement de Sara, Mamie Ninette, qui a quatre-vingt-quatre ans, se battait pour ne pas perdre la mémoire. Des souvenirs grignotés par le grand âge, c'est tout ce qui lui restait de sa petite fille. Elle avait cru quitter ce monde sans jamais la revoir.

Il y avait aussi Maël, sept ans désormais, avec un nounours pour Sara, son ancienne « fiancée ». Et tous ces gens que notre bonheur faisait pleurer, qui étaient pétrifiés d'entendre Eva. Eva, pas encore quatre ans, qui avait brusquement surgi entre les barrières trop grandes pour la retenir, Eva haute comme trois pommes qui se précipitait vers sa sœur. La voix d'Eva qui hurlait de toutes ses forces

— Sara, Sara !

J'ai encore eu le temps de dire à Sara :

— Regarde, c'est Eva...

Une précision inutile. Et je me suis écroulée. Mon combat était terminé, mes deux filles étaient réunies.

*
* *

Sara m'a quittée tout de suite pour aller vers sa sœur, elles ont échangé leurs cadeaux, les ont posés par terre et se sont assises pour les déballer. Puis, quand elles ont eu fini, elles se sont prises par la main pour se mettre à l'écart, Eva emmenait Sara. Comme si notre brouhaha, nos embrassades, nos larmes, les gênaient.

Nous étions tellement surpris de les voir si occupées, si sérieuses, que nous n'osions pas les déranger. Ainsi sommes-nous restés à l'aéroport pendant plus d'une heure... à les regarder jouer, de loin. Sans y croire. On me disait : « Sara n'a pas changé ! » sur le même ton qu'on aurait employé, si tout était resté normal, pour s'exclamer : « Comme elle a grandi ! Je ne l'aurais pas reconnue... » Nous avions tous besoin d'effacer ces trois ans qui auraient pu nous rendre étrangers les uns aux autres.

On s'étonnait que mes deux filles soient déjà des complices, elles qui avaient été séparées avant d'avoir pu vraiment communiquer, alors qu'Eva n'avait que neuf mois. Trois ans après, elles ne pouvaient toujours pas utiliser la même langue. Mais elles semblaient s'en moquer. Eva répétait les mots anglais que sa sœur prononçait.

Nous nous éternisions dans ce hall pendant que mes enfants nous oubliaient, commençaient une conversation que seul le sommeil parviendrait à interrompre.

Sitôt que nous sommes rentrées à la maison, au milieu des bouteilles de champagne et des bouquets de fleurs d'un jour de noces, elles ont demandé à prendre leur bain ensemble.

— Sans jouets, a dit Sara. Seulement ma sœur.

C'est une belle chose que l'amour de deux sœurs, c'est presque intimidant, un secret partagé dont on entrevoit seulement la profondeur. Un bel oiseau qu'on a couvé et qui nous échappe.

Pour rentrer à la maison, il avait fallu longer la Loire. Le fleuve nous ramenait chez nous. C'est cette écharpe brune qui a soudain évoqué quelque chose à Sara. Sur l'autre rive, elle a reconnu notre ancien immeuble. Elle voulait y retourner, s'attendant sans doute à y retrouver ses jouets, sa chambre, son passé. Je lui ai alors appris que nous avions déménagé : j'avais de trop mauvais souvenirs, là-bas.

Elle pénétra dans notre nouvel appartement comme en terre inconnue, comme elle serait allée « chez des gens ». Jusqu'au moment où elle a poussé la porte de sa chambre. Depuis plusieurs mois, tout était prêt, attendant son retour.

Elle a vu le grand bureau de son père que j'avais installé dans sa chambre, sa couette et toutes ses peluches. Elle les a serrées dans ses bras, les unes après les autres. Elle était chez elle.

Mais, pendant quinze jours encore, elle a attendu qu'on lui renvoie les jouets qu'elle avait laissés dans la voiture, au Canada. Elle avait pris « Monkey », le singe, mais il restait tous ses vêtements, ses jeux et surtout « Doudou jaune » et « Doudou vert », un canard et un ours avec lesquels elle dormait depuis qu'elle était bébé.

Ses grands-parents paternels, à qui ils furent remis en même temps que les affaires de leur fils, n'ont jamais voulu les lui rendre.

Quand mon avocat aborda ce problème avec le juge, il s'entendit répondre :

— Les peluches ne sont pas d'un intérêt essentiel pour l'enquête...

À son retour du Canada, Sara n'avait rien d'autre à se mettre que des boots et une combinaison de ski... Le lendemain de son arrivée, un samedi, il a fallu faire les boutiques. Comme trois ans plus tôt quand, jetée dehors par Habib, j'avais dû tout me racheter.

C'est au moment de monter dans ma voiture qu'elle a découvert, scotché sur la vitre arrière, l'avis de recherche avec sa photo.

— Tu as vu, maman ? a-t-elle dit, suffoquée.

Je lui ai alors raconté que je l'avais cherchée pendant longtemps, que beaucoup de gens m'avaient aidée, par dizaines, par centaines, depuis Nantes jusqu'en Amérique et au Canada. Rien n'arrête une mère qui cherche son enfant, lui ai-je expliqué. Dès lors, chaque fois que nous rencontrions quelqu'un, elle se hissait vers mon oreille pour demander :

— Lui aussi, il m'a cherchée ?

Ensemble, le dimanche, nous avons décollé l'affichette. Sara était rentrée. Mais il me faudrait encore du temps pour en être sûre.

Tous les soirs, avant de dormir, ma petite fille me parlait :

— Tu sais avant je pleurais pour toi, maintenant je pleure pour papa, chuchotait-elle.

Mais elle n'a jamais fait un seul cauchemar. Moi, je rêve encore que son père vient me l'arracher.

*
* *

À la rentrée des vacances de février, quinze jours après notre retour, Sara a voulu retrouver l'école et la classe de C.P. Nous avons choisi pour elle une institutrice qui parlait l'anglais, mais Sara se sentait comme un drôle d'oiseau que ses camarades épiaient et suivaient sans qu'elle comprenne rien à ce qu'ils disaient. Elle était « Sara du Canada », celle qu'on a vue à la télévision... Et puis, un jour, deux petites filles ont couru vers moi à la sortie.

— Ça y est ! Maintenant Sara parle français.

Deux mois avaient suffi pour qu'elle réapprenne notre langue.

Le 14 mars, huit jours après l'anniversaire de maman, nous avons fêté ses sept ans. Il m'avait fallu tout ce temps pour réaliser la promesse que je lui avais faite à la veille de ses quatre ans : souffler ses bougies avec elle.

Pendant toutes ces années où je la cherchais, j'avais fait ce calcul étrange : si elle arrivait à fêter plus d'anniversaires seule avec son père qu'elle n'en avait fêté avec moi, alors elle m'oublierait... À trois semaines près, cela aurait été le cas.

Pour Sara aussi, une autre vie commençait :

— C'est mon premier anniversaire ! dit-elle Pour mes huit ans, ce sera le deuxième !

Elle avait encore écrit la liste de ses courses en anglais : « *ice-creams, balloons...* » Ce fut une merveilleuse fête. Une petite fille de sept ans fêtait sa renaissance avec tous ses nouveaux amis. Comme avant elle était la reine, le roi était toujours Maël.

Depuis qu'elles se sont retrouvées, mes filles ne se disputent jamais, ou presque, même quand Eva ne veut pas regagner sa chambre, même quand elle ne lâche pas sa sœur. Elles jouent à qui sera la première à grimper sur mes genoux, la première à sauter à mon cou, et souvent elles me font tomber en voulant m'embrasser. Mais il y a un motif de bagarre, entre elles, qui a duré plusieurs jours : laquelle était l'aînée ?

— C'est moi qui suis née la première, affirmait Sara.

— Mais moi j'étais là avant toi. Tu es venue après, répondait Eva.

J'ai dû sortir les photos qui prouvaient l'ordre de leur arrivée. Sara à la veille de ses quatre ans avec Eva, bébé, sur les genoux. Mais, pour Eva, Sara restera toujours la grande sœur qui « est venue après ».

Cette trop longue guerre, je l'avais faite pour elles, pour Eva, pour Sara. Elles ont été ma blessure, elles étaient aussi ma force, mon courage. Je le sais aujourd'hui quand je les tiens toutes les deux par la main, comme dans mes rêves. Enfin, j'ai l'impression d'avoir retrouvé mon équilibre. Comme un funambule, je tiens bon mon balancier.

Ma victoire, c'est de les voir inséparables. Quand la grande retient la petite au bord du trottoir, quand la petite attend, debout, que son aînée ait fini ses devoirs et me répond, définitive, alors que je lui suggère d'aller jouer dans sa chambre :

— Non. J'attends ma sœur.

Sara a appris les premiers mots d'anglais à Eva, elle lui apprend aussi son père. Elles ont de longues conversations pendant lesquelles elle le fait vivre. Sara a trouvé la caisse où étaient rangés les avis de recherche que j'avais lancés. Je les avais laissés dans son armoire. Dessus est imprimée la photo de Habib. Elle m'en a demandé un.

Je l'ai plié et lui ai donné. Ce fut dur de la voir, une nuit, le glisser sous son oreiller. Il faut apprendre à vivre avec ça, aussi : mon bourreau est le père de mes enfants.

Sara sait que Habib m'a fait du mal, qu'il n'avait pas le droit de nous séparer. Je lui ai expliqué que les adultes sont punis pour leurs fautes comme les enfants, mais qu'au lieu d'être enfermés dans leur chambre, ils vont en prison. Ainsi l'exige la justice. Je lui ai dit que ce n'était pas moi qui avais fait les lois, pas moi qui avais arrêté son père. Moi, j'aurais voulu que notre famille continue à vivre, même si notre couple était mort. Mais Habib avait choisi la violence. Il devait être puni pour ça.

Sara aurait bien aimé recevoir des lettres de lui. Mais Habib pouvait-il écrire à sa fille à mon adresse sans prononcer, à ses propres yeux, un aveu de défaite ?

Quant à Eva, il n'a jamais pensé à lui faire passer le moindre message, ni à demander de ses nouvelles.

Régulièrement, Sara me demandait quand il sortirait de prison. Je lui répondais que les juges décideraient quand il se serait expliqué devant eux.

— Mais comment s'expliquera-t-il ? a-t-elle aussitôt rétorqué. Il ne parle pas français !

Il lui a fallu apprendre aussi que son père mentait.

*

* *

Le 13 mars 2002, alors qu'il venait d'être extradé vers la France, Habib Eghbal s'est présenté, menotté au milieu de policiers, devant le tribunal pour demander sa libération.

Son avocat a expliqué qu'il pouvait être hébergé par sa famille et que son frère lui fournirait du travail, mais le tribunal décida qu'il retournerait en prison. Rien ne m'obligeait à être présente, mais j'avais voulu être là. Je voulais qu'il me voie.

Cet homme avait voulu me tuer en tant que femme et en tant que mère. Il m'avait quittée vaincue, humiliée, anéantie. Trois ans plus tard, je voulais lui montrer qui j'étais devenue. Je n'étais plus la même. La balafre dont il avait voulu me défigurer avait, effectivement, fait de moi une autre. La petite fille naïve et fragile était morte, même si j'avais gardé un peu de son apparence. J'y avais perdu une part de mon âme mais je m'étais relevée plus forte, plus digne. Aujourd'hui, je brûlais de lui dire :

— Regarde, malgré tout ce que tu m'as fait, je suis encore debout ! J'ai pleuré, j'ai désespéré, mais je me suis battue et, à la fin, j'ai fait respecter mes droits et j'ai retrouvé mes filles.

Nous avons à peine échangé un regard. L'avocat de Habib avait demandé une confrontation, le tribunal l'a refusée. Refusée aussi la liberté provisoire : il m'a fallu, pour revoir le père de mes filles, attendre son procès deux mois plus tard.

Ce jour-là, mes proches emplissaient la salle d'audience. Je m'étais assise au premier rang, à côté de ma mère. Je ne sais pourquoi une dizaine de policiers avaient été affectés à ma garde rapprochée, comme si je risquais quelque chose en ces lieux, alors qu'à l'époque où j'avais peur pour Eva personne n'avait jamais accepté de la faire surveiller.

Les vieux parents de Habib avaient fait le voyage depuis Paris, ils étaient visiblement abattus. Il y avait aussi son frère et ses sœurs, assis de l'autre côté de la travée centrale. Nous étions comme à l'église, pour une cérémonie. Sauf qu'entre nous il n'y avait qu'hostilité, incompréhension et rancœur.

La porte qui permet au prisonnier de pénétrer dans la salle d'audience s'est ouverte. Habib est entré le poing levé, comme un boxeur qui provoque son adversaire avant le match.

Il m'a tout de suite vue : il a posé sur moi le même regard de haine que trois ans plus tôt. J'ai eu la confirmation de ce que je redoutais : rien n'avait changé. Ni sa fuite, ni son arrestation, ni les deux mois qu'il venait de passer à la prison de Nantes n'avaient réussi à faire craquer l'armure, le terrible orgueil. À ce moment, il aurait pu me tuer. Il n'avait pas pris conscience du mal qu'il avait fait à ses propres enfants.

Il s'est assis, nous étions en face l'un de l'autre. Et pendant une heure, nous ne nous sommes pas quittés des yeux.

Pendant une heure, je l'ai toisé, dévisagé. Fini le temps où je courbais l'échine, le temps où j'avais peur, le temps où je l'aimais. J'avais besoin d'affronter son regard et je l'ai affronté. Plus jamais il ne me ferait baisser les yeux.

Maman, qui a vu de quelle façon il me fixait, a eu peur. Elle m'a donné un coup de coude en me disant :

— Fabienne, arrête, ça ne sert à rien.

Et je lui ai répondu durement :

— Laisse-moi tranquille !

Ma mère ne savait pas qui j'étais devenue, ce que la détermination avait réussi à faire de moi.

Pour sa défense, Habib a repris la théorie absurde qu'il avait demandé à son frère d'exposer lors du procès par contumace. Je l'avais agressé au couteau...

Il a accompagné sa démonstration d'une mimique grotesque tendant à expliquer comment il avait retourné ma main et comment j'étais malencontreusement tombée sur mon arme. Car il avait bien compris que là résidait toute la difficulté de son cas. Pour « l'enlèvement » de Sara, il ne risquait pas grand-chose. Nombre d'affaires similaires se terminaient par six mois de prison avec sursis.

Il était allé jusqu'à faire expertiser des cicatrices au bout de ses doigts, affirmant qu'elles signaient les blessures que je lui avais alors faites.

Mais il ne s'est pas contenté d'affirmer qu'il n'avait jamais commis d'agression, il s'est cru autorisé à raconter ma prétendue dépravation, allant jusqu'à inventer les fantaisies sexuelles les plus ignobles, celles qui devant un tribunal islamique, dans ces pays où les femmes adultères sont lapidées, auraient largement suffi à justifier son geste. Du côté du Coran, n'avait-il pas tous les droits : de m'enlever mes enfants comme de me punir ?

Mais ça ne lui suffisait pas encore. Pour assaisonner sa cuisine d'une sauce plus occidentale, il m'a accusée d'être une infirmière criminelle, responsable de la mort d'une patiente.

Pendant une heure, nous avons été condamnés à entendre ses divagations perverses, jusqu'à ce que le procureur, enfin, lui demande de revenir à son sujet, aux faits qui l'avaient amené sur le banc des accusés.

Un rapport d'expertise, qui datait du lendemain de l'agression, établissait précisément que je n'avais pas pu me balafrer seule et qu'il avait même fallu me maintenir pour me blesser ainsi. La plaie s'arrêtait au niveau de l'œil, pour reprendre ensuite jusqu'en bas de la joue : on ne tombe pas sur un couteau en deux temps... L'avocat de Habib a pourtant annoncé qu'il plaiderait la légitime défense. Il se servait d'un nouveau rapport d'expert qui constatait – après trois ans ! – le caractère désormais superficiel de mes blessures.

Quant à la plainte pour non-présentation d'enfant, le défenseur de Habib sut vite en démonter le bien-fondé. Au moment où il m'avait enlevé Sara, aucun jugement ne disait que Habib n'en avait pas la garde. Il avait donc parfaitement le droit de l'emmener où bon lui semblait.

Alors un brouhaha a retenti dans le public. Mais rien ne servait de se révolter. Le président a menacé de faire évacuer la salle. Il était près de minuit quand la séance a été levée.

*
* *

Le verdict tomba quinze jours plus tard. Habib Eghbal était condamné à deux ans de prison ferme, plus un an avec sursis et deux ans de mise à l'épreuve.

La peine pouvait paraître ridicule par rapport aux faits, mais je repartais satisfaite : le procureur avait demandé trois ans pour coups et blessures, le tribunal était allé au-delà. Le président avait précisé que la jurisprudence lui permettait de tenir compte de la non-présentation d'enfant. Pour moi, la justice reconnaissait enfin l'enlèvement de Sara.

Des amis qui s'étaient assis du côté de la famille de Habib m'ont affirmé qu'à l'énoncé du verdict ses yeux se sont emplis de larmes. Cette fois, il n'a pas soutenu mon regard. Il a pris aussitôt le micro pour dire qu'il ne ferait pas appel. La cuirasse se lézardait-elle ? Le président lui rappela qu'il avait dix jours pour réfléchir.

Finalement, il a changé d'avis. Il me faudra bien attendre le résultat du procès en appel, le 1er octobre 2002, pour savoir à quelle peine il sera véritablement condamné, c'est-à-dire pour savoir combien de temps, encore, je pourrai vivre sans éprouver la crainte que mes pires cauchemars se réalisent.

*
* *

Sara savait que son père allait être jugé, toutefois je n'étais pas pressée de lui annoncer le verdict. Je savais que ce serait une épreuve pour elle. Mais elle n'oublia pas. Dès le lendemain du jugement, elle me demanda si je savais combien de temps il allait encore rester en prison. Je ne pouvais plus me dérober. Je lui ai parlé des deux ans.

— C'est quand, deux ans ? Après les vacances ? m'a-t-elle interrogée.

Alors je lui ai expliqué...

— Tu as sept ans... c'est quand tu en auras neuf.

Elle a été choquée. Comme c'était long... Deux années de sa vie, C'était plus du quart de son existence ! L'éternité pour elle.

J'ai compris qu'elle avait accepté la décision de la justice un jour où je l'accompagnais à son cours de natation.

Eva était avec nous, elle voulait apprendre à nager elle aussi. Je lui ai répondu qu'elle ne pourrait le faire avant l'âge de six ans. Et j'ai entendu Sara lui dire :

— C'est dans deux ans... quand papa sortira de prison.

Comment ferai-je, dans deux ans, quand elles disparaîtront derrière l'angle d'une rue en courant ?

Pendant trois ans, je n'ai pas vécu. Ce n'est pas vivre que chercher son enfant, c'est s'empêcher de mourir. Certains m'ont félicitée pour mon courage, d'autres m'ont plainte pour mon obstination, mais je n'avais pas le choix. Je connais des femmes aujourd'hui que leurs enfants, élevés loin d'elles depuis trop longtemps, ne veulent plus voir, mais elles continuent à leur téléphoner au bout du monde. Cela ne se discute pas. Elles non plus n'ont pas le choix.

Pendant trois ans, je n'ai pas écouté un disque, je n'ai pas dormi auprès d'un homme, je n'ai pas dansé, je n'ai pas chanté. Je n'ai pas vu mes parents souffrir non plus. Dans notre famille, nous n'avons pas appris les grandes phrases. L'amour et l'inquiétude se traduisaient par des mots simples :

— Tu passes prendre un café...

Nous réchauffant au bord de la tasse, nous évoquions mille sujets sans importance. Je rentrais chez moi un peu plus légère, j'avais laissé mon fardeau à papa et maman, qui n'ont jamais protesté.

Pendant ces trois ans, je me suis beaucoup interrogée. Comment avais-je pu être assez naïve pour donner mon amour, ma confiance, à un homme comme Habib ? Qui étais-je pour avoir commis une telle erreur ? Comment avais-je pu sacrifier les miens à une illusion ? Je me suis interrogée sur Habib, sur moi, sur l'amour, sur la police, sur la justice. Mais j'ai vécu murée dans ma douleur.

Je ne voyais pas maman se fatiguer, être toujours disponible, papa se torturer, mes frères remettre leur mariage. Cette culpabilité, je continue à la porter. Je ne supporte pas l'évocation des larmes de mes frères : j'étais leur grande sœur, j'avais grandi pour les protéger.

Mais peut-être était-ce le prix du combat... Il fallait vivre pour ce seul objectif : Sara. Ne pas se distraire du but à atteindre. Sauf elle, tout était anecdote. Tout ce qui se passa dans le monde ces années-là, tout ce qui se passa dans ma famille, je ne le sus pas ou n'y prêtai pas attention, je ne m'y intéressais pas. Je n'avais pas de temps ni d'énergie à dépenser, à gaspiller. Je poursuivais une idée fixe.

Quand on me demande aujourd'hui si j'ai le sentiment d'avoir gagné, je pense à toute cette souffrance. Et je me dis que la victoire est amère. Mais peut-être est-ce toujours ainsi ? Quand les petits soldats rentrent à la maison, ils gardent le souvenir des copains qui sont tombés dans le noir. Moi aussi je sais qu'il y a des femmes et des hommes qui continuent à vivre le cauchemar qui a été le mien.

*

* *

Toutes les trois, nous sommes retournées au Canada. À l'invitation du « Réseau enfant retour » qui fêtait ses dix-sept ans d'existence. Nous avons commencé le voyage par Toronto. Pour Sara. Je ne voulais pas qu'elle disparaisse, une seconde fois dans sa vie, sans avoir pris le temps de dire au revoir aux enfants, à l'institutrice, à la baby-sitter qu'elle avait quittés brusquement un vendredi de février comme elle avait disparu de Nantes, trois ans plus tôt. Certains de ses amis avaient déjà demandé aux policiers son adresse pour lui envoyer des cadeaux.

Nous n'avions prévenu personne et j'ai sonné chez des voisins. Ils nous ont fait une belle fête. Grâce à eux, j'apprivoisais le vide, ces trois années de silence : ils m'ont fait visiter la maison qui avait été la sienne, m'ont montré les films réalisés à Noël, ont répondu à mes questions. Je pleurais en me souvenant de ma douleur solitaire de l'époque, mais au moins découvrais-je que Sara avait eu des bonheurs, en tout cas à ces moments-là. Peu à peu le gouffre qui nous avait séparées se comblait.

Notre voyage se termina à Montréal, par une cérémonie qui rassemblait tous les parents que l'association tentait d'aider. Mon amie Linda et Patrick Bergeron m'attendaient.

Je suis arrivée radieuse, forte des heures intenses que je venais de vivre. Je retrouvais Montréal où j'avais vécu les trois derniers jours d'angoisse avant la joie totale. J'ai gardé mon sourire jusqu'au porche de l'église.

Devant l'autel, ils avaient posé les photos des enfants disparus, dont certains étaient devenus des adultes. Sur les visages d'hommes et de femmes, j'ai retrouvé toute la tristesse que j'avais oubliée. Ils étaient une centaine qui nous regardaient ce jour-là, mes filles et moi, comme l'incarnation de l'espoir, comme les détentrices d'un secret.

Je suis montée sur l'estrade où chacun prononçait son discours sans avoir rien préparé. Je voulais parler avec mon cœur. Je savais quelles souffrances étaient les leurs, et qu'aucun mot n'aurait le pouvoir de les apaiser. Je savais juste qu'il fallait leur dire de continuer. Parce que, quelles que soient les difficultés du combat qu'ils livraient, il était désormais le seul sens de leur vie.

— Cherchez toujours, ne vous arrêtez jamais. Je sais que ce combat vous dévore. Mais sans lui, vous n'aurez plus rien.

Sans doute à cause de la mauvaise conscience qui accompagne ceux qui ont triomphé d'épreuves dont d'autres sont encore prisonniers, moi aussi je voulais continuer le combat. Avec l'association S.O.S. Enlèvement international d'enfants, nous sommes allés jusqu'à Strasbourg, devant les institutions européennes. Nous avons réclamé que la non-représentation d'enfants ne soit plus considérée comme un simple délit, mais qu'elle soit reconnue comme un crime. On nous a entendus.

Cependant, à quoi servent de nouvelles lois si déjà les anciennes ne sont pas appliquées ? En France, il disparaît chaque année des centaines d'enfants à la suite d'une séparation ou d'un divorce. Et il n'y a pas de moment de bonheur où je songe à ceux qui les cherchent comme on chercherait son âme.

Autrefois, j'ai cru que le bonheur était la grande affaire d'une vie, qu'il était comme un parfum qui vous enveloppe, jour après jour. J'ai cru à lui comme à une assurance : sitôt qu'on l'avait prise, on était garanti contre toutes sortes d'accidents... il ne pouvait plus rien arriver. « Ne suffit-il pas de s'aimer ? » répétait Habib.

Aujourd'hui, je ne confonds plus la vie et les films en Cinémascope. Je sais que le bonheur réside dans ces petits moments du quotidien qui se répètent comme le printemps revient après l'hiver, le soleil après la pluie. Je suis une fille de l'Atlantique. Je crois aux coups de vent, aux tempêtes et aux éclaircies...

Je suis heureuse quand j'entends le vacarme de mes filles dans la maison, la musique de leurs rires. Mais ce troisième enfant, le petit garçon qui me manque aujourd'hui, je suis sûre que je ne l'aurai jamais. J'ai bien trop peur de revivre, un jour, la même déchirure.

On me dit qu'il me faut jurer de rien, qu'il faut faire confiance à l'avenir... Je voudrais croire en l'amour, mais j'ai peur encore. Même si je ne suis déjà plus la solitaire que j'ai été, trois ans durant.

Depuis le retour de Sara, j'ai réappris à aimer. Comme à mes grands brûlés, il m'a fallu du temps pour me fabriquer une autre peau. Une peau qui pouvait éprouver du plaisir. Mais elle garde ses cicatrices.

J'ai quitté mes habits d'errante, mon éternel pantalon, mes longs pulls. J'ai retrouvé le désir de plaire, d'être une femme.

Une femme qui espère un monde où l'on ne se déchirera plus à travers un enfant, où l'on aura la force de ne pas trahir le souvenir d'un grand amour.

Je n'ai jamais rien compris à la passion qui se transforme en haine. Le crime passionnel est pour moi une monstruosité. Comment peut-on faire du mal à celui ou celle que l'on a aimé(e) ?

Peut-être, après tout, ma fille fait-elle l'expérience qui me manquait : aimer un homme dont elle aura appris à se méfier... comme Shéhérazade, sa lointaine parente, qui devait chaque soir sauver sa tête de la folie meurtrière de son sultan.

Aujourd'hui, Sara dessine sa maison de Toronto avec le chat qu'elle y a abandonné. Elle y met aussi Eva et moi. Elle oublie d'y dessiner son père.

J'ai beau lui dire que ce n'était pas comme ça, elle récrit l'histoire. Peu à peu, elle oublie l'anglais. On dirait qu'elle veut l'effacer de sa mémoire comme elle avait effacé le français.

Mais peut-on vivre avec une mémoire amputée ? C'est en pensant à cela que j'ai trouvé le courage d'écrire ces pages. Pour que mes filles n'oublient pas ce qui fait partie de leur histoire.

Un jour, Habib sortira de prison. Il est toujours leur

père. Que se passera-t-il alors ? Je vis dans cette incertitude.

J'ai été élevée dans l'idée que le bien est plus fort que le mal, que chaque faute mérite son pardon. Encore faut-il que ce pardon soit demandé. Habib Eghbal est-il capable de regretter ses actions, le mal qu'il a fait à ses filles ? Alors, seulement, je pourrai lui pardonner.

Peut-être...

Peut-être pourrai-je un jour parler de lui à mes filles sans que gronde dans ma voix le souvenir du cauchemar...

Ma cicatrice s'est affinée. Les gens me disent qu'ils ne la voient pas. Moi, c'est tout le contraire. Tant que Sara n'était pas là, je la montrais pour réclamer justice mais je n'y attachais pas vraiment d'importance. Maintenant elle me gêne, comme les dernières cendres d'un feu qui m'a consumée.

*

* *

Il y eut les flammes... Mais il y eut aussi tous ceux qui m'ont permis de descendre du bûcher.

Je voulais que mes filles apprennent cela aussi, qu'elles se souviennent de la solidarité derrière les larmes. Combien sont-ils, les hommes et les femmes qui nous ont aidés à nous retrouver ? Tous ceux, proches ou lointains, qui m'ont tendu la main quand j'étais dans le noir ?

Bien sûr, j'ai été naïve. Bien sûr j'ai ignoré que, avant d'être tendre, il fallait être forte. J'ai payé. J'ai découvert que nul n'était à l'abri d'inspirer de la haine, mais j'ai aussi trouvé la fraternité.

Mes parents ne m'avaient pas appris à croire en Dieu, mais ils croyaient en l'humanité.

Elle était sur la route pour retrouver Sara.

REMERCIEMENTS

À mes parents, admirables de patience et qui ont toujours eu les bons mots, les bons gestes, les attentions, sans jamais faillir pendant ces trois ans. Je vous aime et vos petites-filles vous adorent !

À Bruno et Sandra, qui m'ont dorlotée pendant de si nombreux week-ends.

À Cedrick et Céline, pour l'énergie dépensée dans la création de notre association, et pour leur petite Pauline qui porte aussi les prénoms de Sara et Eva.

À Isabelle et Pierre-Yves, mes amis, qui ont tenté de raisonner Habib pendant les dix jours où il séquestrait nos deux filles.

À Maël, leur fils, pour ne pas avoir oublié Sara.

À Denis, mon voisin, qui m'a conduite aux urgences.

À tout le personnel des urgences présent le 24 février 1999, en particulier au chirurgien stomato, le Dr Heuzé, grâce à qui, aujourd'hui, ma cicatrice est de plus en plus discrète.

À tous ceux qui ont participé au déménagement de mon appartement alors que j'étais encore hospitalisée.

Aux parents et grands-parents de Sandra qui n'ont pas hésité à condamner leur garage pour en faire mon garde-meubles.

À Nathalie et Yann, pour leur hospitalité aux moments les plus pénibles de ma vie.

À Gaëlle, ma cousine, secrétaire de l'association pendant deux ans, mon bras droit.

À Thierry et Laurent, créateurs du site Internet pour Sara et qui ont « tenté » de me former à l'informatique.

À Jean-Marc Ayrault, maire de Nantes, pour son soutien continu.

Aux artistes qui ont chanté bénévolement pour Sara : Trio Girone, Ifa, Allano et les compadres, Bacochi, Paul Alister, ainsi que tous les techniciens.

À Maïwen, qui m'a permis de les rencontrer.

Au service de la réa médicale polyvalente, et à tous mes collègues qui n'ont jamais hésité à changer leur planning quand il fallait me remplacer précipitamment.

À Me Ballereau, réel soutien et excellent avocat.

Aux deux Iraniens dont le témoignage fut capital.

À toute la communauté iranienne, en particulier celles de France, des U.S.A. et du Canada.

À M. Coulon, juge d'instruction qui reprit l'enquête après plus d'un an passé sans Sara.

À la brigade de recherches de la gendarmerie de Nantes, dont l'adjudant Bossard, MM. Romano et Forget.

À Leila ben Debba, du N.C.M.E.C.

À Stacey, du F.B.I., dont le petit ours veille, encore aujourd'hui, sur le bureau de Sara.

À Jason Daigle et Arthur Maye, de la Gendarmerie royale canadienne (G.R.C.).

À Linda Brosseau, responsable des G.R.C. au Québec, la bonne messagère.

À Patrick Bergeron, codirecteur du R.E.R.C., et à tout le personnel du Réseau enfant retour Canada.

Au service social qui a pris soin de Sara à Halifax.

À Guy Roy et Steve Spriggs, les deux officiers de police qui ont retrouvé ma fille sur une route du Nouveau-Brunswick.

Aux voisins et à l'école de Toronto, qui m'ont raconté sa vie.

À tous les médias canadiens, grâce auxquels j'ai retrouvé Sara.

À Olivier Pighetti, premier reporter et journaliste qui répondit à mon appel au secours en France. Mon ami, et surtout celui de Sara.

Aux trois cents adhérents, anonymes ou proches, de l'association Sara tous ensemble pour te retrouver, à ceux qui ont fabriqué les urnes, à ceux qui ont mis un bonbon dans un paquet et à tous les donateurs.

Enfin, à tous ceux que j'ai pu oublier et qui m'ont donné du courage.

Photocomposition C*MB* Graphic,
44800 Saint-Herblain

Impression réalisée sur CAMERON par

BUSSIÈRE CAMEDAN IMPRIMERIES

GROUPE CPI

à Saint-Amand-Montrond (Cher)
pour le compte des Éditions France Loisirs
en juillet 2003

N° d'édition : 38985. — N° d'impression : 033174/1.
Dépôt légal : mai 2003.

Imprimé en France